셴의 대여 서첩

貸本屋おせん

옮긴이 이규원

한국외국어대학교에서 일본어를 전공했다. 문학, 인문, 역사, 과학 등 여러 분야의 책을 기획하고 번역했으며 현재 전문 번역가로 활동중이다. 옮긴 책으로 미야베 미유키의 『이유』, 『얼간이』, 『하루살이』, 『미인』, 『진상』, 『피리술사』, 『괴수전』, 『신이 없는 달』, 『기타기타 사건부』, 『인내상자』, 『아기를 부르는 그림』, 덴도 아라타의 『가족 사냥』, 마쓰모토 세이초의 『마쓰모토 세이초 걸작 단편 컬렉션』, 『10만 분의 1의 우연』, 『범죄자의 탄생』, 『현란한 유리』, 우부카타 도우의 『천지명찰』, 구마가이 다쓰야의 『어느 포수 이야기』, 모리 히로시의 『작가의 수지』, 하세 사토시의 『당신을 위한 소설』, 가지야마 도시유키의 『고서 수집가의 기이한 책 이야기』, 도바시 아키히로의 『굴하지 말고 달려라』, 사이조 나카의 『오늘은 뭘 만들까 과자점』, 『마음을 조종하는 고양이』, 하타케나카 메구미의 『요괴를 빌려드립니다』, 아사이 마카테의 『야채에 미쳐서』, 『연가』, 미나미 교코의 『사일런트 브레스』, 오타니 아키라의 『바바야가의 밤』, 미치오 슈스케의 『N』 등이 있다.

셴의 대여 책첨

다카세 노이치 지음 ◉
이규원 옮김

貸本屋おせん

북스피어

일러두기
＊작게 표시된 본문의 주는 옮긴이 주입니다.
＊괄호로 표시된 주는 원저자의 주입니다.

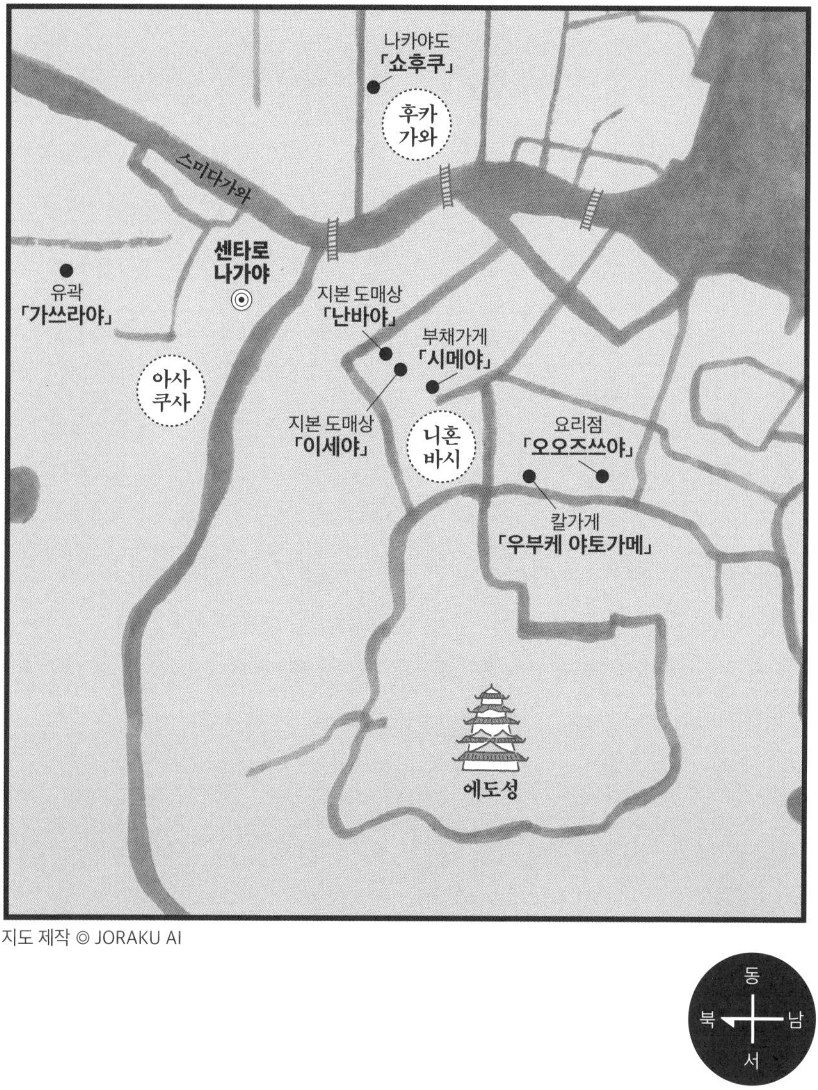

지도 제작 © JORAKU AI

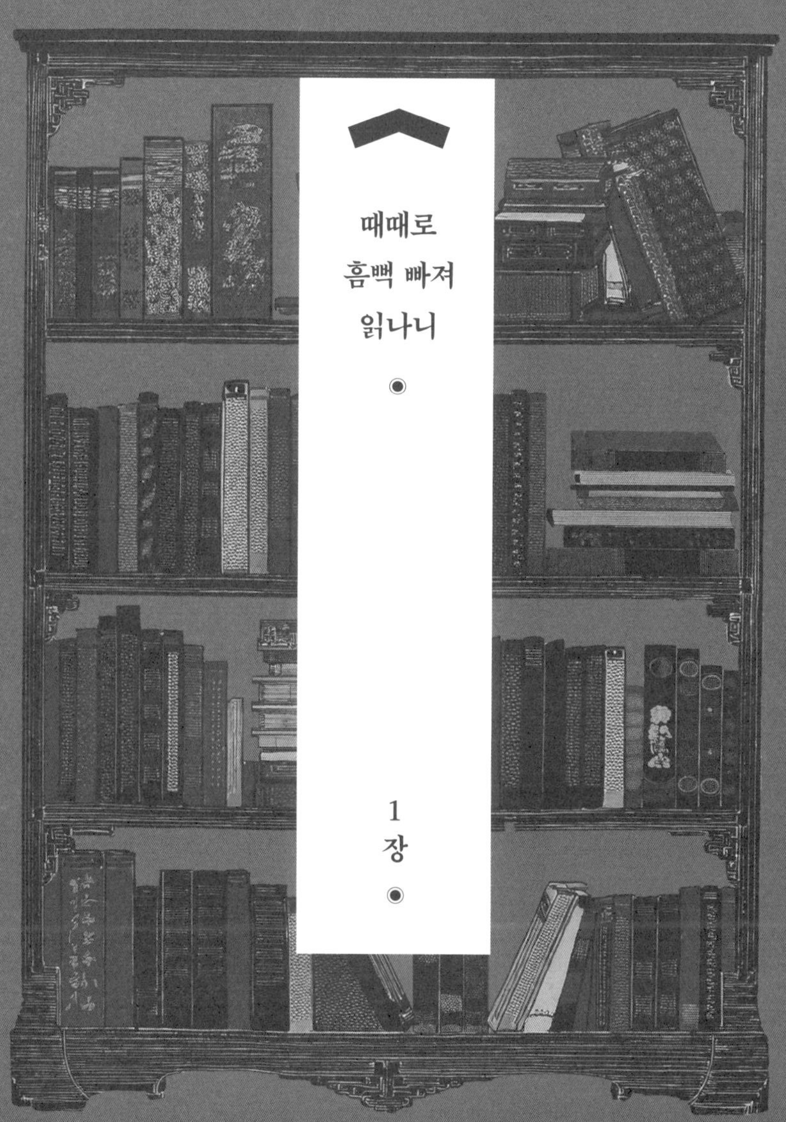

때때로
흠뻑 빠져
읽나니

1
장

1

매미 소리와 자리바꿈하듯 왕귀뚜라미가 울어대기 시작했다.

센은 부드러운 아침 햇살을 이마에 받으며 다테카와 운하변을 잰걸음으로 걸었다. 반각쯤 걷자 무가저택이 끝나고 눈앞은 온통 논밭이다.

벼이삭은 벌써 통통해져서 고개를 살짝 숙이기 시작했다. 걸음을 서두르니 벼이삭이 뒤를 따라올 듯이 흔들린다.

'어제는 너무 밤늦게까지 일했구나. 졸리고 목이 마르네.'

간밤에는 사본을 만들었다. 일하면서 실컷 맡았던 먹 냄새와 책 냄새가 등 뒤에서 풍겨온다. 등에 진 책궤는 해가 높아지면 무거워진다.

센은 먹이 묻은 손가락을 빨았다.

달필까지는 아니지만 필사하는 붓놀림이 빠르다. 성미가 급한 탓인지 붓을 움직이다 보면 손톱 밑에 어느새 먹이 묻는다.

"응? 누구?"

흔들리는 벼이삭을 동무 삼아 논둑을 걷다가 문득 이상한 기척에 걸음을 멈췄다.

가만히 보니 논두렁 진창에 반딧불이가 떠 있다. 가느다란 다리가 희미하게 움직인다. 간밤에 이곳에서 깜빡이고 있었을까.

"가을까지 살아남아 깜빡이는 반딧불이라니, 별로 반갑지 않아. 어두운 데서 혼자 빛을 내 봐야 외롭기나 하지."

후우후우 숨을 고르며 센은 걸음을 서둘렀다.

"안녕하세요, 우메바치야예요."

가메이도무라의 이다야 쇼베에는 센의 단골이다. 에도 니혼바시에서 버선가게를 하다가 환갑이 되자 아들에게 물려주고 젊은 후처와 이곳에 은거하고 있다.

"영감님, 우메바치야의 센이에요."

센이 일각대문을 열고 인사할 때 쇼베에는 텃밭에 쪼그리고 앉아 잡초 뽑기에 열중하고 있었다. 걷어붙인 옷자락이 흙투성이다.

"영감님, 세책점에서 왔어요!"

사내아이가 큰소리로 고했다.

텃밭이 딸린 단출한 집에는 늘 마을 아이들이 드나들었고, 지금도 밭 구석에서 아홉 살이나 열 살쯤으로 보이는 사내아이가 파를 뽑아 냄새를 맡고 있다. 평소 소독素読 한문 고전을 무작정 음독하는 학습법이나 주판을 배우러 오는 것인데 작은 마을에 습자소가 생긴 셈이다.

다만 아이들의 관심은 공부보다 밭일을 거들고 받는 몇 푼에 있는 듯했다.

센을 본 쇼베에는 손바닥에 묻은 끈적끈적한 흙을 긁어내더니 온 얼굴에 주름살을 잡으며 웃었다.

"오늘 저녁은 파 전골이야. 센도 먹고 가. 선물로 들어온 숭어도 있어. 회로 떠서 한잔하려던 참이야."

그러자 파를 든 꼬마가 씩 웃었다.

"저도 그러고 싶지만 우리 동네 기도심야 통행을 통제하는 관문의 초소 영감이 여간 까다로워야죠. 어제도 네 점(오후 10시) 종에 맞추지 못했다고 한소리 들었거든요."

"그래? 그럼 내가 얼른 밥상을 차려놓을게. 단골들 집을 한 바퀴 돌고 나서 돌아가는 길에 잠깐 들르라고."

내 말을 듣기는 하는 건가? 센은 한숨을 짓고, "그럼 맛이나 볼까나" 하며 작은 소리로 말했다. 그러자 엉뚱하게 사내아이가 기쁜 얼굴로 어깨를 흔들었다.

센은 책궤를 툇마루에 내리고 보자기를 풀어 스무 권쯤 되는 세책을 죽 늘어놓았다. 단골들이 좋아할 만한 소설이나 군기軍記, 조루리본가면음악극의 대사에서 비롯된 옛이야기 등으로 다채롭게 구성한 세책들이다.

대파를 안고 있던 꼬마가 목을 길게 빼고 툇마루를 들여다보았다.

"어허, 모키치, 흙 묻은 손으로 만지면 안 돼."

쇼베에가 엄한 목소리로 경고하자 사내아이는 폴짝폴짝 뛰어 텃밭으로 달아나더니 "파 전골, 파 전골, 이로하니호에토" 하고 읊조리며 잡초를 뽑았다. 그러면서도 연방 이쪽을 힐끔거리는 사내아이를 바라보던 센은 나중에 더 대출할 수 없을 만큼 너덜너덜해진 동화책이 생기면 저 꼬마에게 선물해야겠다고 생각했다.

쇼베에는 푼주 물로 흙을 씻고 안쪽 방에 들어가 옷을 갈아입고는 금세 툇마루로 달려 나왔다.

"오호, 바킨馬琴의『춘설궁장월椿說弓張月』아닌가. 흐음, 얼마 전에 나온 속편이 없군'춘설'은 진기한 이야기. '궁장월'은 주인공이 궁술의 명수라는 데서 붙은 이름."

"온 에도의 서점들과 야나기하라 거리간다가와 둑방의 노점 거리의 노점까지 뒤지며 다녔지만 워낙 인기가 많아 구하질 못했네요."

바킨은 에도에 모르는 이가 없는 작가이다. 2년 전에 출간된 이 역사물은 이미 전편, 후편이 나와 있다. 시중의 인기가 높아 최근 속편이 출간되었다.

쇼베에는 전편의 표지를 넘기고 시라누이히메주인공의 아내 삽화를 손가락으로 쓸어보았다.

"음. 판목 상태가 훌륭하네. 바람에 날리는 머리카락까지 올올

이 드러내다니. 기량이 뛰어난 조각사가 팠군."

그렇게 말하며 센을 쳐다보았다.

"그래도 헤이지에는 못 미치지만."

센의 부친 헤이지는 기량이 뛰어난 조각사로서, 책을 좋아하는 이들에게는 잘 알려진 사람이었다.

"신작이 나오면 즉시 달라고 난바야에 얘기해두었지만, 삽화를 호쿠사이한테 맡겼대요. 시간이 꽤 걸릴지도 모르겠네요."

"오, 난바야 주인은 잘 지내나?"

"요즘은 얌전한 책만 내고 있지만, 가끔 못된 버릇이 불쑥불쑥 도지려고 한다며 웃으시더군요. 종종 총무_{상인조합 총무는 막부를 대신하여 조합원이 출간하는 출판물을 검열했다}에게 조사를 받는다고 합니다."

행상에서 출발하여 도매상으로 출세한 난바야 롯콘도는 센이 가장 신뢰하는 지본 도매상_{에도의 대중적 읽을거리를 간사이 지역의 '요미모노[読物]'와 구별하여 '지본[地本]'이라고 했다}이다. 본래 유곽 요시와라에 출입하며 영업하던 세책점이었고, 조각사였던 센의 부친과도 교류가 있었던 오랜 인연이다.

"행여 부교소의 검열에 걸려 이런 훌륭한 기술이 매장되는 일이 있어서는 안 되니까. 어떻게 장사해야 살아남을 수 있는지 잘 아는 사람이지."

요즘 같은 세상에는 서물_{書物} 도매상_{불교서, 유학서, 역사서, 사전류, 의서, 일본고전 등 '딱딱한' 내용을 다루는 책을 팔거나 제작하는 가게}이나 지본 도매상이 새로운 책을 찍어내기가 어렵다. 간세이_{寬政} 개혁_{1787~1793까지 6년간 실시}

된 개혁으로 강화된 출판물 검열이 여전히 엄중한 탓이다.

하지만 부교소가 엄격하게 검열해도 판원版元 서적, 풍속화 등의 출판물을 기획 제작 판매하는 곳은 좋은 책을 제작하기 위해 온갖 지혜를 쥐어짜며 열심히 뛴다. 저렴한 구사조시草双紙 삽화 중심의 대중서로 풍문, 유곽 일화, 골계담 등 '황색저널'의 선구적인 형태조차 삽화를 유명 화가에게 맡기는 경우가 적지 않다.

단골인 놀잇배집에서 일하는 여자들은 금서인 춘화나 샤레본遊곽의 풍속을 묘사한 통속소설을 보고 싶다고 센에게 귀띔하곤 한다. 구해줄 수는 있지만 요금이 비싸다고 말해도, "괜찮아. 요새 사는 게 여러 가지로 따분해서 말이야" 하며 씩 웃는다.

책이란 대개 상당히 비싼 물건이어서, 하루하루 끼니 잇기도 바쁜 서민은 엄두내기가 힘들다.

그래서 사랑받는 곳이 '세책점'이다. 에도에만 세책점이 800곳이 넘는다. 센의 '우메바치야'도 그 가운데 하나이며, 시작한 지 이제 겨우 5년인 신참이다.

'한본漢本 화본和本 세책점 우메바치야

영업용 기물이니 파손이 없도록 해주시오

반납일 연장이나 재대출 시에는 추가 요금

아사쿠사 후쿠이초 3초메 센'

우메바치야에서 빌려주는 책에는 전부 '우메 센'이라는 먹 도장이 찍혀 있다.

세책은 이 손님에서 저 손님으로 쉴 새 없이 옮겨 다니므로 손때가 묻고 파손되게 마련이다. 많은 사람이 이야기를 즐긴다는 증거다.

이설과 유언을 엄격하게 단속하는 갑갑한 세상인지라 세책은 없어서는 안 되는 지식과 오락의 산실이었다.

"흠, 글 배우러 오는 꼬마들에게 바킨은 어렵겠지? 이쪽『서유기』로 하지."

"이 동네 아이들은 좋겠어요. 저도 어릴 때 아버지가 온갖 얘기책을 읽어주셨는데."

"이 늙은이 눈이 멀쩡할 동안 아이들에게 책 읽기의 즐거움을 가르쳐줘야지. 아무리 재밌고 신기한 읽을거리도 부교소의 포고문 한 장으로 하루아침에 사라져버리는 세상이니까."

그러게요, 하며 센은 고개를 끄덕였다. 명치 언저리가 시큰하다.

"그럼 오늘은『서유기』네 권과『춘설椿說』두 권, 그리고 기다유부시義太夫節 전통 무대예능에서 샤미센 반주에 맞춰 읊는 이야기 완본을 빌리기로 하지. 그리고 도요쿠니풍속화가 우타가와 도요쿠니[歌川豊国]의 배우 그림 같은 것도 보고 싶은걸."

우메바치야는 책뿐만 아니라 니시키에錦絵 다색 인쇄 목판화도 많이 취급한다.

쇼베에는 시간을 두고 신중하게 배우 그림 다섯 장을 골랐다.

센은 머릿속에서 주판알을 튕겼다.

"영감님은 열흘 기한으로 빌리시니까 책 여섯 권에 500문. 완본은 30문. 합치면 800문이네요. 늘 고맙습니다. 그런데 이렇게 돈을 펑펑 쓰시다가 마님한테 혼나시는 거 아녜요?"

"조만간 스님들과 한잔하기로 했거든. 빨리 이걸 읽어서 그날 안줏거리로 삼아야지."

잠시 찡그린 얼굴로 배우 그림을 보던 쇼베에가 더욱 뚫어져라 들여다보더니 문득 표정이 환해졌다.

"아, 그래! 내 지인 중에 바보처럼 책을 모은 사람이 있었지!"

"바보처럼?"

"오오즈쓰야라는 요리점의 데릴사위야. 본래 사무라이였는데 어찌된 일인지 시를 짓네 그림을 그리네 하는 모임에 드나들다가 풍류가라도 되는 양 '엔노샤燕ノ舍 제비의 집'니 뭐니 하는 예명까지 갖게 된 사람이지."

"무사 출신에…… 바보라. 상당히 부담스러운 사람 같네요."

"어울리기는 조금 어려운 사람이지만, 어지간한 서점 주인보다 책을 많이 갖고 있을 거야. 자네도 한번 찾아가 봐. 그 사람이 집에 있을지 어떨지는 모르지만 거기 안주인이 괜찮은 사람이니까."

그렇게 말하고 소개장을 척척 써주었다.

"제비 둥지에서 좋은 물건을 건지면 나한테도 몇 권 가져다줘. 부탁하는 김에, 오늘 세책료는 말일에 줘도 괜찮을까? 요새 주머니 사정이 여의치 않아서 말이야.”

센은 샛눈으로 노인을 살짝 흘겼다.

“마님이 고삐는 단단히 쥐고 계신 모양이네.”

“그래. 이 재미난 것들을 돈 때문에 참는다니, 그것처럼 건강에 나쁜 게 없지. 내가 장수하는 비결이네. 다만 돈이 전부인 세상이잖아. 상인 마누라는 조금 인색한 편이 좋지.”

어느 집에서나 안주인의 눈은 은밀도신에도 시대에 존재했다는 비밀경찰보다 매서운 모양이다.

2

에도의 가을은 느긋하게 지나가고 있다. 구름이 높아지고 길 가는 사람들의 시선도 높아졌다. 길가에 늘어선 상가의 그림자가 길어지고 햇빛의 음영도 여름과는 달라 익숙한 뒷골목인데도 길을 잃은 듯 길고 멀게 느껴진다.

오후가 되자 널리 퍼져 있던 옅은 구름이 두께를 더해가지만 곳곳에 틈이 벌어져 금빛 빛줄기가 동네 여기저기로 잔불을 놓듯 쏟아졌다.

"어이, 오센. 오늘은 장사를 일찍 마쳤군?"

후쿠이초의 기도를 지키는 구마키치가 틈이 숭숭 벌어진 앞니를 드러내며 하품을 하고 웃었다.

"한꺼번에 여러 권을 빌린 손님이 있어서요. 게다가 조금이라도 늦게 돌아오면 아저씨가 있는 얘기 없는 얘기 다 퍼뜨리잖아요?"

에도 성 쪽에서 여섯 점(오후 6시) 종소리가 들렸다.

구마키치는 센이 태어나기 전부터 이 기도에서 조리나 비 같은 잡화를 팔며 기도를 지켜온 사람이다. 온순한 친척 아저씨 같은 모습이지만, 통금 시간을 어기면 부모처럼 잔소리를 늘어놓는다.

며칠 전에도 겨우 4반각(약 30분) 늦었을 뿐인데 남자가 생긴 듯하다는 엉뚱한 소문을 퍼뜨리고 다녔다.

“나이 먹을 만큼 먹고도 시집을 못 간 처자가 엉뚱한 소리 하고 있네. 스물네 살이나 돼서도 여전히 하얀 이를 하고유부녀는 치아를 검게 물들이는 풍습이 있었다. 아버지가 무덤에서 울겠다.”

“저보다 머리 좋은 사내라면 생각해볼게요. 그런데, 혹시 여기서 낯선 남자 못 보셨어요?”

“글쎄. 나는 해가 떠 있을 때는 잠을 자니까. 왜? 무슨 일 있어?”

“저한테 반한 부잣집 도련님이라도 찾아오지 않았나 해서요.”

빙긋이 웃자 구마키치는 한쪽 뺨을 들며 콧김을 뿜었다.

“책밖에 모르는 여자를 누가 색싯감으로 보겠어. 아아, 나중에 죽어서 너희 아버지를 무슨 낯으로 보나. 나도 너를 딸처럼 걱정하니까 이러는 거야.”

“네에, 네에, 하여간 오지랖도 넓으셔, 아저씨는.”

센은 양친을 여읜 뒤에도 가족이 살던 후쿠이초의 센타로 나가야에 살았다.

나가야 출입문 위에 가로로 댄 판자에는 ‘세책점 우메바치야’라고 적힌 종이가 붙어 있다. 종이는 비바람에 시달려 찢어지고 그 밑에 붙어 있는 ‘조각사 헤이지’라는 종이가 보였다 숨었다 하고 있었다.

허름한 나가야에 들어서는 순간 우물가에서 여자들의 떠들썩한 소리가 들렸다.

몸이 호리호리하고 키가 훤칠한 젊은이가 여인들에게 둘러싸여 있다.

"옷자락을 궁둥이 위로 더 걷어 올리는 게 좋겠어"라고 아낙네에게 희롱당하는 젊은이는 센보다 한 살 적은 어릴 적 동무이며 채소 행상을 하는 노보루다.

노보루도 어릴 때는 이곳 센타로 나가야에서 부친 도키조와 함께 살았다. 어떤 사건을 계기로 이사하여 지금은 오오카와 강변의 아사쿠사 스와초에서 아버지와 함께 살고 있다.

아버지 도키조는 통장이였고 아들 노보루도 견습을 마치면 아버지 뒤를 잇기로 되어 있었다. 그러나 이곳 나가야를 떠난 직후 도키조가 병으로 쓰러지고 말았다. 모친은 오래 전에 타계해서 노보루가 행상을 하며 아버지를 돌보는데 행상으로 버는 돈을 부친의 약값으로 다 쓰는 듯했다.

"아, 오센. 물 좋은 가지가 세 개 남았어. 팔다 남은 거니까 2문에 줄게."

노보루가 때깔 고운 가지를 쳐들어 보였다. 그러자 아낙네들의 눈빛이 끈적끈적한 낫토처럼 달라진다.

"오늘은 필요 없어. 가메이도에서 파 전골을 먹고 왔어."

"뭐야. 대파라면 내가 줄 수 있는데. 어허, 이런, 여자가 이 무거운 걸 지고 다니냐."

센이 책궤를 고쳐 메자 노보루가 냉큼 다가와 책궤를 뒤에서 받쳐주었다.

여자들 웃음소리에 센은 얼굴을 숙였다. 생전의 아버지는 남자

가 얼굴을 숙이는 것은 일을 할 때뿐이며 여자가 얼굴을 숙이는
것은 시집갈 때뿐이라고 훈계했는데.

'그때 말고는 늘 해님을 올려다보며 살아라. 그러면 길을 헤맬
일도 없고.'

센은 책 읽을 때만 얼굴을 숙인다. 가끔 누워서 읽기도 하는데,
아버지는 그때마다 센을 보고 "정말 못 말리는 아이로구나" 하며
쓴웃음을 지었다.

딸이 남들처럼 살림을 배워 어디 좋은 상가에 하녀로 들어갔으
면 좋겠다고 바라던 어머니는 책 이야기에 열중하는 부녀를 벌레
씹은 얼굴로 쳐다보곤 했다.

센이 멍하니 서 있자 노보루는 팔다 남은 채소를 쓸어안고 센
의 방 쪽으로 걸어갔다.

그러자 오타네라는 덩치 좋은 아낙네가 등에 업은 아기를 흔들
며 깔깔 웃었다.

"노보루는 여전히 센밖에 모르네. 이제 두 사람, 그만 살림 차
리는 게 어때? 잘 어울리잖아. 그러면 오센도 무거운 책궤를 지고
다니지 않아도 될 텐데."

"채소장수 마누라가 되라고요?"

센은 미간을 찡그리며 손사래 쳤다.

"그런 소리 말아요. 나는 언젠가 대로변에 난바야 같은 커다란
도매상을 차릴 거예요. 작가가 자기 책 좀 내 달라고 고개 숙이는
판원, 세련되고 고집 있는 판원으로 키울 거라고요. 내 짝이 될

남자는 검열 나온 부교 나리 정도는 재치 있는 말 몇 마디로 돌려
세우는 기개 있는 사내여야 해요. 저렇게 시든 푸성귀 같은 사내
는 곤란해요.”

“하이고, 그러셔? 그런데 왜 노보루가 오는 날이면 일찌감치
일을 마치고 달려오는 건데?”

여자들이 까르르 웃었다.

여기 아낙네들은 남자 이야기라면 관청 나리보다 집요해진다.

센은 얼굴을 들었다. 에도를 물들이는 석양이 살짝 달아오른
볼을 비추었다.

중양절 즈음 이다야 노인이 알려준 요리점을 찾아갔다.

‘오오즈쓰야’는 핫초보리에 가까운 도키와초 뒷골목에 있다.

주막이라고 적힌 등롱이 처마 밑에서 흔들린다.

세책 일을 끝내고 찾아간 터라 해는 이미 에도 성 쪽에서 빛나
고 있었다. 하루 일을 마친 남자들이 한잔 마시러 들르는 시각이
지만, 포렴을 들추고 들어서 보니 가게 안은 한산하고 백분을 두
껍게 바른 여자 점원이 소쿠리에 가득 담긴 콩을 고르며 거리낌
없이 하품을 하고 있었다.

아무래도 이 가게는 여자 혼자 가볍게 들를 만한 업소는 아닌
듯했다.

기척을 내자 여자 점원이 소쿠리에서 고개를 들고 센을 빤히
쳐다보았다.

"다른 손님을 기다리실 거면 안쪽으로 안내해드릴까요?"

"저는…… 세책점 우메바치야의 센이라고 합니다. 이다야 영감님 소개로 책을 구경하고 싶어서 왔습니다만."

"책? 그러니까, 까만 글자가 줄줄이 나오는 책? 술이나 남자가 아니라, 책?"

여자 점원은 눈을 동그랗게 뜨고 고개를 갸웃거리다가,

"마님, 별난 손님이 오셨어요!" 하며 안쪽을 향해 소리쳤다.

잠시 후 환갑이 지나 보이는 여자가 얼굴을 내밀었다. 눈은 이상하게 큰데 생선처럼 깜박임이 없었다. 오니바바_{외딴집에 살며 하룻밤 신세 지는 나그네를 살해한다는 이야기 속의 노파}라 불리던 근처 습자소 선생을 꼭 닮은 얼굴이어서 센은 저도 모르게 뒷걸음질을 쳤다.

허리가 꼿꼿한 모습이 요리점보다는 포목점 마나님 같은 인상이다.

센은 가메이도에서 받은 소개장을 내밀었다.

"이다야 영감님이 소개하셨구나. 요즘 통 오시질 않아서 어디 편치 않으신가 걱정하던 참인데, 후처를 들이셨다고? 오래 전부터 우리 가게를 자주 찾아주셨던 분이에요. 아, 뵙고 싶어라."

"이곳에 책이 많다고 하시더군요. 저어, 주인님은……."

"그 덜떨어진 남자는 여기 없어요."

안주인은 입을 꼭 다물고 콧김을 뿜었다.

"지가 무슨 화가라도 되는 양 헤매고 다니다가 어느 날 갑자기 한 마디 말도 없이 멋대로 사라져버리니까."

남편의 본명은 도키치로라고 한다.

"엔노샤 님은 언제쯤 돌아오시나요?"

"글쎄. 벌써 몇 년이나 나타나지 않고 있으니 어디서 계집 사타구니나 그리다가 객사한 건 아닌지."

"어머. 에도에 돌아와 계시는 거 아녜요? 전에 대흑천 마쓰리 때 봤다고 마님께서 말씀하셨잖아요. 그래요, 갑자년 축일이었어요."

여자 점원이 걸상에 남아 있는 담배합을 치우며 말했다.

갑자년은 60년에 한 번 돌아오는 첫 간지로, 운수 좋은 해로 알려져 있다.

센도 그 갑자년 대흑천 마쓰리를 구경하러 갔었다. 5년 전 일이다. 서툴기는 하지만 어머니가 남겨준 바느질 부업을 하며 어렵게 생계를 잇고 있었다. 세책점을 하기 전이어서, 나가야 관리인이 종종 혼담을 가져다주던 시절이었다.

지금 생각하면 마쓰리 구경 가자는 노보루의 권유를 뿌리치지 못하고 따라나선 일이 센의 운명을 크게 바꿔 놓았다고 해도 과언이 아니다.

늦겨울 바람이 거칠게 불어 매화 꽃잎이 어지러이 날렸다.

그날 노보루는 평소보다 말이 많았다. 얼마 전부터 요리점을 단골로 잡아서 채소 행상이 재미있어졌다고 우쭐거리는 노보루를 보며 센은 초조함을 느꼈다. 살림도 서툴고 외모도 별로에 돈도 흡족하게 못 벌고 혼자 지새는 밤이 두렵기만 하던 시절이다.

센은 부모를 끔찍하게 잃었다. 평범한 일상이 갑자기 사라져버리자 어떻게 슬퍼해야 하는지도 알 수 없었다. 열두 살 나이에 어른이 되기를 받아들인 센은 처녀의 순정이라는 물건에 뚜껑을 달아버린 채 살아왔다.

하지만 노보루의 눈에 비친 센은 늘 순박한 어릴 적 모습 그대로였다. 손을 꽉 잡혀주는 센의 곁에 노보루는 계속 있고 싶었다.

우에노 고코쿠인護國院에 참배하고 돌아올 때는 야나기하라 거리에 늘어선 노점을 구경하며 걸었다. 방물을 파는 노점에서 걸음을 멈춘 노보루가, "비녀 하나 사줄까?" 하고 말했다. 노보루가 채소 아닌 물건을 주는 일은 처음이었다. 그의 귀가 빨개져 있었다.

고마워.

그렇게 말하려고 할 때였다.

문득 거센 바람이 일어나 옆 점포에 진열되어 있던 헌책의 책장이 일제히 팔랑팔랑 넘어갔다. 수많은 꽃잎이 책으로 빨려들 듯 사라져갔다.

센은 늙은 노점 주인을 도와 여기저기 흩어진 책을 주워 모았다. 그러다가 손에 집어 든 책 한 권에 문득 시선이 멈추었다.

『겐지코카가미源氏小鏡』.

『겐지 이야기源氏物語』 각 권의 줄거리를 알기 쉽게 안내하는 고활자본이었다. 상당히 오래된 책이어서 금방이라도 산산이 흩어져버릴 것만 같았다.

가진 돈을 다 털어 망설임 없이 그 헌책을 샀다.

나가야에 돌아온 센은 아버지 헤이지가 남긴 궤를 열고 잿빛 피지皮紙 닥나무 껍질을 넣어 만든 질이 낮은 한지를 모두 꺼냈다. 생전의 헤이지는 요미혼読本 지금의 '소설'에 해당하는 장르의 한자를 읽지 못하는 딸을 위해 피지 위에 쉬운 가나 문자로 옮겨 적어 책으로 엮어주었다. 센은 끼니와 잠을 잊고 피지에 『겐지코카가미』를 필사했다. 완성된 책의 마지막 책장에는 작가나 판원의 서명을 하게 되어 있다. 이것을 간기라고 하는데, 그 자리에 자기 이름도 나란히 적었다.

'화한대본和漢貸本 우메바치야'.

그것이 세책점 주인 센의 출범이었다.

"물론 마쓰리에서 그 얼간이를 보기는 했지만 알은척은 하지 않았다."

"왜죠? 모처럼 만나셨으니 집으로 모셨으면 좋았을 텐데요."

센이 고개를 갸웃거리자 여자 점원들이 "엉뚱한 여자와 함께 있었겠지"라고 씁쓸하게 말했다.

"그이가 계집을 밝히는 건 그림을 좋아하는 것과 똑같은 거야. 그림을 그리려고 계집을 품고 계집을 품고 나면 붓을 잡지."

안주인의 안내로 뒤뜰로 가서 도조 창고두터운 흙벽에 회칠로 마감한 건물의 두터운 문을 열고 안으로 들어갔다. 격자창으로 들어오는 달빛이 서가에 쌓인 책들을 비추었다.

"굉장하군요. 이렇게 많은 책은 어느 서점에서도 볼 수 없어요!"

풍부한 장서에 압도되어 입구에 멀거니 서 있자 촛불을 든 안주인이 먼저 안으로 들어섰다. 먼지가 날아오른다. 안주인은 소매로 입을 가리고 눈살을 찌푸렸다. 곰팡내가 센의 옆을 지나 마당으로 불어나간다. 장서의 기운에 압살되는 기분이 들어 뒤꿈치에 힘을 주었다.

"여기 있는 책의 태반은 도키치로가 우리 집에 굴러들어올 때 가져온 거야. 데릴사위로 들어와서도 책 수집을 계속했지. 가끔 이다야 영감 같은 책벌레가 이 창고에 틀어박혀 책을 읽기도 했어. 얼마나 번거롭던지."

센은 위태롭게 쌓인 책 더미 사이를 걸어 들어가 안쪽의 긴 책상 앞에서 멈췄다.

"그이가 그 책상에서 종종 그림을 그렸지."

책상 위에 두루마리가 놓여 있고 벼루에는 먹이 말라 있었다. 그리다 만 그림 옆에 지저분한 붓이 뒹굴었다.

엔노샤가 자취를 감춘 것은 15, 6년 전이었다고 한다. 화려한 미인도에 대한 단속이 엄하던 시절이어서, 이치마이에ー枚絵 한 장으로 완성인 그림나 삽화 밑그림의 주문이 줄어서 침울해 하는 날이 많았다고 한다.

"무슨 생각을 하는지 알 수 없는 남자지만, 아마 아무 일도 없었다는 얼굴로 불쑥 돌아와 이 그림을 마저 그리지 않을까 싶네."

최근 손님을 통해 엔노샤의 소식을 들었다고 한다.

"살던 집이 그립고 하니까 이 근방을 얼쩡거리는 거겠지."

이다야 영감 귀에도 소문이 들어갔던 게 틀림없다.

"뻔뻔하게 돌아와 고개를 숙이더라도 따귀를 쳐서 쫓아내겠지만."

센은 안주인의 악담에 맞장구치는 시늉을 하며 책상으로 눈길을 주었다.

"분내를 진하게 풍기는 그림이네요. 상당한 기량으로 보입니다만."

미완의 상태로 방치된 그림은 아름다운 남녀가 몸을 포갠 춘화였다.

"여기서 잠시 책을 구경해도 될까요?"

가능하면 사본을 뜨고 싶다고 부탁했다.

"그건 상관없어. 다만 다음에 또 올 때는 앞문으로 들어오지 마. 손님들이 내가 건전한 아가씨를 고용한 줄로 오해할 수 있으니까."

안주인은, 아아, 곰팡내, 하고 콜록거리며 도조 창고를 나갔다.

센은 새삼 서가를 둘러보았다. 바닥은 먼지투성이지만 책에는 먼지 하나 없었다.

도조 창고에 소장된 물건은 대중적인 책이나 구사조시만이 아니었다. 화려한 채색으로 가부키 배우를 그린 니시키에, 풍경을 그린 우키요에, 시커먼 평판화, 두루마리 반절지그림 등이 아무렇게나 쌓여 있다. 엔노샤가 그린 그림들일까. 어느 무사도의 밑

그림을 집어 들었다.

삽화는 대중적인 읽을거리에 없어서는 안 되는 요소다. 때로는 삽화 하나가 수십 쪽에 이르는 글자보다 독자의 마음에 더 깊게 새겨진다.

서가의 책에는 부전 여러 장이 끼워져 있었다. 그 책을 보는 순간 센의 뺨이 달아올랐다. 몇 권을 집어 들고 책상으로 향했다.

필통을 꺼내 먹통에 붓 끝을 적셨다. 책을 필사할 때면 센은 누군가의 목소리를 듣는다. 한 자 한 자 적을 때마다 속삭임이 들린다. 책을 만드는 데 관여한 장인들의 혼의 파편 같은 것이리라. 부교소의 명령 한 마디로 책 하나가 절판되는 세상이다. 그러므로 판목을 소유하지 못한 세책점은 책을 확보하기 위해 한 글자도 빠뜨리지 않고 베껴 적는다.

이튿날부터 필사를 시작한 책은 『추야장물어秋夜長物語』, 남북조 시대에 창작된 히에이잔의 승려 게이카이桂海와 동자 우메와카梅若의 슬픈 사랑 이야기이다.

사원이라는 좁은 세계에서 펼쳐지는 남색이나 동자 이야기는 이제 공공연하게 쓰거나 읽을 수 없는 세상이 되었다.

붓에 먹물을 적시고 숨을 길게 내쉰 센은 떨리는 손이 잦아들기를 기다렸다가 누런 기운이 도는 종이에 먹을 떨어뜨렸다.

3

평소처럼 오차즈케로 아침을 때우고 오늘 만날 고객이 주문한 책들을 정리하고 있을 때 하수덮개를 밟으며 뛰어오는 소리가 들렸다. 이내 징두리장지가 사납게 열린다. 간다 청과물시장에서 채소를 사입하고 온 노보루가 안색이 확 바뀌어서 뛰어온 것이다.

"아침부터 웬 난리야. 오타네 씨네 아기가 깨겠다."

센은 노보루에게 등을 보인 채 책과 구사조시를 보자기에 쌌다.

마루턱에 올라선 노보루가 "야, 오센. 너, 돈 벌러 유곽에 드나든다는 게 사실이야?" 하고 노기 띤 말투로 다그쳤다.

'아, 정말 짜증나는 남자라니까.'

소설에서는 문제를 일으키는 사무라이나 조정 벼슬아치가 어김없이 등장하는데, 대체로 그런 인물은 주인공과 여인의 사랑을 함부로 흔들어놓게 마련이다. 현실에서는 이렇게 어릴 적 동무가 그 역할을 맡는가보다.

"오오즈쓰야는 간판은 건전한 요리점이지만 아는 사람은 다 아는 퇴폐업소야. 우메바치야 오센이 거기서 몸을 판다는 소문이 돌고 있어!"

"그래서 뭘 어쩌라고?"

"그러니까 당장 나한테 시집을 오라고, 이 바보야."

"하, 너 진짜 멍청하구나."

센은 책상에 거울을 올려놓고 바쁘게 머리를 매만졌다.

"남자들 입술에 몸뚱이를 맡기느니 그럴 시간에 책이나 찾으러 다니겠다."

거울 너머로 노보루의 뚱한 얼굴이 보였다. 노보루는 털썩 주저앉아 숨을 길게 내쉬더니, 나갈 준비를 하는 센을 할 말 많은 얼굴로 쳐다보았다. 센은 노보루의 시야에서 도망치듯 일어섰다.

노보루와 남녀관계가 되는 상상은 오누이가 불장난하는 것처럼 영 어색하기만 하다.

속속들이 아는 사이이니 나가야 아낙네들 말대로 두 사람이 살림을 차리면 원만하게 살아갈 수 있으리라는 점은 잘 안다. 그렇지만 글과 삽화가 서로 다른 쪽에 배치된 책처럼 생뚱맞게 느껴진다.

손을 맞잡고 앞으로 나아가기를 망설이는 이유는 그뿐만이 아니었다. 노보루의 마음에는 센을 '더 이상 불행하게 해서는 안 된다'는 생각이 멍에처럼 걸려 있다. 노보루는 그것을 애정이라고 착각하는 듯했다.

"이봐, 노보루. 너희 아버지가 지금도 그때 일을 후회하시는 건 알아."

그 사건으로 아버지 헤이지는 수명이 단축되었다. 분명 사실이다. 하지만 노보루의 부친 도키조도 자리에 드러누워 뼈만 남은 사람이 되었다.

"그렇다고 아들이 배상할 필요는 없는 거야."

"부모는 관계없어. 오센은 오센이고 나는 나야. 그보다 왜 그런 소문이 도는지나 설명해 봐."

"오오즈쓰야에 귀한 책이 많아서 사본을 뜨려고 드나들고 있을 뿐이야."

"그것뿐이야?"

"못 믿겠으면 화대 준비해서 직접 가보든지. 거기 여자들, 모두 나긋나긋해 보이던데."

센은 노보루의 어깨를 밀어내고 토방으로 내려가 책궤를 짊어지고 집을 나섰다. 이슬에 젖은 기와지붕에 아침 햇살이 쏟아진다. 오늘 처음 밖에 나온 탓에 빛에 적응하지 못한 센의 눈이 시렸다.

"어이, 내 얘기 아직 안 끝났어!"

아침 댓바람부터 칙칙한 이야기를 하기는 싫다. 센이 걸음을 서두르자 노보루가 냉큼 따라와 센의 어깨를 콱 잡고 놓아주지 않았다. 돌아보는 순간 눈앞의 빛이 사라졌다. 노보루의 두툼한 입술이 센의 입을 고스란히 감쌌다.

흙내가 난다. 채소의 뿌리 냄새인지도 모른다. 그리고 많은 책이 쌓여 있던 오오즈쓰야의 도조 창고에서 맡았던 냄새이기도 하다. 저도 모르게 손이 노보루의 등을 안으려고 했다. 그 도조 창고에 있던 수많은 이야기가 단숨에 센의 내면에 넘쳐나 머릿속인지 가슴속인지 뱃속인지에서 뜨겁게 타오르려고 했다.

센은 노보루의 정강이를 힘껏 걷어찼지만 발가락이 아파 신음을 토한 쪽은 오히려 센이었다.

"왜, 어때서."

"담에 또 이딴 식으로 입 맞추려고 들면 그 멜대로 궁둥이에 구멍을 내버릴 테야."

"바보구나, 여기엔 원래 구멍이 있는데. 그래, 오늘은 어디를 돌 건데?"

"니 목소리가 안 들리는 곳이다, 왜!"

센은 입술을 소매로 닦으며 나가야를 뛰어나갔다. 내면에 여자의 마음이 숨어 있는 기분이 들어 부끄러웠다.

니혼바시까지 숨을 고르며 천천히 걸었다. 다리를 건널 즈음에는 평소처럼 차분해졌고, 일하러 가는 사람들의 분주한 걸음에 센의 걸음도 덩달아 빨라졌다.

낯익은 데다이_{상가의 중견 점원}들에게 인사를 건네며 니혼바시를 관통하는 길을 걷는데 사방에서 날아드는 호기심 어린 시선이 느껴졌다. 노보루의 귀에 그런 소문이 들어갔다면 이 근방에서는 더 살이 붙어서 나돌고 있으리라.

'허리라도 나긋나긋 흔들며 걸어 줄까나?'

미나미덴마초를 지나 오오즈쓰야가 있는 도키와초로 가는 길로 꺾어졌다. 센은 오오즈쓰야 뒤쪽으로 돌아가 뒷문을 통해 마당으로 들어섰다. 가게가 있는 본체에서 음식을 조리하는 냄새가 풍겨오고, 그 너머 안쪽에서는 분내와 담배 냄새도 흘러나왔다.

마침 뒷간에 가려고 나온 안주인과 눈길이 마주쳤다. 상대방의 꼭 다문 입매는 조금도 느슨해지지 않는다.

"안녕하세요. 오늘도 사본 뜨러 왔습니다."

"질리지도 않고 용케 계속하네. 저러니 책벌레인 게지."

센은 안주인에게 목례하고 도조 창고로 들어갔다.

저잣거리의 소음에서 벗어난 센은 숨을 크게 들이마셨다.

도조 창고 특유의 높은 창문의 차양에서 낙숫물이 보였다. 날렵하게 직선을 그리며 떨어지는 것 같아도, 가만히 응시하다 보니 가을날의 제법 견고한 빗방울 하나하나가 동그란 물방울로 보인다.

센은 길게 숨을 토했다.

지난 한 달간 세책 일을 하는 틈틈이 오오즈쓰야에 드나들어 마침내 『추야장물어』 본문을 전부 필사했다.

세책점에서 만드는 사본은 손님이 읽기 쉽도록 큰 글자로 필사하는 경우가 많다. 물론 권두 그림이나 삽화까지는 넣지 못한다. 이야기를 살려주는 삽화가 있으면 더 재밌게 읽을 수 있을 텐데.

욕심이지만 여기에 아름다운 삽화가 있었으면. 그러면 이야기는 더욱 풍부하게 전달될 텐데.

센은 그림 재능이 없다. 꽃을 그렸는데 횻토코주둥이가 튀어나오고 눈이 짝짝이인 익살스러운 전통 가면 같다고 노보루가 웃어댄 일도 있다.

방금 완성한 사본의 책장이 갑자기 팔랑팔랑 날렸다. 활짝 열어둔 문에서 바람이 들어온다. 센은 몸을 도사렸다. 살쩍기름이 상한 듯한 냄새가 점점 짙어졌다. 등 뒤에서 한 남자가 얼굴을 쓱 들이밀며 "오호오" 하는 엉뚱한 소리를 질렀다.

"동자 이야기인가? 꽤 별난 이야기를 골랐구만."

센이 놀라서 사본을 품에 끌어안았다. 어깨 너머로 팔이 쓱 넘어와 재빨리 사본을 낚아챘다.

"누, 누구세요?"

센의 앞섶이 벌어진 채여서, 남자가 센의 가슴을 보고 쿡쿡 웃었다.

"먹이 묻어버렸네."

남자가 웃으며 손가락에 침을 발라 쓱 닦아주었다.

"우리 가게 아이는 아니군. 마누라가 이렇게 비쩍 마른 아이를 써줄 리가 없지."

센은 앞섶을 꼭 여미고 살쩍이 허연 노인을 어깨 너머로 올려다보았다.

"엔노샤 님?"

십수 년간 종적을 감추었다는 사람이 잠깐 산보라도 다녀온 듯한 모습으로 나타났다. 비가 내리는데 나막신이 아니라 그냥 조리를 신었고 옷자락도 짤막하다. 화가라면 더 세련된 차림일 것 같은데 마치 시골 사무라이가 찻집 여자 점원에게 집적거리는 듯한 촌스러움을 풍긴다. 제비는커녕 산골에서 내려온 까마귀 같다.

매부리코에서 나오는 숨에서 겨된장절임 같은 냄새가 났다. 눈살을 찌푸리는 센을 향해 엔노샤는 히죽 웃어보였다.

"오랜만에 집에 돌아오니 창고에 필사하는 여자가 있다고 하더군. 마누라가 문을 열어주었다기에 엄청난 미녀인 줄 알고 보러 왔는데, 이렇게 나무토막 같은 아이라니, 맥 빠지네."

"이런 창고에 연지 곤지 찍어 바른 여자가 있을 거라고 기대하는 사람이 이상한 거겠죠."

"그건 그렇군. 이름이 뭐지?"

"후쿠이초의 센."

엔노샤는 책상 옆에 있는 책궤에서 한 권을 뽑아들고 마지막 책장을 열어보았다.

"우메바치야? 처음 들어보는 가게인데."

어디 있는 책방인가, 하며 고개를 갸웃거린다.

"내 가게예요."

"여자가 세책점을 해?"

그러다가 센에게서 낚아챈 사본을 살펴보더니 "여자치고는 색기 없는 필체네" 하며 웃었다.

"여기 하얗게 비워둔 자리에 삽화를 넣고 싶은 모양이지?"

두 남자의 몸이 뒤엉킨 장면이다. 히에이잔의 승려 게이카이 율사가 미이데라三井寺의 벚나무 밑에서 본 아름다운 동자 우메와카에게 마음을 빼앗겨, 곧 서로 마음이 통해 잠자리를 같이한다. 우메와카는 동자라고 되어 있지만 16세의 아름다운 청년이다. 그림으로 그리면 틀림없이 독자들도 크게 매혹되리라.

"마음에 두었던 화가들이 모두 손사래를 치네요."

"당연하지. 모가지가 서늘할 테니."

업계 사람을 만날 때마다 어디 삽화 그려줄 화가가 없느냐고 물어보았지만, 사실 화가에게 삽화 그리기는 돈이 안 되는 일이다. 게다가 애초에 책 내용이 부교소에서 처벌받기 딱 좋은 이야기이니 삽화를 그려주겠다고 나설 리 만무하다. 자칫 아버지가 겪은 사건이 되풀이되기 십상이다.

"자네, 금서나 춘화도 취급하나?"

"……그쪽이 끄나풀이 아니란 증거가 있나요?"

"내가 부교소의 개라고? 이런 늙은이가?"

"전혀 뜻밖의 방식으로 감시하는 사람이 끄나풀이잖아요. 그자들은 저잣거리에 감쪽같이 섞여 있어요. 믿었던 손님한테 뒤통수 맞은 세책점을 여러 곳 봤지요."

우메바치야가 갖고 있는 금서는 얼핏 평범한 이야기책처럼 표지를 이중으로 하거나 마루 밑 비밀 보관함에 넣어 둔다.

은밀도신의 앞잡이가 어디 숨어 있는지 알 수 없기 때문이다.

"하지만, 그쪽은 분명히 화가네요. 손가락에 못도 있고."

예전에 아버지 헤이지와 함께 일하던 화가들도 손가락에 저런 못이 박혀 있었다.

게다가 이 사람은 체구도 놀랄 정도로 비쩍 말랐다. 삭정이처럼 말라서 서 있기도 위태로워 보인다. 누굴 추적하고 체포하는 험악한 일을 감당할 만한 몸이 아니다.

"그러고 보니 여기 재미난 게 있었는데, 아직도 있는지 모르겠군."

엔노샤는 가볍게 일어나 먼지에 콜록거리며 서가와 나무상자를 뒤지기 시작했다. "여긴 없군"이라든가 "빌어먹을 곰팡이 같으니" 하고 투덜거리며 보물이라도 찾는 꼬마처럼 목을 길게 빼고 있다.

"그런데 자네는 무슨 책을 좋아하지?"

"……『겐지 이야기』."

"크크크, 여자들은 다들 좋아하지."

나가야로 돌아오니 출입문 안에 바구니가 놓여 있었다. 토란이 산더미처럼 담겨 있다.

굵고 탐스러운 토란은 센이 좋아하는 푸성귀이다. 최근 며칠간 노보루가 계속 이렇게 채소를 놓아둔다.

"편지나 꽃 같은 거라도 곁들이든지. 목소리는 나쁘지 않지만, 그거 말고는 뭐 하나 봐줄 게 없다니까."

돌아오기 무섭게 화덕의 재에서 불씨를 찾아 불쏘시개에 불을 붙였다. 등롱 심지에 불을 붙이자 캄캄한 집 안에 켜켜이 쌓인 책들이 시야에 떠올랐다.

화로에 불을 살려 물을 끓이고 찬밥에 부었다. 오오즈쓰야를 나설 때, 팔다 남았다는 가지무침을 받아온 게 있어서 함께 입안에 쓸어 넣었다.

세책업은 늘 시장한 일이지만 사본을 뜨는 데도 상당한 기력이 필요해서, 필사를 마치고 돌아오면 기진맥진한다.

그래도 센은 책을 펼친다. 오타네나 기도지기 구마키치 노인의 말대로라면 일찌감치 잠자리에 들어서 기름 값을 아껴야 한다. 하지만 센에게는 고독한 처지를 잊을 수 있는 소중한 시간이다.

아버지 헤이지는 이야기책의 삽화나 니시키에의 판목을 조각하는 장인이었다.

아버지가 조각한 여인의 귀밑머리는 비단실보다 가늘다는 평판이 났고 조각사 중에 으뜸가는 기량이라고 했다. 센이 읽기 쓰기에 재미를 붙였을 즈음, 아버지가 조각하는 판목을 옆에서 가만히 들여다보다가 이야기의 줄거리를 물은 적이 있다.

그때 헤이지는 여느 때보다 긴장한 얼굴로 조각도를 움직이고 있었다.

작은 판원에서 간행할 예정이라는 무사 이야기였는데, 아버지의 손이 여느 때와 달리 희미하게 떨리던 모습을 어린 센은 똑똑히 기억하고 있다.

그 후 판원에서 시험 인쇄를 했다. 헤이지는 시험쇄라 불리는 책을 가지고 돌아와 센에게 슬쩍 보여주었다. 센은 읽지 못하는 글자들이었지만 삽화 보기는 무엇보다 재미있는 놀이였다.

"이 책 간기는 화가 이름이 재미있게 그려져 있네요. 무슨 그림이죠? 글을 모르는 화가인가요?"

헤이지는 후후, 하고 웃고 그림을 가만히 들여다보았다.

"잘 보렴. 삽화는 그저 이야기를 화려하게 꾸며주기만 하는 게 아니야. 화가는 작가의 의도를 짐작하며 그림을 그린단다."

"그럼 화가도 글을 잘 알겠네요."

"당연하지. 머리가 제일 좋은 사람이 화가가 되는 거란다. 뭐든 눈앞에 있는 것을 한 번 쓱 보고도 진짜보다 더 실감나게 그려버리니까. 그럼 나 같은 조각사가 그 그림대로 한 치도 어긋나지 않게 판목을 파지. 그래야 어떤 이야기인지가 분명해지는 거란다."

"이 책은 그림을 보지 않으면 의미를 알 수 없는 이야기인가요?"

그래, 하고 헤이지는 고개를 끄덕였다.

"이 『창문외기담倡門外妓譚』은 그렇단다. 센, 이 무사가 칼을 겨눈 곳에 있는 요시와라 정문에도 막부가 공인한 유곽에서 뭘 알 수 있지?"

어린 센은 열심히 생각했다. 잠시 후 배에서 꼬르륵 소리가 울리는 순간 한 가지 생각이 떠올랐다.

"이 무사는 맛난 걸 먹고 싶나 봐요. 요시와라라는 곳은 예쁜 여자도 많고 우리가 본 적도 없는 요리를 먹을 수 있는 곳이라고 노보루가 그랬어요."

수수께끼를 궁리하는 딸의 얼굴을 헤이지는 미소를 지으며 쳐다보았다.

"그러냐. 그것도 영 틀린 말은 아니지."

정답은 아닌 듯했다.

“자세히 보면 이 무사가 뭘 생각하는지 알 수 있단다. 실은 요시와라 주변에는 논밖에 없거든. 휑하기만 하고 볼 만한 거라곤 없지. 하지만 이 그림을 보면 대문 오른쪽에 대나무와 참새가 있고 왼쪽에는 참새를 노리는 매가 있잖니. 이런 곳은 에도에 딱 한 군데밖에 없단다.”

“어딘데요?”

“그건 말 못해. 목판을 파다가 삽화의 속뜻을 알아채기도 하지만 절대로 말을 하면 안 되거든. 조각사는 원화대로 목판을 파는 일이 직업이니까.”

“너무해요, 아빠.”

그로부터 며칠 뒤, 헤이지의 생명이 깎여나갔다. 말 그대로 ‘깎여나갔다’.

센과 노보루가 습자소에서 돌아오니 후쿠이초에서 소동이 벌어지고 있었다. 좁은 골목에 사람들이 우글거렸다. 센은 집에서 뛰어나온 어머니에게 꼭 안겨 건너편 집 벽으로 끌려갔다.

“센, 아무것도 보지 마라!”

어머니가 쥐어짜는 목소리로 말했다.

순찰도신과 오캇피키 무리가 센 일가의 거처이자 공방으로 쳐들어와 헤이지와 판목 전부를 밖에 내동댕이쳤다.

조각사 헤이지가 판 『창문외기담』이란 책이 나라님을 우롱하는 내용이라고 도신이 큰소리로 꾸짖었다. 목수들과 통장이들이 일하다가 불려와 도신의 명령대로 헤이지의 판목을 대패로 깎아버렸다. 그들 중에는 노보루의 아버지 도키조도 있었다.

헤이지의 울부짖는 소리가 온 동네에 울려 퍼졌다. 판목은 조각사의 목숨과도 같다. 도신 일행은 헤이지를 꼼짝 못하게 붙들고 손가락을 잘라버렸다. 구경꾼들이 비명을 질렀다. 하지만 헤이지를 도와주려는 사람은 없었다.

"아버지, 그러지 말아요!"

노보루가 아버지에게 매달려 말리려고 하자 주겐무가의 하인이 노보루를 떼어내어 던져버렸다.

그 소동이 벌어지는 동안 어머니는 센을 꽉 끌어안고, "이젠 다 틀렸어"를 반복하며 한없이 움츠러들었다. 너는 아무것도 안 봤어, 아무것도 모르는 거야, 라고 타이르듯이 말하며 딸을 안고 바르르 떨었다.

그때 센은 아버지와 읽었던 책들을 생각했다. 머리에 떠오르는 광경은 아버지가 조각하고 인쇄사가 찍어낸 아름다운 삽화들이었다. 그 목판들이 눈앞에서 파괴되고 있으니 센의 머릿속까지 함께 깎여나가는 것 같아 속이 메스꺼워졌다. 집 안에 쌓여 있던 많은 책과 아버지의 연장들이 화덕에서 불탔다.

헤이지는 그때부터 평생 판목 조각이 금지되었다.

며칠 뒤 금서의 판원과 작가, 그리고 삽화를 그린 화가가 종적을 감추었다고 마치 나누시평민 구역인 '마치'를 책임지는 지역 유지가 알려주었다.

그날부터 어머니는 작은 소리에도 몸이 굳어버리게 되었고, 야경꾼의 딱따기 소리에도 귀를 막고 몸을 벌벌 떨었다. 그리고 얼마 후 어머니는 어느 사내를 따라 자취를 감추었다.

아내가 도망가고 다른 일자리를 구하는 데도 번번이 실패한 헤이지는 매일 술에 취해 지내다가 센이 열두 살 나던 해 가을, 다시 끌을 잡아보지 못하고 강물에 몸을 던져 자살하고 말았다.

아버지가 노름에 빠져 있었다는 사실은 그 뒤에 나가야 아주머니들이 모여서 수군거리는 소리를 듣고 알았다. 돈 때문에 품삯 좋은 위험한 일거리를 받아오는 아버지를 어머니도 달가워하지 않았는데, 결국 그 일거리 때문에 온 가족이 곤경에 빠졌다. 어른들은 헤이지의 자업자득이라고 말했지만 센은 그건 아니라고 생각했다.

'아빠가 아무리 노름에 빠져 있었다고 해도 그것과 목판 파괴는 다른 문제야.'

하지만 자기 생각을 소리 높여 주장할 수는 없었다. 센은 고작 열두 살이었고, 세상이 잘못되었다고 해도 어떻게 해야 하는지 알 수 없었기 때문이다.

마지막 남은 가지무침을 꼭꼭 씹어서 삼켰다. 조금 짰지만 지친 몸에는 딱 좋았다.

4

도리아부라초에 있는 롯콘도六根堂는 센이 자주 드나드는 지본 도매상이다.

헤이지는 이 도매상에서 출판하는 책의 판목 작업을 많이 청부했다. 그래서 센도 아버지를 따라 이 가게에 드나들며 아침부터 저녁까지 구사조시나 니시키에를 보며 자랐다. 가메이도의 은거 노인을 소개해준 사람도 이곳 주인 난바야 기이치로였다.

"아저씨, 바킨 선생의 속편은 없나요?"

센은 점원에게 인사를 건넨 뒤, 마침 가게 앞에서 손님을 배웅하고 돌아선 기이치로에게 물었다. 풍채 좋은 주인이 껄껄 웃으며 손을 흔들어주었다.

"구했어, 구했어. 운 좋게 딱 한 권을 구했지. 오센이 찾을 것 같아서 아무한테도 안 보여줬어. 그 대신 값은 제법 비싸."

"기다리는 손님이 많아요. 얼마예요?"

기이치로가 계산대 격자 안으로 돌아가 주판알을 튕겨서 보여주었다.

"시세의 두 배잖아요! 배짱부리기예요?"

"배짱부리는 게 아냐. 바킨이 쓰고 호쿠사이가 그렸어. 지금 사 두지 않으면 다시 만나기 힘들 수도 있어. 아니면 사본을 뜰래?"

가쓰시카 호쿠사이의 삽화가 없으면 의미가 없다.

센은 소매에서 돈주머니를 꺼내 거기 있던 동전을 몽땅 기이치로의 무릎 앞에 내밀었다.

"금세 본전을 뽑을 거다. 뭣하면 내가 아는 손님을 소개해주지. 맨입으론 곤란하지만."

센이 준 돈을 확인한 난바야는 "그러고 보니" 하며 목소리를 낮추더니 가게 안에서 책을 철하고 있는 데다이들이 듣지 못하도록 센에게 얼굴을 기울였다.

"요새 관에서 네 주변을 기웃거리지 않나? 이 동네 오캇피키가 나를 찾아와 너에 대해서 꼬치꼬치 묻던데."

"글쎄요. 제가 워낙 켕기는 게 많아서, 무엇 때문에 그러는지 모르겠네요."

"부교소에서도 골계본 정도로 눈에 쌍심지 세우진 않지. 하지만 절대로 손을 대서는 안 되는 책이 따로 있잖아. 그 점만 유의하게."

"알죠. 선은 넘지 말아야 한다는 거."

그 아슬아슬한 경계를 잘 헤아리며 장사하지 않으면 손님에게, 그리고 책에 관여한 많은 장인들에게 벼락이 떨어진다.

"알면 됐어. 오센은 작가가 아니야. 어디까지나 책과 손님을 연결해주는 중개인이지. 그걸 잊어서는 안 돼."

"알고 있어요."

한일자로 꾹 다문 입술을 다시 열려다가 말기를 여러 번 반복하던 기이치로가 센의 얼굴을 보고는 문득 표정을 풀었다.

“원하는 책이 있으면 언제든지 와. 상태 좋은 판목으로 때깔 나게 찍어낸 걸로 준비해둘 테니까. 하지만 ‘귀밑머리 헤이지’ 같은 장인은 이제 몇 명 안 남았어.”

“자꾸 그 이름 들먹이다가는 아저씨도 수갑을 차고 말 걸요.”

“그게 무슨 소리야. 헤이지는 내가 정말 신뢰하던 조각사였어. 켕길 일은 요만큼도 없었어.”

헤이지가 돈에 쪼들리지만 않았어도 그런 위험한 작업은 맡지 않았을 텐데. 좀 더 일찍 노름을 끊게 하고 품삯 좋은 일거리를 맡겼더라면, 하고 기이치로는 후회했다.

“아저씨, 이왕 자상하게 마음 써 주실 거면 이 책값이나 조금 빼주시죠.”

“그건 다른 얘기지.”

기이치로는 늘어진 볼살을 흔들며 활짝 웃었다.

도매상을 나서니 거리에 모래바람이 거칠게 분다.

‘세책은 음지에서 하는 장사야. 처벌이 무서우면 어떻게 나라님과 맞설 수 있겠어.’

오비 속에 감춘 책 한 권을 가만히 누르며 발소리 죽여 걸었다. 나뭇잎 스치는 듯한 은밀한 소리가 뒤에서 희미하게 들려왔지만 센은 전혀 알아채지 못했다.

삽화 그려줄 화가는 여전히 구하지 못하고 있다.

그만 포기하고 다음 책의 필사를 시작할지 고민할 즈음부터 도조 창고에 엔노샤가 얼굴을 비치게 되었다. 평상복 차림이어서 처음 만났을 때보다는 나아 보였다. 미스즈의 노여움이 풀렸는지는 알 수 없지만 다시 데릴사위다운 얼굴을 하고 본채에서 지내는 모양이다.

발소리도 없이 창고 속을 어슬렁거리다가 후우후우 숨소리를 내며 책이나 그림을 들여다보았다.

"엔노샤 님, 그림은 안 그려요?"

어느 날 센이 묻자 엔노샤는 "으응?" 하며 눈을 꿈쩍거렸다.

"아깝잖아요. 여기에 색만 마저 입히면 사겠다는 호사가가 많을 텐데."

그리다 만 그림을 쳐들어 보이자 엔노샤는 그 그림을 처음 보는 사람처럼 고개를 갸웃거릴 뿐이었다. 자신이 화가라는 사실조차 잊은 듯했다.

하루는 책을 몇 권 훑어보고 창고에서 나오니 안주인 미스즈가 본체 툇마루에 한쪽 무릎을 세우고 앉아서 마당의 감나무를 올려다보고 있었다. 알은체하기도 전에 안주인이 센을 알아채고 웬일로 주름살 그어진 손을 쳐들어 보였다.

"잠깐 얘기 좀 하지."

뭔가 타박을 하려나 싶었다. 정나미 다 떨어진 남편이지만 젊은 여자가 틀어박혀 있는 창고에 남편이 드나들고 있으니 내심 고까웠으리라.

하지만 미스즈는 화로에 데운 질주전자를 들어 두 사람 사이에 놓인 잔에 술을 쪼르륵 따랐다.

"술 마실 줄 알지?"

"가게를 비워도 괜찮으세요?"

"도키치로가 단골손님들을 모아놓고 요란하게 놀아주고 있어."

오오즈쓰야 2층에서 여자 점원들의 새된 웃음소리와 담배 냄새. 그리고 경묘한 샤미센 소리와 노래가 흘러나온다.

미스즈가 권하는 술을 쳐다보며 센도 잔에 입을 댔다. 그윽한 향이 콧속을 채운다.

"'내려온 술_{유명 술도가가 많은 간사이에서 주조되어 배편으로 에도로 운반된 사케}'이야. 요즘 구하기 힘든 술이지."

"엔노샤 님이 가져오신 건가요?"

"이딴 걸로 화가 풀릴 리도 없지만, 술에 무슨 죄가 있겠어. 나라님은 사치를 처벌하겠다고 하시지만 술 정도는 언제나 맛난 걸로 마시고 싶어. 세상이 참 이상하지 않아? 재밌고 즐거운 일은 모두 괘씸한 거라고 금지하니. 최소한 사는 낙은 포기하고 싶지 않아."

"창고의 책들을 처분하지 않은 것도 그래서군요."

"응?"

"언제 돌아올지 알 수 없는 남편의 물건을 몇 년간이나 먼지를 털어가며 그냥 놔두는 거, 저라면 못할 것 같아요."

창고의 책 중에는 곰팡이 피고 쥐가 갉아먹은 부분도 있지만 먼지를 뒤집어쓴 책은 거의 없었다.

"술과 마찬가지지. 책에 무슨 죄가 있겠어."

"엔노샤 님은 왜 에도를 떠나셨던 거죠?"

여러 지방을 전전했다고 하는데도 엔노샤는 그림 한 장 그려오지 않았다. 건강도 많이 상했다. 풍류 삼아 유람을 다녀오지는 않았을 것이다.

"예전에는 골치 아픈 그림만 그렸거든. 그러다 부교소에 찍혀서 도망친 거야."

"아주머니께 피해가 갈까봐 집을 떠나셨던 거군요."

"그렇게 속 깊은 남자는 아냐."

미스즈는 낮은 소리로 웃었다.

"오센, 이제 여기에는 그만 오는 게 좋겠어. 도키치로가 돌아왔으니 필시 부교소에서 감시를 붙였을 거야. 괜히 오센까지 휘말려서 곤욕 치르는 거 보고 싶지 않아."

차가운 말투였지만 미스즈의 배려가 느껴졌다.

문득 시선을 내린 미스즈가 마당의 산울타리 쪽으로 얼굴을 돌렸다.

"이젠 반딧불이가 안 보이네. 가끔 끈질기게 살아남은 놈이 운하에서 여기 마당까지 날아들거든."

"……가을 반딧불이는 불길한 벌레래요."

"그래?"

"빛이 꺼질 듯 말 듯 가물가물해서 '병든 반딧불이'라고들 하잖아요."

그 미약한 빛이 센을 불안하게 만든다.

"오래전 아버지가 강물에 몸을 던져 죽었어요. 그때 철지난 반 딧불이가 아버지 시신 주위를 날아다녔죠. 제 눈에는 원통한 아 버지가 이승에 한이 남아 떠도는 모습처럼 보였어요."

그러자 미스즈가 술잔에 목소리를 따르듯이 입을 열었다.

"우는 소리도 없는 반딧불이의 빛조차 사람의 뜻대로 끌 수 없 을진대『겐지 이야기』에 나오는 일화로, 미약한 반딧불이 빛조차 사람의 뜻대로 끌 수 없는데 이 가슴의 뜨거운 연정을 그 누가 끌 수 있겠느냐는 뜻."

히카루 겐지의 딸 다마카즈라를 사모하는 황자가 반딧불이 빛 아래 자태를 드러낸 그 여인을 보며 읊은 시다.

"그 시를 써 보낸 사내가 있었지."

"엔노샤 님이?"

그럴 리가, 하며 미스즈가 손사래 쳤다.

"지금은 얼굴도 기억나지 않는 사내였어. 하지만 가슴이 묘하 게 설레던 거라든지 가슴에 뜨거운 등불이 타오르는 듯한 심정은 쉽게 잊히지 않으니까."

"반딧불이는 겨우 며칠 살다 죽는데 그 빛만 가슴에 남는다면 괴롭기만 하지 않나요?"

"아버님 시신 주변에 날아다니던 반딧불이는 원통함 때문이었 는지도 모르지. 가혹한 형벌로 풍비박산이 나서 세상을 버렸겠지 만, 어린 딸을 두고 떠나는 것이 못내 걱정스러웠을 거야."

미스즈는 드나드는 손님들을 통해 센의 집안 이야기를 들었던 모양이다.

2층 살창 틈새로 시끌벅적한 술자리 소리가 흘러나왔다. 센은 엔노샤의 목소리를 구별할 수 없었지만 미스즈는 종종 미소 짓기도 하고 입술을 꼭 다물기도 했다.

빛도, 냄새도, 쓰다듬는 손의 온기도 최후에는 느낄 수 없게 되는지 모르지만, 사랑스러운 이의 목소리만은 아무리 작아도 귀에 들어오는 법인가.

두 사람은 잠시 가을 반딧불이를 찾아 두리번거리며 술잔을 거듭 비웠다. 취기가 돌기 시작할 즈음 미스즈가 고개를 갸웃거렸다.

"그런데 참 모를 일이야. 그쪽 아버님은 왜 그렇게 혹독한 벌을 받았지? 조각사였으니 그리 무거운 죄를 지을 처지도 아닐 텐데."

물론 제일 먼저 처벌받았어야 할 이는 판원 주인이다. 하지만 판원 주인은 이미 에도에서 자취를 감춘 상태였다고 한다.

"부교소에서는 우리 아버지에 대한 정보를 어떻게 얻었을까요."

조각사는 판목을 조각할 때 자기 옥호를 판목에 새겨 넣기도 한다. 하지만 헤이지는 아무리 중요한 작업이라도 장인이 중뿔나게 나서면 바람직하지 못하다며 자기 옥호를 넣지 않았다.

"누가 아버님을 밀고했겠지."

밀고.

충분히 있을 수 있는 이야기였다. 요즘은 작가나 판원이 부교소의 엄격한 통제를 받는다.

'끄나풀은 가까이 있다.'

후쿠이초로 돌아갈 때는 달도 없는 캄캄한 밤길이어서 오오즈쓰야에서 등롱을 빌렸지만, 등롱이 가을바람에 흔들려 영 미덥지 못했다.

간다가와에 가까워졌을 무렵 센은 문득 걸음을 멈췄다. 그러자 등 뒤에서 들리던 모래를 차는 소리도 이내 그쳤다. 고텐마초 근방부터 들리던 그 소리는 아타라시바시 다리를 건널 즈음에는 들리지 않았다.

무가저택을 지나자 걸음을 서둘러 나가야로 향했다.

후쿠이초의 기도가 시야에 들어오자 그제야 어깨에서 힘이 빠졌다. 기도는 아직 열려 있었다.

"아저씨, 아직 안 주무세요?"

기도 오두막의 문을 열어보니 토방에는 파는 수건과 조리 따위가 쌓여 있고 안쪽의 4첩 반짜리 방에는 이부자리가 깔려 있었다.

늘 벽에 걸어 두는 딱따기가 보이지 않았다. 기도지기가 야경을 나간 모양이다.

아무도 없는 기도를 지나 후쿠이초로 들어서자 등불이 새어나오는 집이 뜸해지고 센의 등롱만이 골목을 희미하게 비추었다.

여기저기서 띄엄띄엄 등불 빛이 새어나왔다. 밤에도 일을 하는 집에서는 부부가 나누는 이야기 소리, 부업을 하느라 나무망치

두드리는 소리, 칭얼대는 갓난아기를 재우려 어르는 소리가 새어
나왔다.

센타로 나가야에 들어서 등롱을 끄려고 걸음을 멈추었을 때 센
의 집 앞에 서 있는 한 남자가 보였다.

"노보루?"

등롱을 쳐들며 물었다. 남자가 얼굴을 들었다. 얼굴을 수건으
로 감싼 남자가 징두리장지에 한 손을 대고 있었다.

"누구……!"

목이 꺽꺽대서 목소리가 나오지 않았다. 손에서 등롱이 떨어졌
다. 등갓에 불이 붙어 타오르기 시작했다.

돌아다보는 남자의 손에 비수가 쥐어져 있었다.

강도다. 비수의 날이 불타는 등갓의 불빛을 반사하며 뱀처럼
이글이글 꿈틀거렸다.

남자가 말없이 센에게 달려들었다.

그 동작이 놀랄 정도로 민첩하여 센이 소리쳐 도움을 청할 틈
도 없이 번뜩이는 칼날이 센의 소맷자락을 갈랐다. 돈주머니에
있던 동전이 하수덮개에 쏟아져 튀어 오르자 남자가 한순간 멈칫
했다. 센은 엉금엉금 기어 맞은편 집 장지에 등을 기댔다. 타오르
는 등갓의 불빛에 사내의 모습이 또렷이 드러났지만 얼굴은 제대
로 볼 수 없었다.

사내의 손아귀가 센의 목으로 뻗어 왔다. 목에서 가장 연약한
곳을 남자의 손가락이 콱콱 조이기 시작했다. 센은 사내의 손목

을 잡고 떼어내려 버둥거렸지만 남자의 손은 더욱더 세게 조여들었다. 콧물과 침이 흘러내렸다.

어둠 속에서 희미하게 깜빡이던 반딧불이의 빛이 점점 강해진다. 불타는 등갓의 불빛에 남자의 입술 사이로 숭숭 벌어진 치열이 보였다.

나가야의 제일 구석진 집에서 소목장이가 얼굴을 내밀었다. 측간에 가려고 나왔다가 골목에서 타오르는 불길에 놀라서 걸음을 멈춘 것이다. 비수를 휘두르는 사내를 발견하고, "웬 놈이냐!" 하고 소리를 질렀다.

목을 옥죄던 손에서 힘이 늦춰진 틈을 타 센이 발바닥으로 남자의 아랫배를 걷어찼다. 남자가 비수를 떨어뜨리고 혀를 찼다. 비수를 주우려고 손을 뻗던 남자는 소란한 소리를 듣고 주민들이 뛰어나오자 골목으로 도망쳤다.

소목장이가 센에게 뛰어오며, "빨리 반야마치의 파출소 역할을 하는 자치 사무소에 알려!"라고 외치더니, 칼에 잘린 센의 옷소매를 보며 낯을 찡그렸다.

"놈의 얼굴을 봤어?"

센은 부들부들 떨며 고개를 저었다.

소리를 듣고 뛰어나온 오타네가 불타는 등갓에 모래를 끼얹으며 비명을 질렀다. 그러더니 조심조심 센의 집 안을 들여다보고는 후우, 하며 숨을 토했다.

"집 안은 어지럽혀져 있지 않네. 오센이 조금만 일찍 돌아왔더라면 집 안에서 맞닥뜨려 큰일 날 뻔했어.”

그날 밤 센은 문에 버팀목을 단단히 지르고 방구석에 웅크린 채 밤을 홀랑 샜다. 떨림이 진정되지 않아 잠을 이룰 수도 없었거니와 어떤 소리가 내내 귓속에서 사라지지 않았기 때문이다.

도망치는 강도의 허리춤에서 ‘따닥따닥’ 하는 소리가 났었다. 어릴 때부터 익히 들었던 야경의 딱따기 소리였다.

5

오오즈쓰야의 처마 밑에 쪼그리고 앉아 있는 센을 보자 엔노샤의 얼굴에 화색이 돌았다. 술 냄새 담배 냄새가 센에게 다가왔다.

"허허, 웬 오갈 데 없는 처자가 길바닥에 나앉아 있네그려."

"엔노샤 님이야말로 왜 새벽에 귀가하세요. 이러다 안주인한테 쫓겨나시겠어요."

"헤헤, 가메이도에서 맛있는 단팥죽 만드는 방법을 배우고 왔지. 마누라가 단팥을 좋아하거든."

손에 팥 자루와 새끼줄로 묶은 파단이 들려 있다.

엔노샤는 잰걸음으로 가게로 들어가 부엌의 화덕 앞에 쪼그리고 앉아 대통으로 바람을 후후 불어 불을 지폈다. 안주인은 아직 기침 전이고 통근하는 여자 점원과 조리사도 출근하지 않은 시간이었다. 조용한 가게 부엌에서 불 지피는 소리만 울렸다.

"오, 어제 만든 우동이 남아 있네."

커다란 냄비를 열어 보고 센에게 가까이 오라고 손짓했다.

"파를 썰어서 된장과 함께 절구에 찧어 줘."

"제가요?"

"배고파 죽겠어. 얼릉얼릉 움직여."

센은 책궤를 걸상에 내려놓고 소매를 멜빵으로 단속한 뒤 부엌으로 들어갔다. 살강에서 절구를 꺼내 얼떨떨한 표정으로 파를 썰어 넣었다.

"손가락 자르기 딱 좋은 칼질이구먼. 저래서 어디 시집이나 가겠어?"

엔노샤가 센의 칼질을 곁눈으로 보며 한숨을 지었다. 센이 절구에 찧은 파된장을 우동에 넣어 풀어내자 감칠맛 나는 파 향이 올라왔다.

미스즈가 깨어나 나올 즈음에는 우동이 조반으로 준비되어 있었다.

세 사람이 부엌에 나란히 앉아 우동을 먹었다.

"맛이 저렴하네."

국물을 한 모금 마셔본 미스즈가 입술을 일그러뜨리며 말했다.

"센다이 된장에 가메이도에서 가져온 대파야. 파의 매운 맛이 잘 어울리지 않아?"

"요리는 물감 배합하듯 이것저것 섞는다고 되는 게 아니우. 이런 음식은 재료 본연의 맛이 중요한 것을."

미스즈가 불평하자 엔노샤는 "이히히" 하고 묘하게 웃으며 어깨를 흔들었다.

"그런데 오센은 왜 아침 댓바람부터 여기에 있지? 당신, 설마 간밤에 이 처자가 사는 여염집에 기어들어가 있었수?"

센이 안주인의 험악한 눈초리에 놀라 고개를 저었다.

무슨 엉뚱한 말씀을. 간밤에 그 끔찍한 일을 겪느라 정신이 없었는데. 지금도 우동을 삼킬 때 목이 아프다.

"책 좋아하는 자들 중에는 식탐 있는 놈이 많아. 어제는 간만에 친한 지인을 찾아갔더니 이것도 맛있네 저것도 맛있네 하며 계속 내주더군. 예전에 그 사람과 여기저기 몰려다니며 먹고 마셨지. 식탐 많기로는 글쟁이들도 마찬가지인데. 필시 놈들은 맛난 것을 먹고 싶어서 글을 쓰는 걸 거야. 겐조源蔵 작가 도라이 산나[唐来参和]1744~1810의 통명 같은 사람이 바로 그렇거든."

"마음이 왠지 헛헛할 때는 맛난 거 먹는 게 최고야. 어지간한 근심은 맛있는 음식 하나에 풀어지거든."

미스즈의 말에 센은 고개를 크게 끄덕였다.

"그런데 당신이 뽑는 우동은 여전히 찹쌀떡처럼 찰지네. 이에 자꾸 들러붙어."

엔노샤가 불평하자 미스즈가 "목에 들러붙으면 금방 저승행이니 조심하시우" 하며 웃었다.

후루룩후루룩, 세 사람이 우동 먹는 소리만 들린다. 센은 온몸에 내내 들러붙어 있던 긴장이 살짝 풀어지는 기분이었다.

밤새 내리던 비는 정오가 지나자 가늘어졌다. 센이 게다 소리 울리며 오오즈쓰야에 들어가 도조 창고 앞에서 삿갓을 벗는데 구름 가장자리에 희뿌연 빛이 비치기 시작했다.

오늘이 마지막이라 생각하며 창고에 들어가 보니 엔노샤가 채광창 밑에 뒹굴며 군기물전쟁을 소재로 한 이야기을 읽고 있었다.

"표정이 영 신통찮군. 자넬 덮친 강도는 잡았나?"

“알고 있었어요?”

센이 변을 겪고 4, 5일 지났을 즈음, 기도지기 구마키치가 자취를 감추었다. 나누시에 따르면 건강을 해쳐 기도지기 일을 계속할 수 없게 되었다고 한다. 구마키치가 강도짓을 한 악당이라고 생각하는 주민은 아무도 없었다.

진실을 아는 이는 앞으로도 없으리라. 그것이 바로 끄나풀이 일하는 방식이다.

구마키치가 사라진 기도를 볼 때마다 희미한 소리에도 벌벌 떨던 어머니의 창백한 얼굴과 삶의 의욕을 잃은 아버지의 뒷모습이 떠올랐다.

책궤를 지고 걷는 뒷골목의 저쪽에는 빛이 있을까.

“이봐, 사본의 삽화, 내가 그려줄까?”

엔노샤가 그렇게 말하더니 책상 앞에 앉은 센의 뒤에서 왼손과 두 다리로 꼭 안았다.

“여자를 품어야 제대로 그려지거든.”

몸을 비틀려고 했지만 노화가는 씨름꾼이 조이기를 하듯 센을 제압하고 놓아주지 않았다. 센의 상체가 책상 위로 짓눌렸다. 엔노샤가 손가락을 핥았다. 숫처녀는 아니지만 좋아하지도 않는 남자에게 안길 만큼 아쉬운 처지도 아니다.

붓을 잡은 오른손에 포개어진 엔노샤의 손을 보고 센은 아, 하며 숨을 삼켰다. 그의 손가락이 매화나무 가지처럼 뒤틀려 있었다.

“헤헤, 아궁이에 던져 넣으면 잘 타게 생겼지?”

“……죽을병이에요?”

“배고 등이고 할 것 없이 온통 고약한 종기가 생겼어.”

“못 고친대요? 의원한테는 가 봤어요?”

“이제는 술을 원하는 대로 마셔도 된대. 뱃속이나 깨끗이 씻어 두라고 하더군.”

입을 다물고 웃는 소리와 함께 뾰족하게 불거진 목울대가 오르락내리락했다.

“누구나 언젠가는 죽어. 내가 보기에 이 세상은 말이야, 책으로 치면 한 쪽도 못 채울 만큼 헛된 꿈이야. 형벌을 받았네 몹쓸 병에 걸렸네 하며 이것저것 번민하지만 다 부질없는 일이지. 다음 쪽을 넘기면 지금까지와는 또 다른 세상이 기다릴 뿐이야.”

그런데 그림이 시원찮네.

엔노샤는 작은 소리로 중얼거리고는 혀로 입술을 적셨다.

“역시, 죽기엔 아직 아쉽구나. 시간이 원망스러워. 손가락뼈를 이렇게 오그라뜨려 놓았으니. 사자탈 하나 그리지 못하겠네. 막내리는 딱따기 소리는 듣고 싶지 않아. 이봐, 자네가 내 손이 되어줘. 내가 말하는 대로 붓을 움직여봐. 세상에 둘도 없는 교합 장면이 나올 테니까.”

뒤에서 센을 꼭 안은 엔노샤가 붓을 잡은 센의 손을 받쳐주었다.

“나, 그림 재주가 없어요.”

"괜찮아. 자기가 안겨 있는 모습을 하늘에서 내려다보는 거야. 작가처럼. 그리고 어떻게 해야 자기 기분이 좋아질지를 생각해 봐. 질펀한 교합 장면이 나올 거야."

붓 끝이 조용히 여백에 닿았다.

승려 게이카이의 갸름한 얼굴이 센을 지그시 마주보고 있다. 센은 승려의 품에서 도망치려고 하지만 마음은 이미 그의 품에 머물고자 한다.

풀어헤쳐진 옷자락 밑으로 승려의 손이 숨어든다. 센은 더는 욕구를 억누르지 못하고 승려의 일부가 된다. 두 몸의 경계를 알 수 없게 되고, 다만 승려의 거친 손가락 동작이 자기 몸의 경계를 알려준다.

"이게 자네가 원하는 남자인가? 제법 잘생긴 사내로군."

게이카이의 팔이 우메와카의 몸에 뱀처럼 얽혀든다. 두 남자의 음경이 빨갛게 부풀어 우뚝 곤두서서 당장이라도 상대방의 배를 꿰뚫을 기세다.

춘화는 '와라이에笑い絵'라는 별칭대로 보는 이에게 우스꽝스럽게 비치기 쉽다. 뒤얽힌 남녀 혹은 두 남자가 욕망에 빠져 서로를 갈구하는 모습은 때로는 역겹게 보이기도 한다. 그러나 기량 있는 화가가 그리면 니시키에처럼 화려해진다는 부분도 춘화의 흥미로운 점이다.

엔노샤의 기량은 의심할 나위가 없었다. 삽화일 뿐인데도 보는 이의 몸을 이렇게 뜨겁게 만드는 그림을 센은 참으로 오래간만에 만났다.

“좋은걸. 나한텐 이런 그림 작업이 맞아. 여자 마음을 헤아리며 그림으로 안는 건 화가만 누릴 수 있는 낙이지.”

마무리로 두 인물 사이에 벚꽃을 흩뿌려 놓는다. 마지막 책장에 ‘우메바치야 센’이라고 써 넣고 그 옆에 엔노샤 자신의 이름도 보탰다.

날개를 편 제비 그림이 낯이 익다. 센이 오비 속으로 손을 넣었다.

“아버지가 후쿠이초에서 조각사로 일했어요.”

“그랬다고 하더군.”

“하지만 출판에 관한 명을 어긴 죄로 판목이 전부 파괴되었죠. 그 뒤 실성해서 자살해버렸고요.”

“숱한 악법 중에서도 으뜸가는 악법이지.”

요미모노나 구사조시의 마지막 책장에는 반드시 간기를 실으라고 부교소가 명을 내렸다. 서점이 함부로 불경한 책을 만들지 못하도록 하려는 정책일 뿐이지만, 센에게는 간기에 이름을 올린 사람들이 동경의 대상이었다.

“간기는 책을 만든 사람들의 자랑이에요. 가짜로 지어낸 이야기를 이 세상에 섞어놓고야 말겠다는 저항의 증거 같은 거죠. 그래서 나는 간기에 있는 이름은 전부 기억하고 있어요.”

센은 묵향이 피어오르는 제비 문양을 손가락 끝으로 가만히 짚었다.

“『창문외기담』의 삽화를 그린 화가가 바로 당신이었군요.”

삽화에 그려진 대문은 이야기에 따르면 요시와라의 정문이지만, 삽화를 찬찬히 뜯어보면 에도 성의 사쿠라다 해자 너머에 있는 사쿠라다 성문임을 알 수 있다.

“일 때문에 무가저택에 드나들다가 그 삽화의 숨은 뜻을 깨달았어요. 사쿠라다 성문 앞 해자 양쪽에는 요네자와 번과 히로시마 번의 에도 번저가 있죠. 두 다이묘 가문의 문장이 각각 ‘대나무에 참새’와 ‘매의 날개’였어요.”

정문에 칼을 겨눈 그림은 무엇을 의미할까.

“작가의 속마음을 짐작하며 그 삽화를 그렸나요? 아니면 당신 뜻대로 그 무서운 무사도를 그린 거예요? 아버지는 그 의미를 알고 있었어요. 하지만 만약 엔노샤 님 뜻대로 그려 넣은 거였다면 나는 당신을 용서할 수 없어요.”

“글쎄, 다 잊었다. 그때는 여자 데리고 도피하는 것 말고는 아무 생각이 없었으니까.”

센은 시치미 떼는 엔노샤의 손목을 콱 잡았다. 가는 뼈다귀를 붙잡은 느낌이었다.

센은 오비 속에 감춰둔 가제본한 책 한 권을 꺼냈다.

“어, 이것은…….”

“판목이 파괴될 때 집 안에 있던 책도 다 불타버렸지만 이 시험쇄만은 천장 위에 숨겨져 있었어요. 지금은 내가 늘 몸에 지니고 다니지만.”

"복수를 하려고?"

"아버지의 마지막 작업이었으니까."

"이봐, 이런 걸 품고 다니다가 들키면 곤장이나 에도 추방 정도로 끝나지 않아."

"나에게 길잡이 같은 책이에요."

아버지의 시신 주변을 날아다니며 희미한 빛을 발하던 반딧불이 풍경은 센의 마음에 깊이 새겨져 있었다.

"나는 뒷골목을 누비며 반딧불이의 희미한 빛을 후세에 남기는 일을 하고 있는 거예요. 책만 빌려주고 다니는 게 아니에요. 책을 지키는 거예요."

엔노샤는 쿡쿡 웃고 센의 손에서 붓을 빼내어 책상에 내려놓았다.

생생하지만 꿈에서 오려낸 듯 몽환적인 그림, 화려한 니시키에에 뒤지지 않는 아름다운 춘화가 어느새 완성되어 있었다.

"자네, 필사는 잘 하지만 그림 재주는 없군. 싼 값에 그려줄 화가를 몇 명 소개해주지. 다음에 또 삽화가 필요하면 찾아가보게."

"엔노샤 님은요?"

엔노샤는 조용히 고개를 저었다.

"마지막으로 이렇게 찬란한 그림을 얻을 수 있었던 것도 '귀밑머리 헤이지'가 이끌어준 덕분인지도 모르지."

센이 창고를 나설 때도 노화가는 책상 앞에 가만히 앉아 있었다.

“여기에 또 와도 되죠?”

“그때는 자네 꽃잎을 봐야겠어.”

“꽤 비쌀 텐데요.”

노화가는 두 팔을 맥없이 늘어뜨린 채 앉아 있었다. 그래도 어깨를 흔들며 낮은 소리로 웃는 모습이 피어오르는 먼지 너머로 보였다.

창고를 나서자 안채 툇마루에 서 있는 미스즈의 모습이 보였다. 두 사람은 동시에 하늘을 올려다보았다.

비는 그치고 한 줄기 또렷한 햇살이 근방을 비추었다. 먼지를 말끔히 씻어낸 에도는 아름다웠다. 미스즈는 오랜 세월을 지켜온 창고를 힐끔 보고는 가게로 들어가 버렸다.

센은 고개를 깊이 숙여 인사하고 오오즈쓰야를 나섰다. 처마에서 차가운 바람이 물방울과 함께 떨어져 센의 머리카락을 헝클어 놓았다. 핑곗거리가 생겼다. 이 추레한 몰골은 모두 비바람에 시달린 탓이다.

뒷문을 나서니 낯익은 남자가 불안한 표정으로 서 있었다. 언제부터 거기 있었는지 온몸이 비에 흠뻑 젖어서 풀이 죽은 표정으로 재채기를 하고 있다. 바구니의 감자와 호박도 다 젖었다.

“이봐, 구마키치 씨가 사라진 일과 네가 겪은 봉변, 서로 관계가 있는 거 아냐?”

“글쎄, 어떻게 된 걸까.”

“뭐든 그렇게 혼자 끙끙거리지 말라니까. 역시 널 혼자 두면 안 되겠어. 이제 그만 나한테 시집와라."

"이제 그런 사고는 없을 거야."

"그렇게 말하는 걸 보니 역시 구마키치 씨가……."

"이미 끝난 일이야. 그런데 왜 그렇게 멍하니 서 있어. 이렇게 아무도 없는 골목에서 채소가 팔리겠냐? 대로로 나가서 목청껏 외치며 돌아다녀야지."

노보루는 어릴 때부터 촌스러웠지만 목소리 하나는 낭랑했다.

센이 엉덩이를 걷어차려고 하자 노보루가 가볍게 폴짝 뛰어서 피했다.

"그런데, 필사는 다 끝난 거냐?"

"응. 누구나 빌려보고 싶어 할 당대 최고의 책이 완성됐어."

"그러니까 그만 시집오라니까."

"뭐가 그러니까야. 멍청하긴."

센은 웃으며 돌아섰다. 여전히 높이 떠 있는 해가 골목을 조용히 비춰주었다. 센은 조금 길어진 제 그림자를 밟으며 걸음을 서둘렀다.

뒤를 돌아보니 노보루가 비에 젖은 바구니를 메고 해님을 올려다보며 소리치고 있었다.

"꿀처럼 달아요~ 달아, 맏물 호박이 왔어요~"

비갠 허공으로 빨려 들어가는 노보루 목소리에 등을 떠밀리듯이 센은 뒷골목을 걸었다. 평소보다 책궤가 가볍다. 네거리에서 문득 걸음을 멈추었다.

자, 이제 어느 쪽으로 갈까.

질퍽한 뒷골목에는 벌써 누군가의 발자국이 찍혀 있다. 그 발자국에 고인 빗물에 파란 하늘이 비친다.

"순무도 있어요~ 토란이요~ 토란!"

그의 목소리는 온몸으로 느껴지는 가을 하늘로 흡수되어 갔다.

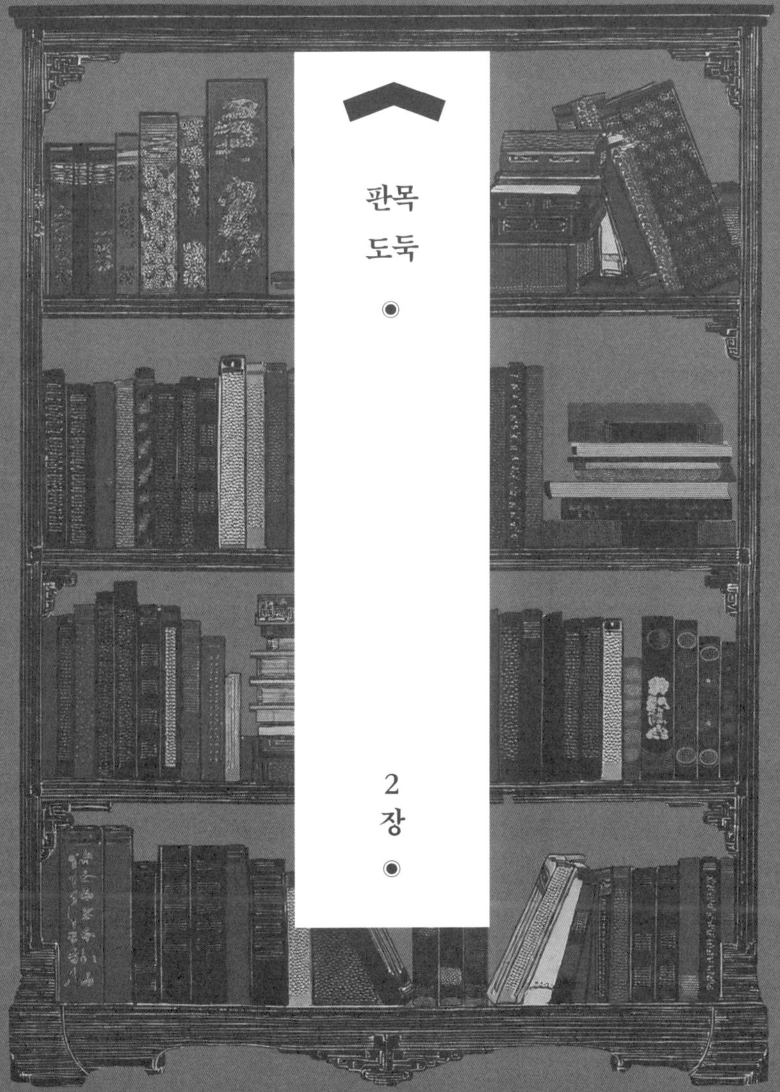

판목
도둑

◉

2
장

◉

1

방화용 공터_{밀집한 건물 사이에서 화재 확산을 막는 넓은 빈터}에 참억새 덤불이 자리 잡고 있다. 건조한 바람에 참억새 씨앗이 허공으로 날아오른다.

뺨의 솜털이 따끔따끔해서 센은 손바닥으로 얼굴을 쓸었다. 날이 추워져 아침에 잠자리에서 빠져나오기가 여간 싫은 게 아니다. 나가야 사이 뒷골목을 걷자니 맨발이 시리다.

정오가 되도록 긴 그림자가 한길을 막고 있어 행인들은 조금이라도 따스한 곳을 골라 걷느라 한쪽으로만 오가고 있다.

'참억새로 시를 쓴 사람이 누구더라?'

등에 진 세책들 중에 와카집도 몇 권이 들어 있다. 나중에 찾아봐야지. 그런 생각을 하며 길을 걷다 보니 어느새 인파로 번잡한 아사쿠사 성문을 지나고 있었다.

수레 끄는 짐꾼을 피하느라 등에 진 책궤가 위태롭게 기우뚱거렸다.

"무슨 여자가 짐을 그따위로 메고 다녀! 걸리적거리게!"

"댁이야말로 수레 좀 살살 끌고 다녀! 굴러가는 대로 놔두지 말고!"

인파를 헤치며 해자를 넘자 지본 도매상이 처마를 나란히 하고 있는 도리아부라초로 들어섰다. 행상처럼 돌아다니는 세책업자는 매일매일 책방에 들러 손님의 취향과 주문에 맞는 책을 물색한다.

제일 좋은 목에 네 칸짜리 점포점포의 폭을 기준으로 세금을 부과하므로 두 칸 이하가 대부분이었다를 가진 롯콘도의 난바야 기이치로는 출판부터 중고본 매매까지 폭넓게 활약하는 지본 도매상이다. 동그라미 속에 남녘 남南 자 문양이 찍힌 포렴이 차양에 매달린 채 모래바람에 팔랑거리고 있다.

"안녕하세요! 우메바치야입니다!"

가게 안이 너무 조용하다.

책방 앞 접이식 툇마루접어 올리면 점포의 벽이 되는 툇마루에는 평소 책 좋아하는 상인들이나 신작 가부키 배우 그림의 발매를 기다리는 여자들로 늘 북적거리게 마련인데 오늘은 달랐다.

점포에서도 제일 눈에 잘 띄는 곳에 장식된 이치카와 단주로市川團十郎 가부키 배우 이름의 니시키에가 가을바람에 흔들리고 있다. 그림 속 인물의 날카로운 눈빛을 바라보며 센은 다시 한 번 큰 소리로 사람을 불렀다. 종심이 반 칸쯤 되는 토방에는 잘 팔리는 독본을 눕혀놓는 평대가 있고, 비스듬히 세워둔 목판에는 특히 인기 있는 책이 기대어져 있다.

걸레를 들고 안쪽에서 나온 사람은 이 도매상의 사환이었다. 올봄에 취직해 일을 배우기 시작한 신참이라 고참 점원들에게 매일 꾸중을 듣는 신세라고 한다.

"어? 혼자 가게를 지키는 거야? 다른 점원들은 어디 있어?"

평소라면 가게 안쪽에서 새로 펴내는 책을 규격에 맞게 가장자리를 절단하거나 타공선을 따라 바느질로 철하는 작업으로 분주한 고참 두 명이 보였을 터인데.

"잠깐 어디로…… 일 보러 나갔어요."

"그래? 나, 책 좀 구경할게."

평대 구석에 있던 패사역사를 소재로 한 소설류를 절반쯤 살펴보았을 때에야 가게 식솔이 모습을 드러냈다. 난바야 기이치로의 부인 오사에였다.

"오, 오센 짱이 왔네. 어서 와."

가게 안의 어둠과는 대조적인 낭랑한 목소리가 가게 구석구석까지 상냥하고 시원하게 울려 퍼졌다. 막 마흔이 되었을 텐데 피부와 머리카락에 윤기가 흐른다. 이마가 벗겨진 기이치로와 나란히 있으면 딸이라고 해도 손색이 없을 자태다.

오사에는 천애고아가 된 센을 어머니처럼 도와준 사람이다.

센의 아버지 헤이지는 센이 열두 살 때 강물에 몸을 던져 죽었다. 실력 있는 판목 조각사였던 헤이지는 판원 난바야에서 일감을 받아 온 인연 덕분에 센도 어릴 때부터 이 도매상에서 책 냄새를 맡으며 자랐다.

주인 기이치로는 아무것도 모르는 센에게 세책 일을 기초부터 가르쳐준 은인이다.

기이치로는 머리가 벗겨지고 배가 나온 보잘 것 없는 풍채지만 시중의 유행에 뒤처지지 않으려 늘 노력하고 사람들 목소리에 그 커다란 귀를 기울였다. 온갖 구사조시와 요미혼_{삽화 중심의 구사조시와 대비되는, 글이 중심인 통속본}을 출판하고 가미가타, 오와리, 센다이 등지에도 사람을 보내 책을 수집하는 등 손님의 요구에 부응하고자 최선을 다해왔다.

기이치로는 지난 수년간은 얌전한 책만 취급해 왔으나, 그 전에는 '불손하기 짝이 없는' 책을 출판하는 서점으로 찍혀 부교소의 단속을 받아 상당한 벌금을 바친 적도 있다.

이제는 정말이지 많이 둥글둥글해졌다. 너무 융통성 없게 장사하면 서점을 유지할 수 없고, 손님도 책을 볼 수 없게 된다. 그래서 둥글둥글해졌다지만, 주인 기이치로는 배까지 달마처럼 둥글둥글해지고 말았다.

'사정은 이해하지만 좀 더 가슴을 끓게 만드는 책을 만들어줬으면.'

이 서점의 서가에는 최근 출판된 책 외에 차마 돈 받고 팔기 민

망한 너덜너덜한 헌책도 많았다.

어릴 때 센이 즐겨 보던 책 가운데 하나가 에도의 화가가 교본으로 삼았다는 『팔종화보八種畫譜』다. 그림 재주는 없지만 화가의 교본을 보기만 해도 화가가 된 기분이었다.

한자를 읽고 쓸 수 있게 되자 『에도스나고江戸砂子』가 센을 에도의 명소나 사찰과 신사로 안내해주었다.

『에도스나고』의 판목은 몇 차례나 매매되어 여러 판원을 전전하다가 새로운 각서角書 제목 위에 책의 주제나 내용을 두어 줄 적은 것가 추가되어 출판되었다. 난바야에 있던 그 책은 70년쯤 전에 제작된 초판이었다. 새롭고 아름다운 장정본이 얼마든지 있는데 왜 이 너덜너덜한 헌책을 소중히 쌓아두는지 의아했다.

──우리는 책과 손님을 이어주는 중매쟁이 같은 가게다. 낡은 헌책이라도 언젠가는 찾는 사람이 나타날지 모르지. 생각해 보렴, 외모 좋고 성격도 좋은 착실한 책치고 재미까지 있는 경우는 없잖아?

기이치로의 말은 지금도 세책점을 하는 센에게 지침이 된다.

센은 평대 한복판에 놓인 책 한 권에 시선을 멈추었다.

『회본 고에쓰군기繪本甲越軍記』.

에도의 서점에서 거의 보기 힘든 회본 요미혼絵本読本 정교한 삽화를 곁들인 소설류이다. 때 묻지 않은 책장을 천천히 넘기다가 간기를 살펴보려고 하는데 오사에가 냉큼 낚아챘다.

"그렇게 서서 읽고 내용을 고스란히 암기했다가 사본을 만들려고 그러지. 하여간 빈틈이 없는 사람이라니까.”

“아유, 무슨 말씀을. 그런데 오늘 난바야는 빈틈투성이네요. 무슨 일 있어요?”

오사에는 천천히 계산대 옆에 앉아 센에게 오라고 손짓했다. 센이 곁으로 가서 마루에 앉았다.

센이 고개를 기울이자 오사에가 하얀 손을 입가에 대고 귀엣말을 했다.

“판목을 잃어버렸어. 그것도 바킨 선생의 신작을.”

“바킨을?”

가게 앞을 비로 쓸던 사환이 목을 길게 빼고 이쪽을 들여다보았다.

쉿, 하고 오사에가 입술 앞에 검지를 세웠다. 센도 입을 막으며 놀라움을 꿀꺽 삼켰다.

교쿠테이 바킨은 설명이 필요 없는 에도 최고의 작가이다.

바킨의 요미혼이 인기를 누리기 시작한 지가 10년쯤 되었는데, 당시 센은 나가야에서 이웃집 아기를 봐주는 한편 바느질로 생계를 잇고 있었다. 하루하루 연명하던 센에게 유일한 낙이 있다면 난바야에서 책읽기였다.

난바야 앞에 가면 기이치로가 들어오라고 손짓해서 가게 안쪽에 있는 공방에 앉아 우에다 아키나리의 『우게쓰 이야기雨月物語』나 산토 교덴의 『고존지노쇼바이모노御存商売物』 등을 읽게 해주었다.

바킨은 모토이다마치 근방에서는 무척이나 괴팍한 인물로 유명했다.

“저도 한번 그분을 볼 수 있을까 해서 근처를 어슬렁거린 적도 있어요. 만나보진 못했지만.”

“사람들과 어울리는 걸 싫어하는 괴팍한 사람이래. 남편이 인사하러 갔을 때는 마당에서 몸을 이상하게 흔들고 있더래. 꼭 재주 부리는 원숭이 같았다는 거야.”

두 사람은 얼굴이 붉은 원숭이가 허리를 꼿꼿이 세운 채 책상 앞에 앉아 있는 모습을 떠올리고 손뼉 치며 웃었다. 마침 서가 앞에서 책을 구경하려던 하급무사가 여자들 웃음소리에 기겁하며 나가버리자 오사에는 당황해서 소매로 얼굴을 가렸다.

사실 센이 오늘 난바야를 방문한 목적은 바킨의 『춘설궁장월─속편』을 한 권 더 구하기 위해서였다. 이미 구해둔 책은 손님들이 잔뜩 예약하고 차례를 기다리는 중이다. 에도에서도 손꼽히는 화가인 가쓰시카 호쿠사이가 삽화를 그렸으므로 글만 필사한 사본은 매력이 떨어진다.

그 인기 작가 바킨의 신작이 나온다고 하니 흘려들을 수 없다. 세책점에게 희소식이 분명한데, 신작 판목이 없어졌다니, 있어서는 안 되는 중대한 사건이 일어났다.

오사에가 가게 안쪽에 있는 장지를 열자 기이치로와 지배인 간스케가 장방형 화로를 가운데 둔 채 어두운 얼굴로 머리를 맞대고 있었다.

센을 올려다보는 기이치로의 얼굴은 벌레 씹은 표정이었다.

"여보, 도난당한 판목 말인데, 오센 짱의 도움을 받아볼 수는 없을까요?"

"오센?"

"우메바치야는 에도의 책방이란 책방은 다 돌아다니는 세책점이잖아요. 이세야의 상황을 살펴봐 달라고 부탁하는 게 어때요?"

그거 좋은 생각이군요, 하며 간스케가 손뼉을 쳤다.

"주인님, 우리가 직접 나서서 표 나게 움직이면 다른 가게에서 의심할 겁니다. 일단은 빨리 수를 써야 합니다."

결코 외부에 알려져서는 안 되는 사건이었다. 기이치로는 잠시 눈감고 숙고하다가 오센을 부르며 손짓했다. 늘 신세지던 난바야인지라 센도 사태 해결에 발 벗고 나서지 않을 수 없었다.

"너는 내 식구나 다름없어. 그래서 솔직히 말하는 건데…… 우리가 출간할 예정이던 바킨 선생의 신작 판목을 어느 놈이 훔쳐갔어. 그건 목숨보다 귀한 물건이야."

지본 도매상에게 판목이란 책을 출간하는 주체라는 증명서나 마찬가지다.

서점 주인은 귀중한 판목이 담긴 상자를 손목에 끈으로 연결해두고 잔다는 소문까지 있을 정도다. 예전에 도리아부라초에서 화재가 일어났을 때는 지본 도매상 주인들이 처자식은 놔둔 채 판목부터 껴안고 대피했다고 한다.

"판목을 도둑맞았다는 소문이 나버리면 난바야 롯콘도는 끝장이야. 바킨 선생을 볼 낯도 없고. 1년 이상 선생 댁에 드나들어

서 겨우 받아낸 신작을 잃어버리다니. 사무라이라면 할복할 일이
야."

"범인으로 짚이는 자가 있나요?"

기이치로는 회지손수건처럼 품에 지니고 다니는 종이로 이마의 땀을 닦으
며 일그러진 얼굴로 말했다.

"……이세야 짓일지도 모르지."

"이번 신작을 이세야와 '상판'하기로 했거든."

간스케가 양손을 꽉 맞잡아 보이며 말했다.

'상판'이란 책 한 종을 출판할 때 다른 서점과 비용을 반반씩 부
담하는 형태를 말한다. 이때 한 서점이 상대방 모르게 먼저 제작
해버리는 사태가 없도록 두 서점이 판목을 나누어 보관하는 관례
가 있다. 판목 자체가 재산이고, 판목을 가지면 곧 판권을 소유했
다는 뜻이기 때문이다.

아까 매대에서 보았던 『회본 고에쓰군기』도 '상판'으로 제작한
책이어서, 간기에는 오사카와 교토에 있는 총 11개 서점이 이름
을 올려놓았다.

두 곳 이상의 서점이 분담할 때는 출자금에 따라 나누어 보관
하는 판목의 분량이 결정된다. 인쇄에 들어가야 할 때 난바야가
불쑥 '인쇄를 미루자'고 요구한다면 판목을 팔아치웠나 하는 오해
를 사기 쉽다.

판목은 곧 판권을 뜻하지만, 활발하게 매매되는 대상이기도 하
다. 서점 운영이 어려워져서 다른 서점이나 호사가에게 판목을

양도하는 경우도 있기 때문이다.

만약 이세야가 판목을 훔쳤다고 해도 "어떤 사람에게 판목을 사들였을 뿐"이라고 둘러대면 할 말이 없다.

신작의 판목은 앞부분 절반을 이세야가, 뒷부분 절반을 난바야가 보관하고 있었다고 한다.

"물론 상판까지 한 동업자를 의심하고 싶지는 않아. 하지만 그쪽 주인이 센슈_{泉州 오사카 남쪽에 오사카 만에 접한 지역} 사람이야. 뭐든지 가미가타 물건이 고급이라느니 에도 물에서는 흙내가 난다느니 하며 깎아내리지. 영 못마땅한 자거든."

기이치로와 간스케는 이세야가 바킨의 신작을 독점하려고 판목을 훔치지는 않았나 의심하는 듯했다.

담뱃대에 연초를 채우려던 기이치로가 너무 힘을 주는 바람에 연초가 쏟아졌다.

"그렇게 사이가 안 좋은 서점과 왜 상판을 하려고 했어요?"

상판은 상대방을 깊이 신용하지 않고서는 할 수 없는 방식이다. 기이치로는 부루퉁한 얼굴을 창문 쪽으로 돌렸다.

그의 시선 끝에는 에도에서 가장 유명하고 규모가 큰 서점이 있다.

"빌어먹을 쓰타야 고쇼도_{蔦屋 耕書堂}. 그자를 꺾으려면 돈이 필요해."

쓰타야는 지본의 선구적 서점이며 유서 깊은 도매상이다. 현재 에도의 대표적인 서점을 들라면 누구나 '쓰타야 아니면 에이주도

永寿堂’를 꼽는다.

창업주 쓰타야 주자부로蔦屋重三郎는 요시와라 안내서를 행상으로 팔면서 어렵게 재산을 일군 사람으로, 교카본狂歌本 사회풍자, 해학 등을 담은 운문 교카[狂歌]를 모아 놓은 책이나 오라이모노往来物 서간체의 실용서 판목을 많이 가지고 있는 고소도를 에도 최고의 지본 도매상으로 키워냈다. 창업주 쓰타주蔦重 쓰타야 주자부로[蔦屋重三郎]의 약칭라는 이름은 가부키나 조루리음곡에 맞춰 읊는 옛 이야기에도 등장할 정도로 유명하다.

절판이나 판목 삭제판목을 깎아내서 없애는 조치 같은 탄압 속에서도 여전히 많은 에도 사람들이 책을 즐길 수 있는 데는 항상 세상의 목소리에 귀를 기울이며 부교소와 교묘하게 타협해온 쓰타야의 공이 크다.

“쓰타야와 겨루려면, 분하지만 나 혼자 힘으로는 안 돼. 오센, 너도 언젠가 서점을 운영하고 싶다면 잘 기억해 둬. 책 한 종을 내려면 주판이 몇 개 있어도 모자랄 만큼 돈이 많이 들어.”

다른 도매상 주인들에게 주는 심사료출판사 역할을 겸하던 서점은 조합에 책과 심사료를 납부하여 출판 검열을 받아야 했다, 인기 작가의 작품이라면 간판지看板紙도 다른 책보다 많이 필요해진다. 더구나 바킨은『춘설궁장월』보다 이번 작품의 필경료원고료. 바킨은 원고료만으로 생활한 최초의 작가로 알려졌다가 높았다.

“출판 자금을 댈 수 있는 사람, 게다가 쓰타야에 대놓고 맞서려고 하는 바보는 나를 빼면 촌뜨기 이세야 정도밖에 없어.”

어쩔 수 없이 이세야와 손을 잡으며 쓰타야에 도전하겠다고 기세를 올렸는데 어이없게 꺾이고 만 것이다.

현재는 판복이 전당포나 판목 시장에 매물로 나오지 않을까 해서 데다이들을 시켜 은밀히 조사하는 중이라고 한다.

"부교소에 신고했어요?"

"어떻게 신고해. 우리 서점의 허물을 온 세상에 떠벌이는 꼴인데. 부탁해, 오센. 이세야에 가서 슬쩍 알아봐 줘."

기이치로는 재떨이에 담뱃대를 땅땅, 쳐서 담배를 비웠지만 이내 다시 연초를 채우기 시작했다. 쿨럭쿨럭 기침을 하고는 급하게 차를 마신다. 오사에가 센을 쳐다보며 가만히 고개를 끄덕였다.

"알았어요."

"오, 역시 우메바치야밖에 없어."

"대신 바킨의 신작을 다른 세책점보다 저한테 먼저 주셔야 해요."

센이 입가를 씩 올리자 기이치로는 어깨를 떨어뜨리며 고개를 끄덕였다.

2

고쿠초의 정오 시종은 아침저녁 때보다 부드럽고 길게 울렸다. 시야에 들어오기 시작한 포목점의 검은 반달창에서 하얀 고양이가 머리를 내민 채 거리를 내려다보고 있다.

도리하타고초의 이세야는 난바야에서 2정밖에 떨어져 있지 않지만, 이세야로 가는 길은 맞바람이 거세어 조리를 단단히 디디지 않으면 걷기 힘들 만큼 모래바람이 휘몰아치고 있었다.

이세야의 주인 도쿠이치는 책궤를 진 센을 보자 손뼉을 치며 뛰어나왔다. 세책점은 서점에게 가장 중요한 고객이다. 에도에 800개가 넘는다는 세책점이 서점의 신간을 몇 권이나 소화해주느냐에 따라 신작의 판매부수가 결정될 정도이다.

달마 같은 우락부락한 얼굴 위쪽에 붓끝을 살짝 얹어 놓은 듯한 혼다머리를 한 도쿠이치는 문화인 흉내를 내는 사람처럼 보인다.

이세야 도쿠이치의 됨됨이에 대해서는 이곳에 오기 전에 오사에에게 자세히 들어두었다.

센슈 출신이라고 하지만 실은 에도 시나가와 출신이며, 부인이 타계한 뒤 하이카이 취미에 빠져 있다고 한다. 지본 도매상 주인들의 모임보다 센슈 기시와다 번에서 개최하는 정례 시 모임에만 얼굴을 비치는 탓에 다이묘 가문에 빌붙은 아첨꾼이라는 험담을 듣는 모양이다.

센이 신분을 밝히자 눈이 휘둥그레진 도쿠이치가 센의 발끝부터 넓은 이마까지 빤히 훑어보고는,

"아니, 당신이 후쿠이초의 세책점 주인이라고? 어허, 여자 몸으로 책궤를 메고 다니다니. 아기를 업고 다녀야 할 나이에."

입가에 거품을 물며 영 어설픈 가미가타 말투로 지껄였다.

"그래, 뭐 찾는 거라도?"

"요즘 배우 그림을 원하는 손님이 많네요. 동료 업자들이 이세야의 니시키에가 훌륭하다고 해서 와봤습니다."

센은 처마 밑에 매달린 니시키에를 쳐다보았다. 주인은 인상이 천박해도 가게에서 파는 물건은 모두 질이 좋다. 특히 인쇄가 선명해서 눈길을 끌었다.

"우리는 큰 서점 못지않게 기량 있는 인쇄사를 데리고 있소. 뭐니 뭐니 해도 그림의 핵심은 인쇄니까. 인쇄 품질만은 쓰타야에도 지지 않지."

이세야의 고객은 주로 배우 그림을 찾는 사람들이다. 얼마 전까지 나카무라자^{中村座 에도의 3대 가부키극장 중 하나}가 성황리에 공연을 했다는 배경도 있다.

가게에는 에도 토산품으로 유명한 부채나 그림두루마리가 빼곡히 놓여 있고 책은 밀려난 듯 평대 구석 자리에 쌓여 있었다. 이세야와 난바야는 점포 구조는 비슷해도 파는 물건이 다르기 때문에 소모적으로 경쟁하는 일은 없는 듯했다.

난바야는 예전부터 많은 조각사를 데리고 있었고, 이세야는 판

목을 아름답게 찍어내는 훌륭한 인쇄사를 데리고 있었다.

서로 부족한 점을 보완해서 저 유명한 바킨의 신작을 펴내보자는 의도였을 것이다.

평대에는 도쿠이치의 취미인 하이카이 구집이 놓여 있었다. 벽으로 시선을 돌리니 유려한 필체로 쓴 하이쿠가 한 구 걸려 있다.

──끝 간 데 없이 엎드리는 바람의 참억새인가

"이건 부손無村인가요?"

"처자답지 않게 공부를 꽤 했구먼. 이건 부손의 제자 다이로大魯의 구요."

기분이 한껏 좋아진 도쿠이치는 대뜸 '우메센'이라는 애칭을 급조해서 "오오, 우메센, 당신, 마음에 들어!" 하고 호들갑을 떨며 데다이에게 주력 상품인 니시키에를 가져오라고 시켜서 마루턱에 죽 늘어놓았다. 어느새 센도 그림에 열중하고 말았지만 퍼뜩 정신을 가다듬었다.

"그런데 이세야 님, 조만간 그 선생의 신작이 발매된다면서요?"

"응? 그건 또 무슨 말이오?"

도쿠이치가 살짝 긴장한 모습이다.

"모토이다의 그 유명한 선생 말예요. 여기저기 돌아다니다 보면 요긴한 소식도 주워듣게 마련이죠."

"……흠. 난바야로군. 그 너구리 녀석, 주둥이가 그리 가벼워서야."

어설픈 센슈 사투리를 어느새 거둬버린 도쿠이치가 평대의 먼지를 털고 있는 사환에게 "어이! 여기 손님 나가신다!"며 손뼉을 쳤다.

"언제 발매예요? 역시 새봄에…… 아니지, 잘 팔리겠다 싶으면 연말에 내도 상관없겠네요."

"그거야 알 수 없지. 뭐든지 다 때가 있는 거니까. 잘 돼서 1,000부쯤 팔리면 텐진님께 인사드리고 우리 식솔들에게 장어구이로 한 턱 내야지. 그때는 우메센도 부를게."

능글맞게 얼버무리는 도쿠이치의 얼굴은 뭔가가 켕긴다기보다는, 숨겨둔 보물을 아무한테도 보여주지 않으려는 인상이었다.

난바야에 돌아가 처음부터 다시 얘기해볼까? 센이 그런 생각을 할 때, 가게 앞이 소란해지더니 데다이가 뛰어 들어와 도쿠이치에게 귀엣말을 했다.

"또? 그거 성가시네."

가게 밖에 눈초리가 매서운 남자가 손을 품에 찌른 채 서 있었다.

'오캇피키인가?'

부교소 순찰도신의 앞잡이가 되어 거리를 감시하고 다니는 조닌이지만, 한 꺼풀 벗기고 보면 행실 고약한 야쿠자와 별반 다를 게 없는 자들이다.

사내의 얼굴에 귓불부터 턱까지 죽 그어진 커다란 상처가 있었다. 지나가는 사람들을 죄인으로 단정하는 듯 험악한 눈초리로 쫓는다. 부교소 앞잡이 중에는 이런 눈초리를 가진 사내가 많다.

“무슨 사고라도 있나요?”

이곳 이세야에서도 판목을 도둑맞았나? 아니면 유곽을 다룬 책을 팔다가 부교소에 찍혔나? 도쿠이치는 당황하는 기색도 없이 고개를 저었다.

“요쓰야에 사는 진자라는 오캇피키인데, 우리 가게에 손 벌리러 왔겠지. 얼마 전에 고지마치에서 푼돈을 노린 들치기가 체포되었거든. 그놈이 범행 직전에 우리 가게에도 들렀다는 거야.”

그래서 얼마 전에 진자에게 몇 푼 쥐어주었는데, 부족했는지 또 뜯어내려고 온 듯하다.

“짜증나는 일이지.”

도적이나 죄인이 체포되면 부교소에서는 그자의 행적을 꼬치꼬치 캐묻는다. 불운하게도 이때 거론된 가게의 주인은 부교소에 출두해서 조사에 협조해야 한다. 참으로 번거로운 일이 아닐 수 없다.

이때 가게 측은 오캇피키에게 돈을 얼마간 쥐어주고 “나는 좀 빼주시오”라고 부탁하는 관행이 있다. 그러면 오캇피키는 상관인 순찰도신이 조사할 때 그 가게 이름을 생략하고 보고한다. 이런 ‘참고인 거래’로 얻는 금전이 오캇피키나 시탓피키의 생활비가 된다. 이자들은 피라미 소매치기나 좀도둑까지 샅샅이 잡고 범인의 입에서 나온 가게를 찾아다니며 ‘참고인 거래’로 돈을 우려낸다.

도쿠이치는 동전을 종이에 싸서 진자에게 뛰어갔다.

“오, 진자 대장, 이렇게 먼 데까지 행차하시고, 얼마나 노고가 많으시우.”

진자가 몇 마디 말하고 가게 앞을 떠나자 도쿠이치가 포렴을 헤치고 들어와 악담을 퍼부었다.

센은 배우 그림을 한 점 집어 들고 “이거, 살게요” 하며 도쿠이치에게 내밀면서 작은 소리로 물었다.

“바킨의 신작은 어떤 이야기입니까? 절대 퍼뜨리지 않을 테니까 저한테만 살짝 가르쳐주실래요?”

도쿠이치는 센의 얼굴을 빤히 쳐다보다가, 지금은 이 여자가 여기저기 소문을 퍼뜨리는 쪽이 홍보에 유리하겠다고 계산한 듯했다.

“이세야 도쿠이치가 곧 대박을 터뜨릴 거라고 여기저기 떠벌리고 다니는 건 아니겠지?”

“물론이죠.”

도쿠이치는 거드름을 피우며 헛기침을 한 번 했다.

“2년 전에 무너진 에이타이바시 사건과 관련된 이야기야. 1,400명이나 죽은 그 사건의 속사정이라고나 할까. 선생이 혼신을 다해 쓴 이야기지.”

“오, 세상에…….”

엄청난 신작이다. 센은 침을 꼴깍 삼켰다.

3

2년 전 8월 19일. 도미오카하치만궁에서 후카가와 마쓰리가 열렸다. 12년 만에 열리는 마쓰리인 만큼 이날을 손꼽아 기다리던 수많은 참배객이 에도 시중에서 후카가와로 몰려들어 오오카와에 걸린 에이타이바시 다리로 쇄도했다.

에이타이바시 다리 위에서 보면 '서로는 후지산 북으로는 쓰쿠바 남으로는 하코네 동으로는 아와 가즈사'라고 할 정도로 전망이 훌륭하지만, 다리를 놓은 지 100년이나 지나서 횡목에 부식이 상당히 진행되어 있었다.

마쓰리를 보려고 몰려든 군중의 무게를 견디지 못한 다리가 후카가와 쪽에서 7칸쯤 되는 곳부터 무너지기 시작했다. 다리 상판이 무너진 줄 알 길이 없는 군중은, 왜 꾸물거리는 거야! 라고 짜증을 내며 앞사람을 밀어댔고, 인파에 떠밀린 사람들은 인형처럼 꼼짝 없이 강물로 줄줄이 추락했다.

게다가 하필 며칠 전부터 연일 큰비가 내린 상태였다. 흙탕물로 변한 오오카와 강물에 사람들이 줄줄이 빠지고 그 위로 또 수많은 사람이 떨어졌다.

사망자와 행방불명자가 무려 1,400명을 넘는 전에 없는 참사가 벌어지고 말았다.

"정말 끔찍했지. 바닷바람 타고 날아오는 시체 썩는 냄새가 너무 역해서 우리처럼 음식 파는 가게는 장사를 접어야 했어.”

오오즈쓰야의 안주인 미스즈는 센이 앉은 걸상에 백탕을 놓아주며 긴 한숨을 지었다.

이세야에 찾아가 탐색해보았지만 이렇다 할 단서를 찾지 못하고 사흘이 지났다. 다만 그 사이에도 세책 일은 쉬지 않아서, 오늘도 아침부터 가에데가와 운하변에 있는 단골들을 만나고 다녔다. 이 근방은 장인이 많이 사는 동네여서 세책을 기다리는 손님이 줄을 잇는다. 센은 나가야 세 곳을 돌아보며 여자들의 온갖 불평불만에 맞장구 쳐주고 나서야 교바시 쪽으로 걸음을 옮겼다.

도키와초는 니혼바시에서 가까워, 고쿠초의 시종이 울릴 때 출발하면, 근처 사찰들이 이에 호응하여 치는 시종이 끝날 즈음에 도착할 수 있다. 에도성이 서쪽으로 올려다 보이는 뒷골목에 위치한 오오즈쓰야는 간판은 요리점이지만 내실은 니혼바시 상인들이 뻔질나게 드나드는 유곽이다.

등롱을 켜기에는 이른 시각이었지만 여자 점원 두 명이 나른한 동작으로 영업을 준비하고 있었다. 여염집 여자를 쳐다보는 여자 점원들의 눈초리가 날카로워 마음이 그리 편치 못하다.

그래도 센이 이곳에 오는 이유는 오오즈쓰야 주인이 수집해 놓은 장서를 필사하기 위해서다. 오오즈쓰야 뒤에 있는 도조 창고에는 희귀본부터 기서, 금서까지 다양한 책이 있어서 이제는 센에게 서점 이상으로 요긴한 곳이 되었다.

평소 말투가 차가운 미스즈지만 오늘은 센이 들고 온 ‘선물’ 덕분에 기분이 좋아 보인다.

다키노가와무라의 명물 다키노가와 우엉이다.

어릴 적 동무 노보루가 간밤에 엄청나게 큰 우엉을 메고 센타로 나가야에 찾아왔다. 병든 부친을 돌보며 채소 행상을 하는 사내다.

"이렇게 굵은 우엉을 어떻게 조리하라는 거야."

센이 투덜거리자 노보루는 하얀 이를 드러내며 말했다.

"하는 수 없지. 내가 간장에 졸여줄게. 1각 정도면 되려나. 너는 방에 들어가 먼저 자고 있어."

센은 흑심이 고스란히 드러나는 표정을 짓던 노보루의 엉덩이를 걷어차 쫓아버렸다.

귀찮은 사내지만 우엉에 무슨 죄가 있으랴. 자기 몫을 덜어 놓고 남은 우엉을 책과 함께 등에 지고 오오즈쓰야에 온 것이다.

미스즈는 아직 손님이 들지 않은 다다미방에 살짝 걸쳐 앉아 석양이 빨갛게 물든 오오카와 쪽으로 눈길을 던졌다.

"우리 언니도 오오카와에서 죽었는데. 묘는 비어 있어."

"시신을 못 찾았나요?"

먼저 추락한 사람들은 무너져 내린 다리 상판에 떨어진 탓에 얼굴이 으깨어졌다. 그래도 살아남은 사람들이 마침 오오카와에 떠 있던 작은 배에 앞 다투어 몰려드는 바람에 배도 뒤집히고 말았다.

강가로 흘러온 아이는 어미의 떨어져나간 팔뚝을 안고 울부짖었다. 신원을 알 수 없을 정도로 시신의 상태가 나빴다고 한다. 진흙범벅이 된 사체를 인근 사찰로 운구하자 문신이나 흉터를 찾아 거적을 들춰보려는 사람들이 장사진을 이루었다.

내 식구는 다리를 건너지 않고 돌아갔기를.

얼마나 많은 사람이 그렇게 빌었을까. 센이 사는 후쿠이초에서도 희생자가 여러 명 나왔다.

"2년이 지나도록 허공에 붕 뜬 상태야. 기일에 공양을 하고 싶어도 혹시 어딘가에 살아 있다가 어느 날 불쑥 나타나지 않을까 하는 생각을 떨칠 수 없거든. 큰일이야. 장례를 치러야 언니도 성불할 텐데."

"다리가 낡아서 일어난 사고만은 아니잖아요."

여자 점원 하나가 입을 열었다.

"참배하러 행차한 히토쓰바시도쿠가와 종가의 분가인 무가이자 귀족 아씨인지 누군지가 배를 타고 다리 밑을 지나갈 거라고 해서 한때 다리 통행을 막았잖아요. 그러다가 다시 통행이 재개되자 참배객들이 한꺼번에 밀려드는 바람에……."

또 다른 연상의 여자 점원이 "그만해, 오미 짱" 하고 날카로운 소리로 말렸다.

"그런 소리 하다가는……."

모두 바깥으로 시선을 돌렸다. 그리고 "구와바라 구와바라재앙을 피할 때 외는 주문" 하며 목을 움츠렸다.

이런저런 참사가 한두 건이 아니지만 실수로라도 다이묘를 탓하는 말을 하다가는 큰 봉변을 당한다.

"그런 내력이 있는 에이타이바시 붕괴 사고를 이야기로 쓰려고 하다니. 역시 바킨답네."

미풍양속을 해치는 외설물이나 허황된 풍문과 함께 무서운 처벌을 받을 수 있는 소재다.

"이야기에서는 다리 이름을 바꾸었다고 해요. 줄거리도 다이묘의 따님을 구하려는 어민들의 활약이라든지 부모를 찾아 헤매는 효자를 그려서 공맹의 도리를 가르치는 이야기가 되었다고 합니다."

"알아서 기지 않으면 책도 낼 수 없다니, 참 팍팍한 세상이네."

미스즈는 부엌으로 가면서 2층으로 오르는 하코 계단_{수납공간을 겸한 계단}을 힐끔 쳐다보았다.

오오즈쓰야 2층에는 미스즈의 남편 도키치로가 누워 있다. 예명은 엔노샤이며 춘화를 잘 그리는 화가였으나 금서의 삽화를 그린 죄로 에도에서 도망쳐 오랫동안 종적을 알 수 없었다. 그 사이 몸이 병들어 지금은 좀처럼 붓을 잡지 않는다.

백탕을 입에 머금자 미지근하고 미끈한 온수가 술처럼 센의 입을 가볍게 만들었다.

"서로 좋아 죽네 마네 하는 것도, 베갯머리 달뜬 속삭임도 이 세상에 없어서는 안 되는 것인데, 왜 남녀 간의 정을 글로 쓰면 괘씸한 일이 될까요."

"외잡스럽다고 하잖아. 사실 그 정이 없으면 나도 장사를 접어야 할 처지지만."

소접시를 들고 돌아온 미스즈가 센 옆에 순무절임을 놓아주었
다. 이 반찬으로 밥 세 공기는 해치울 수 있을 것 같았다. 술과 여
자를 팔지 않아도 요리만으로도 충분히 먹고살 수 있겠다 싶을
만큼 안주인이 만든 음식은 맛있었다.

"절임반찬 반즈케서열, 순위를 매기는 책가 나온다면 이곳 순무절임이
1등일 거예요."

"그러고 보니 『우방백진牛蒡百珍 '우엉요리 100선'』이란 책이 있다며?
아까 가져온 우엉, 너무 커서 어떻게 조리해야 좋을지 모르겠네."

"『만보요리비밀상万宝料理秘密箱 요리 레시피 모음집』이라면 마침 가져왔
어요."

세책점은 늘 손님 취향에 맞는 책을 들고 다닌다.

우메바치야의 고객이 즐겨 빌리는 분야는 군기물이나 골계본
이다. 그밖에 『옥편』, 『백인일수百人一首 시집』, 『진겁기塵劫記 수학책』 같
은 실용서, 『사라에코さらへ考』나 『지요노코토부키千代の寿』처럼 노래
를 모아 놓은 책, 생활 상식이나 패사물패관이 소설 형식으로 쓴 역사 이야기
등을 구비해야 하고, 외설서나 절판본의 사본을 취급할 때는 세
심한 주의가 필요하다.

센은 세상에 태어난 책을 그저 괘씸하다는 이유로 말살해서는
안 된다고 생각한다.

책은 한바탕 농담이다. 존재하지도 않는 일을 실제로 일어난
일처럼 써놓은 책이나 그림두루마리는 사람 눈에 띄지 않으면 없

는 거나 마찬가지다. 그렇다면 없어도 무방하다고 부교소는 단정한 듯한데, 서민들은 소소한 놀이로 살아갈 희망을 얻기도 한다.

바킨의 신작이라면 더 말할 것도 없지──. 난바야에서 도난당한 판목을 어떻게든 찾고 싶다.

'이세야가 아니라면 어디를 알아봐야 할까.'

그 판목의 존재를 아는 사람은 거의 없을 터.

눈을 감고 새가 되어 에도 시중을 하늘에서 내려다본다.

에이타이바시, 레이간지마, 긴자, 덴마초, 도리아부라초, 아사쿠사 성문, 후쿠이초…… 어디서 단서를 찾을 수 있을까.

문득 추레한 나가야가 눈에 들어왔다. 센이 살고 있는 센타로 나가야다.

어릴 때 센이 습자소에서 돌아오면 아버지 헤이지는 늘 작은 어깨를 흔들며 판목을 파고 있었다. 조각사는 누구보다 먼저 삽화의 원화를 본다. 그래서 센은 아버지가 새로운 작업에 착수하기를 항상 기다렸다.

'판목의 내용을 아는 사람이 있는 게 틀림없다!'

센은 순무절임을 입안에 던져 넣은 다음 책궤를 지고 가게를 뛰어나왔다.

운하를 따라 걸었다. 이치가야 성문을 지나 성안에 들어가는 일은 거의 없다. 야마노테 근방은 센이 영업하는 지역이 아니기 때문이다. 어느 사찰에 머물고 있는 듯한 수행승이 여장 차림으로 문전 상가에서 공 던지기 곡예를 하고 있었다. 달빛이 남아 있는 희뿌연 하늘을 향해 알록달록한 비단 공을 과감하게 던져 올린다. 바람도 부는데 대단하네, 잠시 감탄하고 어제 난바야에서 일러준 나가야로 향했다.

잠시 걸으니 상가 뒷골목 가게에서 점심에 먹을 된장국을 끓이는 냄새가 났다. 1각 가까이 걸으니 허기가 진다. 바야흐로 산적 구이가 생각나는 철이다. 잉어 서더리탕과 '내려온 술'을 곁들이면 더 바랄 게 없겠지.

요쓰야 고지마치에 조각사 로쿠자에몬이 산다고 들었다. 조각사로서는 아직 신참이지만 젊고 혈기가 왕성해서 작업 속도가 빠르단다.

성미 급한 난바야 기이치로가 자주 쓰는 조각사로, 바킨의 신작도 로쿠자에몬에게 맡겼다고 들었다.

판자울 대신 심은 철쭉이 관리가 되지 않아 가지를 어지럽게 뻗고 있었다. 간밤에 철쭉 잎을 뒤덮었던 서리가 가을 해에 녹아 어둑한 나가야를 조금은 밝게 해주고 있었다.

우물가에서 손이 시린 듯 빨래를 하는 여인들에게 로쿠자에몬의 집을 묻자 샛길 옆 쓰레기장에 가까운 집을 가리켰다.

징두리장지 앞에서 주인을 불렀다. 로쿠자에몬은 금방 나타나지 않았다. 발밑에서 잠깐 소용돌이치는 자잘한 낙엽들을 내려다보며 기다렸다.

잠시 후 덥수룩한 수염에 머리를 한데 묶은 덩치 커다란 사내가 얼굴을 쓱 내밀었다.

"후쿠이초에서 세책점을 하는 센이라고 합니다."

로쿠자에몬의 옷에서 달콤한 냄새가 났다. 기억에 남아 있는 냄새다.

회양목이다.

"미세한 선을 파고 있었군요?"

"냄새만으로 그걸 안다고? 묘한 처자로군."

"아버지도 조각사였으니까요."

"세책 하는 사람이 무슨 일이지? 책 같은 거 빌려볼 생각은 없는데."

"난바야 주인의 말씀을 듣고 찾아왔습니다. 어떤 신작에 관한 일인데요."

로쿠자에몬은 낯빛 하나 바꾸지 않고 방 안으로 들어가 버렸다. 얼른 따라 들어가니 지저깨비 냄새가 콧속을 간지럽혔다.

두 칸이 붙은 방으로, 안쪽이 공방인 듯하다. 로쿠자에몬은 작업대 앞에 앉아 칼을 놀리기 시작했다.

센은 책궤를 토방에 내려놓고 로쿠자에몬의 작업을 구경했다.

작업 중인 판목은 견대판竪大判 우키요에의 판형 가운데 하나으로, 부채를 든 가부키 주역 배우가 멋진 자세를 뽐내는 장면이다.

"어느 서점 일이에요?"

"쓰타야 고쇼도. 밑그림은 우타가와 도요쿠니歌川豊国. 그분 그림이니까 회양목을 써야지."

배우는 나카무라 우타에몬. 가부키는 『히루가에스 니시키노타모토翻錦鶴翼袖』의 다이라노 기요모리平淸盛 대목이다.

"저도 딱 한 번 본 적 있어요. 입장료만 있다면 매일이라도 극장에 가련만."

3대 나카무라 우타에몬은 오사카 배우인데, 바로 지난달까지에도 무대에 섰었다. 에도 토박이들이 공연의 여운에서 헤어나지 못하는 동안 배우 그림이 잘 팔린다.

"나는 세 번이나 봤소. 기모노의 무늬, 이마에 흐르는 땀, 눈동자 움직임까지 모두 확인해 두었지. 정말이지 천하제일의 배우라니까. 우타에몬의 판목을 조각하려면, 여기 에도에서는…… 나 정도는 돼야지."

싹, 싹, 하고 나무 깎는 소리가 방 안에 바람을 일으켜 주위에 작은 먼지가 날았다.

채광창 틀에 학처럼 모가지가 가는 유리 술병이 가느다란 삼끈에 매달려 있었다. 물이 담긴 유리 술병은 정확히 로쿠자에몬의 코앞에 내려와 있다.

창에서 비껴드는 부드러운 가을 햇빛이 연노랑 유리병의 불룩한 곳에서 난반사하며 밝아져서 회양목 판목을 밝게 비춰주고 있었다. 해가 지면 촛불 앞에 유리병을 놓아 손맡을 밝게 비출 것이다.

센이 무릎을 꿇고 엎드린 자세로 들여다보고 있자 "어허, 정신 사납게" 하며 혀를 끌끌 찼다.

"여기서 바킨의 신작도 팔겠군요."

"뭐라고?"

"이 이야기는 주인장만 알고 계세요. 난바야에서 목판을 도난 당했습니다. 소소한 인연이 있어서 제가 여기저기 알아보고는 있지만, 전혀 진척이 없네요."

로쿠자에몬의 오른쪽 어깨가 치켜 올라간 채 내려올 줄 몰랐다. 큰 덩치에서 무럭무럭 피어오른 김이 유리병을 휘감고 사라졌다.

"이런 젠장맞을! 그렇게 공들여서 판 것을!"

장장 60일간 술까지 끊고 완성한 목판이라며 분개했다.

엄중하게 보관한 판목을 도난당했다면 신작이 나온다는 소식을 아는 자의 소행이 틀림없다. 센은 기이치로의 생각을 로쿠자에몬에게 전했다.

"설마 나를 의심하나?"

센이 고개를 저었다.

"주인장이 몰래 인쇄를 한다고 해도 팔 방법이 없잖아요. 책 판매는 서점이 아니면 못하니까."

"당연하지. 나는 판목을 팔 뿐이야. 알고 있겠지만, 밑그림을 빼돌리지도 않았고."

조각사는 화가가 그린 밑그림을 판목에 붙여서 판목과 함께 깎아 나간다. 밑그림은 조각사에 의해 사라지게 되어 있다.

"그 작업을 아는 사람이 또 있었나요?"

“글쎄, 아는 사람이 없을 텐데.”

난바야와 이세야는 신작을 앞두고 매우 신경이 예민해져서, 이 공방도 단 한 번 방문했다. 절대 누설하지 말라고 로쿠자에몬에게 집요하게 다짐을 놓고 갔다고 한다.

로쿠자에몬은 독신이고 제자도 없었다.

조각사는 대개 제자를 두어 삽화나 니시키에의 가장 난해한 얼굴 부분은 조각사가 맡고 글씨나 의복처럼 선이 단순한 부분을 제자가 맡는다. 개중에는 로쿠자에몬처럼 전부 혼자 작업하는 장인도 있는데, 그런 조각사는 대개 기질이 완고하게 마련이다.

“아, 잠깐만.”

로쿠자에몬이 덥수룩한 수염을 한 올 뽑으며 천장을 올려다보았다.

“서점 사람들이 여기 왔을 때 바깥 헌옷가게에서 절도 사건이 있었소. 그 범인이 우리 나가야로 도망쳐 들어왔다고 해서 한바탕 소동이 벌어진 뒤에야 체포되었지.”

“범인이 이 방에 들어왔었나요?”

“아니. 이 방에 들어온 건 오캇피키였소. 범인이 숨어 있을 수 있다며 이곳 집들을 방방마다 이 잡듯이 뒤지고 갔지.”

난바야와 이세야는 그 소동에 개의치 않고 완성된 목판을 검사하는 데 열중했었다. 판목 상태에 만족한 난바야가 가까운 시일 안에 한잔하자며 웃었다고 한다.

“책이 잘 팔리면 에이타이바시 너머 하치만궁에 참배하자며 서점 부인이 기세를 올리더군. 상인들은 대개 그렇게 경박하지.”

“그 오캇피키의 이름을 아세요?”

“진자라는 젊은 자였소. 체포 소동 때 오른쪽 볼에 칼을 맞아 크게 다쳤지.”

순찰도신의 수하로 움직이는 오캇피키는 지시가 떨어지면 어디든 구석구석 뛰어다닌다. 다만 실제로 지리에 어두운 동네까지 달려가는 경우는 드물다.

볼에 새로 생긴 흉터가 있는 자라면 센도 만난 적이 있었다.

4

노점들도 물러간 대로에 술 취한 남자의 웃음소리가 들려왔다. 여자의 교성도 섞인 것을 보니 어느 찻집에서 질펀하게 노는 모양이다.

이세야 객실의 다다미에 드리운 화재감시탑 그림자가 조금씩 이동하고 있다.

죽 늘어선 작은 상가 뒤쪽에 이세야의 본채가 있었다. 해가 진 뒤, 센은 9첩짜리 점포와 상가 사이의 골목으로 들어가 그 끝에 있는 현관 토방으로 안내받았다. 토방에 들어서니 왼쪽에 부엌이 있고 맞은편에는 뒤뜰에 면한 긴 툇마루와 방 4칸이 이어져 있었다. 가까운 방 2칸은 거래처와 상담하는 방과 불단방인 듯한데, 모두 문이 닫힌 상태였다. 그 안쪽에 주인 도쿠이치가 쓰는 곁방과 도코노마를 갖춘 커다란 10첩 방이 있었다.

저녁 무렵 세력을 키우던 구름은 조각구름으로 흩어지고 구름 틈새로 얼굴을 내민 달이 징검돌을 하얀 달빛으로 얼룩덜룩하게 만들었다.

조금 열려 있는 장지 틈새로 밤기운이 흘러들었다. 냉랭한 안쪽 방의 네 구석에서 갈기갈기 찢어진 암흑이 스멀스멀 다가오는 것 같아 센은 뺨을 찰싹 쳐서 정신을 가다듬었다.

며칠 전 이세야 주인에게 오캇피키 진자가 판목을 훔치러 올지 모른다는 이야기를 알렸다. 처음에는 듣는 척도 하지 않았지만 난바야의 판목이 도난당했다는 사실을 고하자 도쿠이치의 표정이 이내 어두워졌다.

"난바야 녀석, 그래서 시험쇄 제작을 미루자고 했군! 자꾸 재촉해도 이리저리 빼기만 해서 이상하다 했더니."

그렇게 씩씩거리는 도쿠이치였지만 곧 어두운 표정으로 며칠 뒤 추모 법요가 있어서 서점 식솔들이 전부 절에 가야 한다고 탄식했다.

이세야가 극진히 모시던 센슈 기시와다 번의 전 번주가 타계했다. 졸곡기卒哭忌 법요사후 100일에 올리는 법요가 고인과 인연이 깊은 절에서 거행되는데 반드시 참석해야 한다는 것이었다. 가족은 물론이고 점원들도 법요 음식 준비를 도우러 서점을 비우게 된다고 한다. 서점 경비가 허술해진다는 사실을 진자가 안다면——.

생각이 스친 순간 센이 입을 열었다.

"그럼 제가 가게를 봐드릴게요."

"어림없는 소리. 어찌 여자에게 가게를 맡기나."

"잘 아는 사람 중에 완력 좋은 사내가 있어요. 그 사람을 데려올 수 있으니까 저한테 맡겨보시죠. 만약 진자가 부교소의 지시로 바킨 선생을 감시하는 중이라면 이세야 주인장은 깊이 관여하지 않는 게 좋잖아요?"

충효를 강조하는 기특한 이야기라고 하지만 에이타이바시 붕괴 사건을 다루는 이야기라면 부교소로서는 골치 아픈 책일 가능성이 크다. 판원과 작가를 잡아들이기 위해 오캇피키가 내사하고 있을지도 모른다. 자칫 기시와다 번에도 피해가 갈 수 있는데, 그래도 괜찮겠느냐고 센이 물었다.

도쿠이치는 잠시 생각하다가,

"……하긴 판목이 있는데 지키는 사람을 두지 않는 것도 안 될 말이지" 하며 마지못해 센에게 가게를 봐달라고 부탁했다.

취한의 목소리도 사라지고 거리가 조용해졌다. 등롱에 불을 붙이자 어유 냄새가 짙어졌다.

센은 방 안에 아무도 없음을 알면서도 주위를 둘러본 뒤 책상 옆에 둔 나무상자의 뚜껑을 열었다.

판목 한 장을 꺼내 야겐보리薬研彫り 약연처럼 V자 형태가 되도록 파는 기법로 판 반전된 글자를 손가락으로 만져보았다. 벚나무 판목은 거친 데가 없이 매끄러웠다.

'이것이 바로 아직 세상에 선보이지 않은 바킨의 신작이구나!'

손을 떨면 판목에서 글자들이 우수수 쏟아져버릴 것 같아 더럭 겁이 났다. 센은 팔에 힘을 주어 판목을 고쳐 잡았다.

표제는『영원한 다리 항설기문巷說紀聞』.

첫 장의 소제목을 찾아서 읽어나갔다.

〈우에노의 물레질하는 노파

평생 실을 잣느라 손이 쩍쩍 갈라졌네

노파는 운 좋게 이시카와지마의 어부들에게 구조되는데〉

본문은 강물에 빠진 노파를 어부들이 끌어올리는 장면에서 시작된다.

노파를 배로 끌어올린 직후, 근처에서 물에 빠져 허우적거리는 고위 무사의 따님이 구해달라고 소리친다. 어부들이 배에 빈자리가 없다고 거절하자 노파는 저 아씨를 구해 달라, 대신 내가 배에서 뛰어내리겠다고 말한다.

'딸린 식솔 하나 없이 평생 물레질만 해온 늙은이요. 저 아씨의 부모가 피눈물 흘리지 않을 수만 있다면 내가 신령님의 가호를 믿고 이 하찮은 목숨을 던져 영혼의 평안을 얻어야겠소.'

노파는 눈물을 흘리며 스스로 배에서 강물로 뛰어들었다. 어부가 살리려고 노를 내밀어도 노파는 끝내 뿌리쳤고, 그 와중에 손톱이 전부 벗겨지고 만다. 어부에게 구조된 아씨는 깊이 슬퍼하며 부디 노파를 정중히 장사지내 달라고 어부들에게 금 닷 냥을 준다.

호쿠사이의 삽화도 훌륭했다. 굽이치는 강물로 몸을 던지는 노파는 보살처럼 묘사되고 아씨는 배 위에서 눈물을 흘리고 있다.

센은 어느새 푹 빠져서 읽어가다가 숨을 길게 토했다.

그때 달칵, 하는 희미한 소리가 났다.

쥐죽은 듯 조용하던 방에 갑자기 팽팽한 긴장이 흘렀다. 센은 등롱을 그대로 둔 채 상자를 안고 옆방으로 옮겼다. 판목 상자를 방구석에 내려놓고 숨을 죽이며 맹장지 틈새로 바깥을 살펴보았다. 몸이 떨리고 이마에서 땀 한 줄기가 흘러내려 눈에 들어갔다.

뜰에 면한 툇마루 쪽 장지가 스르륵 열렸다.

‘──정말 왔나!’

방에 발을 들여놓은 남자는 흔들리는 등불에 놀라 엉거주춤 멈추었으나 방 안에 아무도 없음을 확인하자 발소리 죽여 다다미로 미끄러져 들어왔다.

선반의 미닫이문을 열어보고 혀를 끌끌 차더니 책상 옆에 쌓인 책이나 문갑을 거칠게 뒤졌다.

오캇피키 진자가 틀림없다. 센은 마른침을 삼켰다.

희미한 기척을 느꼈는지 진자가 벌떡 일어나 맹장지를 힘껏 열었다. 미처 피하지 못한 센은 상대와 눈이 마주쳤다.

“너는…….”

진자의 얼굴에 당황하는 빛이 떠올랐다. 이세야의 식솔들 면면은 이미 파악해 두었으리라.

“세책하는 사람이오. 며칠 전 당신이 이 서점에 와서 주인에게 돈을 받아가는 걸 봤소.”

진자의 뺨에 직선으로 그어진 흉터가 등불에 떠올랐다. 진자의 그림자가 벽에서 흔들릴 때마다 센은 심장이 벌떡거렸지만 어금니를 물고 버렸다.

진자는 어딘가에 점원이 숨어 있지는 않은지 살피고 있었다. 센은 진자가 수하를 한 명도 데려오지 않은 사실을 알아차렸다.

“당신, 부교소 일로 찾아온 게 아니군.”

목소리가 떨렸다. 진자가 사냥감을 빼앗긴 짐승처럼 센을 노려보며 책상을 쾅 걷어찼다. 벼루가 튀어 오르고 먹물이 장지에 굵은 선을 그렸다. 진자는 센에게서 눈길을 떼지 않은 채 여기저기 뒤집으며 찾다가 끝내 두루마리를 떼어버리고 벽에 손을 짚었다.

"판목을 어디다 숨겼지?"

"난바야의 판목도 당신이 훔쳤지. 서점 사환 아이를 이용했다는 것도 알고 있어. 오캇피키의 협박에 저항할 수 있는 꼬마는 없으니까."

난바야에 취직한 지 1년이 채 안 되는 사환이다. 가게에서 가장 귀중한 물건이 무엇인지 아직 모를 때다.

부교소의 조사에 필요하니까 판목을 가지고 나와라. 주인한테는 말하지 말고. 내가 잠깐 살펴보면 끝나는 일이니까 따로 수고할 일도 없어——.

그리고 푼돈을 쥐여주자 사환 아이는 "네" 하고 따르지 않을 수 없었다.

센은 안절부절못하던 난바야 사환 아이의 얼굴을 떠올렸다. 판목이 없어졌다고 소동이 벌어지자 사환 아이는 크게 당황했다.

"형편없는 작자 같으니. 훔치는 것도 모자라 아이까지 속이다니."

"닥쳐라, 이년! 형편없는 작자는 내가 아니라 난바야, 이세야, 그리고 인기 작가로 추앙받는 교쿠테이 바킨이야!"

센은 뒷걸음질 쳤다. 진자가 성큼 다가서서 센과의 거리를 좁혔다.

컴컴한 방 안에 진자의 윤곽만 희미하게 떠올랐다. 그의 얼굴이 조각하다 만 배우 그림의 판목처럼 일그러져 있었다.

센은 긴장할 대로 긴장해서 그 얼굴을 응시했다. 이자는 왜 이런 위험까지 무릅쓰며 판목을 노릴까.

벽에 기댄 센이 방구석에 둔 상자를 힐끔 보고 말았다. 진자가 그 시선을 놓치지 않고 "저거냐" 하며 옆으로 움직여 상자 뚜껑을 열었다.

상자에는 센이 넣어 둔 목판이 있었다. 진자가 상자를 거칠게 안아들었다.

"바킨의 신작이 나온다는 소식을 로쿠자에몬 씨 집에서 알았나?"

"내가 직업상 귀가 밝거든. 서점 주인들이 하는 얘기를 듣고 에이타이바시 붕괴 사고가 나오는 이야기라는 걸 알았다."

진자는 조리를 미끄러뜨리며 센에게 다가섰다. 피할 데도 없는 센이 진자를 올려다보았다.

희미하던 진자의 얼굴이 조각도로 생명을 부여받듯이 꼴을 갖추어간다. 판목 상자를 옆구리에 낀 진자가 사냥감을 덮치려는 야수처럼 퇴로를 막아섰다.

"그 판목, 어떻게 할 거야."

"태워버려야지. 영원히 사람들 눈에 띄지 않도록."

진자의 빈 손이 센의 왼쪽 어깨를 거칠게 벽으로 밀어붙였다. 회벽이 삐걱거리고 커다란 통증이 센을 엄습했다.

센이 저항하지 못한다는 것을 알았는지 진자가 숨을 토하며 힘을 늦추더니 판목을 노려보며 급하게 내용을 확인해 나갔다.

"찾았다!"

센의 멱살을 쥐고 등롱이 켜져 있는 방으로 끌고 돌아가 "얌전히 있어"라고 위협하고 판목 내용을 읽어나가던 진자가 이를 부드득 갈고, 바닥에 흩어진 판목을 주먹으로 누른 채 핏발 선 눈으로 센을 노려보았다.

"내가 왜 이 판목을 노린 줄 아나? 서점 주인놈들이 물레 돌리는 노파 이야기를 하고 있었기 때문이다."

그 이야기라면 분명히 판목에 나온다.

"그게 바로 우리 어머니란 말이다."

"……당신의?"

"그래. 어머니는 신심이 깊어서 하치만궁 참배를 누구보다 기다렸다. 한 달 전에 참배 준비를 마쳐두었고, 당일도 좋아라 길을 나섰지."

2년 전 그날, 진자는 에이타이바시가 무너졌다는 소식을 듣자마자 기타신보리_{에이타이바시 다리맡}로 달려갔다. 다친 사람을 옮기면서 어머니 이름을 소리쳐 불렀다. 하지만 밤이 되도록 어머니는 돌아오지 않았고, 여기저기 찾아 헤매다가 이틀 후에야 후카가와의 작은 사찰에서 무참한 시신을 목도했다. 옷에 묻은 진흙은 말라 있고 얼굴은 부패하여 문드러져 있었다.

모자가 살던 요쓰야의 집으로 옮긴 시신을 사카사미즈_{찬물과 더운 물의 넣는 순서를 반대로 해서 만든, 사체를 씻는 온수}로 닦을 때 앙상한 어깨와 가슴에서 커다란 상처와 멍을 발견하고 가슴이 미어졌다. 상처에서 계속 풀려나오는 진흙 때문에 대야 물이 흐려져서 시신은 좀처럼 깨끗해지지 않았다.

그런데 어찌된 일인지 사체의 손톱이 전부 벗겨져 있었다.

마침내 모친의 시신이 정갈한 모습이 되었을 때 진자는 견디지 못하고 통곡했다.

삼십오일기三十五日忌 사후 35일에 올리는 법요가 끝난 뒤, 모친의 시신을 안치한 사찰의 주지를 만나 강에서 사찰까지 시신을 운구해온 어부가 누구냐고 물었다.

진자는 레이간지마의 어부들을 일일이 찾아다니며 협박조로 물었다. 모친의 손톱이 다 벗겨져 있는 점이 의아했기 때문이다.

분명 다리에서 추락할 때 생길 만한 상처가 아니었다.

"강물에 빠진 고위 무사의 딸을 살려주면 금전을 두둑히 받을 수 있겠다는 생각에 어부들이 무사의 딸 대신 우리 어머니를 비정하게 강물로 밀어 넣은 거다. 어머니는 다시 뱃전에 매달리려다가 어부들의 노에 얻어맞아 강물 속으로 가라앉고 말았지. 그래도 끈질기게 배에 매달리려고 하자 놈들이 잔인하게 떼어냈고, 그 와중에 손톱이 다 벗겨진 거다."

진자는 어두운 눈동자를 판목으로 떨어뜨렸다.

어쩔 수 없는 일이다. 먹고살려고 그랬을 테니 어부들을 탓할 수는 없다. 시신을 찾은 것만도 고마운 일이다. 이것도 다 어머니의 신심 덕분이겠지——그렇게 스스로를 달래며 장사를 치렀다고 한다.

그리고 2년이 지났을 무렵. 요쓰야에서 들치기 사건이 일어나서 근방을 수색하던 진자는 용의자를 고지마치 뒷골목의 허름한 나가야로 몰아넣은 후에 이 방 저 방을 뒤지고 다녔다.

그때, 조각사 로쿠자에몬의 방을 조사하려는데 '에이타이바시' '바킨 선생'이란 말이 들렸다. 로쿠자에몬에게 물으니 집 안에 판원 난바야와 이세야의 주인이 와 있다고 했다. 그리고 방에서 흘러나오는 웃음소리 끝에 '손톱이 다 벗겨진 물레 돌리는 노파'라는 말이 흘러나왔다. 진자는 죽은 어머니의 손가락을 떠올렸다.

'우리 어머니 얘기 아닌가?'

시간이 흘러 슬픔은 많이 가셨다. 하지만 가슴 한쪽에 응어리로 남아 있었다. 어머니의 최후가 목판에 어떻게 묘사되어 있는지 직접 확인하고 싶었다.

진자는 니혼바시에 자주 찾아가 난바야와 이세야를 감시했다. 이세야는 에도 근무를 마치고 고향으로 돌아가는 무사들이 선물로 책이나 그림을 사려고 들르는 곳이어서 슬쩍 숨어들기가 꺼려졌다.

난바야 쪽은 손님이 뜸해서 판목 찾기가 쉽겠다고 생각했다. 사환 아이를 구워삶아 판목을 확보했지만 책의 후반부 판목이었다. 하는 수 없이 진자는 이세야의 판목도 노리기로 했다.

"아니 왜…… 어머니의 억울한 진상을 알았을 때 부교소에 알리지 않았지? 아무리 고위 무사라도 그렇게 도리에 어긋나는 짓은 용서받지 못할 텐데!"

"물레 돌리는 노파의 목숨 따위, 아무도 신경 쓰지 않는 게 세상인심이다. 귀한 아씨가 무사히 부모 곁으로 돌아가는 일이 먼저라고 생각하지. 그렇게 생각할 수도 있어. 나도 핫초보리막부의 하급무사들이 모여 살던 마을 나리 밑에서 먹고사는 놈이니까 그 심정을 잘 안다. 누구를 살릴지는 안 봐도 알 수 있지. 돈이면 된다는 걸 잘 아는 아씨를 욕할 것도 없어. 부교소에 말해봐야 조사할 사안이 아니라는 소리나 듣게 되리라는 것도 잘 알아."

진자는 체념한 듯 가늘게 한숨을 흘렸다.

"하지만, 우리 어머니는 죽었다. 죽지 않을 수도 있었는데, 여러 악운이 겹쳐서 죽은 거야. 그런데 그 처절한 죽음을 지들 멋대로 미담으로 바꿔서 돈벌이를 하려고 들다니. 그건 도저히 용서할 수 없다."

등불이 크게 흔들리자 진자의 얼굴이 선명하게 떠올랐다. 얼굴에 비친 것이 슬픔인지 분노인지, 아니면 당혹인지 센은 알 수 없었다. 다만 이 남자의 마음이 갈 곳을 잃었다는 것만은 알 수 있었다.

"판목 절도 건은 본인이 직접 부교소에 신고하시오."

절도죄가 무사히 넘어갈 리는 없지만, 사태가 여기까지 이르게 된 경위를 자백하면 부교소에서도 동정을 보여주리라. 억울한 죽음의 진상이 밝혀진다면 죽은 모친도 조금이나마 위안을 얻을 것이다.

그러나 진자는 품에서 비수를 꺼내 으르렁거리며 덤벼들었다.

센이 옆으로 피하며 손에 닿은 화병을 던지자 그걸 피한 진자가 다시 덤벼들었다.

그때 둔탁한 소리가 울렸다. 퍽! 하는 소리가 나고 진자가 부릅뜬 눈으로 천천히 자빠졌다. 주위에 까만 흙이 흩어져 있었다.

"오센, 지도를 너무 엉성하게 그려줬잖아, 도통 알아볼 수가 있어야지!"

멜빵으로 소매를 단속한 노보루가 땀투성이 얼굴로 소리쳤다.

"참 빨리도 왔다, 노보루! 하마터면 죽을 뻔했잖아!"

노보루가 휘두른 굵직한 우엉이 진자의 뒤통수에 명중한 것이다. 두 동강 난 우엉 토막이 데구루루 구른다.

센은 아까 이세야에 오기 전에 난바야에 들러 청소하던 사환에게 편지를 주고 스와초의 소에몬 나가야에 사는 노보루에게 전해달라고 부탁했었다.

주인이 자리를 비운 어느 서점을 봐주고 있는데 위험한 자가 판목을 훔치러 올지 모르니 서점 가까이에 숨어서 만일의 사태를 대비해달라.

센은 발밑에 구르는 우엉 토막을 주워들었다.

"겨우 우엉이야? 이럴 때는 목검이라도 한 자루 들고 왔어야지."

"목검이면 놈이 죽을 수도 있어. 이 우엉은 이렇게 굵어도 속이 비어 있거든."

노보루는 홈통처럼 생긴 우엉 토막을 망원경 보듯이 들여다보았다.

"있는 힘껏 때려도 기절 정도로 끝나지."

"속 빈 우엉도 쓸모가 있네."

"내 채소를 무시하지 마. 못생겼어도 궁리하기에 따라서는 맛난 음식이 되니까. 내가 물건을 대는 요리점 중에 '우엉튀김'으로 유명한 곳이 있어. 속 빈 우엉에 생선살을 채워서 튀겨내는 건데, 겉은 바삭하고 속은 육즙으로 촉촉해서 얼마나 맛있다고."

"그럼 오늘 저녁은 내가 그 우엉튀김으로 보답할게."

두 사람이 진자의 커다란 몸뚱이를 굴리고 양손을 뒤로 돌려 결박했다. 문득 왼쪽 어깨에 통증을 느낀 센이 낯을 찡그리자 노보루가 "자업자득이야" 하며 이마를 툭 쳤다.

마침내 복도가 소란해지고 여러 사람의 발소리가 다가왔다. 법요를 마친 이세야 도쿠이치와, 사환에게 소식을 들은 난바야 기이치로가 나란히 달려온 것이다.

두 사람은 방 안에 흩어진 판목과 도자기 파편을 피해서 까치발로 들어왔다.

"또 나쁜 버릇이 도졌군."

기이치로가 센을 노려보며 말했다.

"왜 나한테 진자 얘기를 안 했어. 아마 혼자 느긋하게 목판을 읽어볼 생각이었겠지."

부모처럼 보살펴준 기이치로는 센의 속을 훤히 읽는다.

“그래서 제 우엉만 두 동강 났네요.”

센이 목을 움츠렸다.

도쿠이치는 기절한 진자를 내려다보다가 얼굴에 침을 탁 뱉었다.

“평소 그렇게 돈을 뜯어내더니 이젠 도둑질까지 하나! 정말이지 용서할 수가 없는 놈이군. 난바야 씨, 이번 일은 부교소에 보고하기 전에는 해결되지 않겠어.”

도쿠이치가 말하자 기이치로도 밧줄에 결박된 진자를 밉살스럽게 내려다보았다.

그때 진자가 깨어났다. 신음을 흘리며 몸을 비틀었지만 기이치로와 도쿠이치를 보고 체념했다.

난바야에서 훔친 판목을 어디 두었느냐고 센이 물었다.

“……후카가와 가이후쿠지海福寺에서 태워버렸다.”

기이치로가 “아아” 하며 머리를 감쌌다.

에이타이바시 희생자 공양탑이 있는 절이라고 노보루가 일러주었다.

“아까 얘기한 요리점 주인의 따님도 에이타이바시에서 죽었다고 하더군. 지금도 내외가 가이후쿠지에 종종 찾아가 공양하고 있어. 안주인은 아직도 매일 빠짐없이 딸의 밥상을 차린다고 해.”

백일기百日忌에 건립된 공양탑에는 지금도 많은 꽃이 공양되고 있다.

난바야의 판목이 잘 타지 않아서 진자는 바람에 날리는 낙엽으로부터 판목을 보호하려는 듯이 제 몸으로 바람을 막고 몇 번이나 부싯돌을 쳐야 했다고 한다.

기이치로가 연민의 표정을 지은 것도 잠깐이었다.

"네 모친 일은 딱하게 됐다만 책이란 것은 이렇게도 저렇게도 읽을 수 있는 거다. 허황된 거짓말로 마음을 달래주는 것도 이야기책의 역할이야. 그걸 자기 멋대로 단정 짓고 그 귀한 판목을 태워버리다니."

센이 저도 모르게 고개를 저었다.

"아저씨, 어머니의 비참한 죽음이 멋대로 윤색된 사실을 알게 된 이 사람의 심정도 헤아려주셔야 합니다."

사람의 행동은 이성으로만 설명되지 않는다. 자기가 하는 짓이 옳지 않다는 것은 진자도 알고 있었으리라.

기이치로는 일그러진 얼굴을 도쿠이치에게 향하고 입을 열었다.

"판목에 탈이 생겨 다시 파야겠다고 하면 바킨 선생이 용서하지 않을 텐데. 출간이 한참 미뤄지겠군."

"……내가 집어넣은 돈은 어떡하지?"

"이세야가 손을 떼면 우리 난바야에서 부담하겠네."

도쿠이치는 잠시 하늘을 올려다보다가 "하는 수 없지" 하며 다다미에 흩어져 있던 판목을 주워 모아 기이치로에게 넘겨주었다.

"우리 이세야는 이번 일에 아무런 관계가 없는 거다. 알겠나, 진자. 부교소에서 조사받을 때 우리 서점 이름은 입도 뻥긋하지 말게. 우리는 난바야처럼 느긋하게 기다릴 여유가 없어. 자네 같은 자들한테 뒷돈 뜯기는 것도 지겹고.”

센과 서점 주인들은 진자가 이세야가 아니라 난바야에 침입했다가 붙잡힌 것으로 입을 맞추었다. 범행이 하나 줄어드니 진자도 마다할 이유가 없다.

밖으로 나가자 거리에는 이미 아침 안개가 흐르기 시작했다. 희뿌예진 밤하늘에 별들이 무슨 표식처럼 반짝이고 있었다. 별들은 걸음을 옮길 때마다 희미하게 사그라졌다.

부교소에 진자를 넘기고 돌아갈 때 등롱을 들고 앞장선 기이치로가 뒤를 돌아보며 씽긋 웃었다.

“이세야 녀석, 바킨 선생이 어떤 사람인지 잘 모르더군. 나중에 엄청 후회할 텐데, 기대가 되네.”

노보루가 무슨 말인지 이해가 가지 않아 고개를 갸웃거렸다.

“목판이 불타서 못 쓰게 되었다고 하면 선생은 틀림없이 더는 글을 못 쓰겠다고 하겠지. 하지만 진자 같은 기특한 놈이 있었다는 걸 알면, 어미를 위해 판목을 훔쳐서 태워버린 오캇피키 이야기를 써야겠다고 나설 사람이거든. 그 선생은 반드시 쓸 거야. 원통하게 죽은 사람들의 사연을 샅샅이 조사할 거야. 그리 되면 전에 없는 장편이 나오겠지.”

“설마요. 하세월일 텐데.”

노보루가 놀라서 말하자 기이치로는 하하하 웃었다.

“글쎄, 몇 년, 아니 몇 십 년? 우리는 그동안에도 계속 출판을 할 수 있어. 센부부루마이千部振舞 1,000부가 팔리면 신사에 참배하고 잔치를 연 데서 유래한, '베스트셀러'를 가리키는 말가 나왔어요! 속이 확 풀리는 대단원이오!"

센은 노보루에게 어깨를 으쓱해 보였다.

예나 지금이나 어떻게든 길을 찾아내는 것이 에도 상인이야. 이게 바로 서점 주인들이지. 대단하지 않아, 노보루?

왼쪽 어깨의 통증이 어느새 사그라든 모양이라고 센은 생각했다.

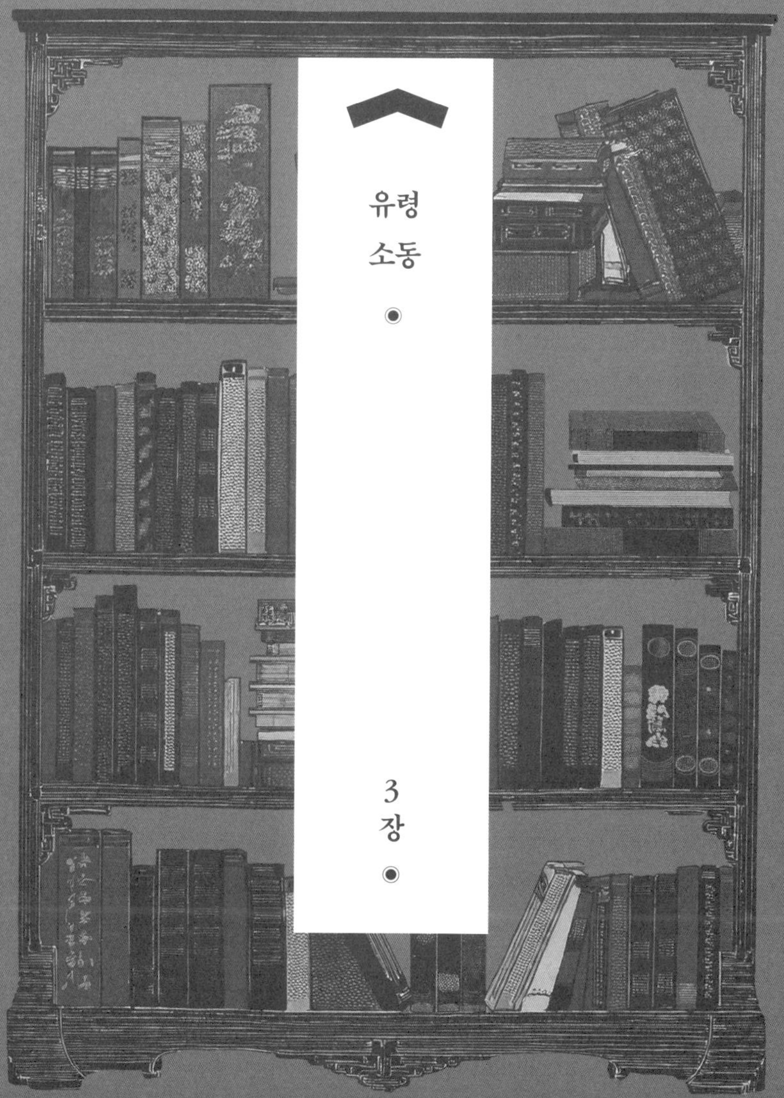

유령
소동

3
장

저택 안에 자욱하던 향 연기는 해 질 녘에 시작된 여름비에 씻겨 흐릿해졌다.

등불이 비치는 장지에 시즈와 데다이 신노스케가 뒤얽힌 그림자가 요동치고 있었다. 땀에 젖은 신노스케의 손바닥이 여느 때보다 어색하게 시즈의 봉긋한 가슴을 주물렀다.

시즈가 문득 얼굴을 들었다. 남편 헤이베에의 시신이 눈에 들어왔다. 흰 천 밑에서 남편이 어떤 표정을 하고 있었는지 생각이 나지 않았다.

어제 미명에 부채가게 시메야의 주인 헤이베에가 측간에 앉아 아랫배에 힘을 주다 급사하고 말았다. 중풍으로 보인다. 한창 여름 수금철에도의 상가에서는 외상 거래를 하고 여름인 백중절과 겨울인 연말에 몰아서 수금했다이어서 눈알이 팽팽 돌 만큼 바쁠 때다.

옆에 죽은 남편이 누워 있는데 외간남자와 정신없이 방사를 치르다니, 뭐라고 변명해도 용서받을 수 없는 짓이다.

시즈는 선향 연기를 마시지 않으려고 신노스케의 가슴에 코를 묻었다. 시즈는 통야 후 요토기^{'통야'는 유족과 조문객이 독경하는 등 저녁에 치르는 종교적 장례 절차, '요토기'는 가족과 가까운 사람만 남아 새벽까지 시신 곁을 지키는 절차이다}를 맡은 사람이 이 데다이임을 알고 위로의 말을 듣고파서 슬쩍 들어왔지만, 신노스케의 몸뚱이 밑에 맥없이 드러눕고 말았다.

신노스케는 약삭빠르고 처신에 빈틈이 없는 남자다. 니혼바시의 최고 미남으로 인기가 많아 거리를 걸으면 소매 속으로 편지가 날아든다고 할 정도였다. 이 사내가 시즈를 품는 것도 진급을 위한 수단에 지나지 않는다.

남편의 손길을 받지 못하는 가련한 안주인을 품는 일은 신노스케에게 봉사에 가까운 일이었다. 시즈는 그래도 상관없다고 생각했다. 여자에게도 욕구가 있다. 뱃속에 끓어오르는 것을 퍼내줄 사내라면 정이 없어도 상관없었다.

나이가 두 바퀴나 차이나는 헤이베에에게 시집온 지 10년이 지났지만 자식은 없다. 하지만 헤이베에의 조카를 양자로 들여서 대를 잇기로 오래 전에 이야기가 되어 있었다. 동업조합에도 벌써 인사를 마쳐두었다. 헤이베에는 조만간 은퇴하고 여생을 편안하게 보낼 생각이었는지도 모른다.

신노스케의 손가락이 거웃 속으로 숨어들었다. 남자의 강한 체취가 시즈의 몸 깊숙한 곳에 있는 문을 열었다. 등불이 지지직 소리를 내자 가슴속에 연기만 내고 있던 불씨에도 불이 붙었다.

"제겐 마님밖에 없습니다. 조만간 지배인으로 승진하면 이 시메야를 에도 최고의 부채가게로 키워보겠습니다요."

신노스케가 후후, 웃고 시즈의 입을 얇은 입술로 덮었다. 가게에서 일할 때 보여주던 신중함은 자취를 감추고, 과부가 된 안주인이 맞는지 확인하려는 듯이 시즈의 몸을 손으로 더듬어나갔다. 두 사람의 엉킴이 차차 격해져 시즈는 어느새 다다미에 등을 문지르며 온몸이 마비되는 듯한 느낌에 빠져들었다.

그때 갑자기 신노스케가 "엇!" 하고 외쳤다. 동시에 탁, 하는 소리가 울렸다. 신노스케의 발이 시신을 덮은 이불을 낚아채며 단도시신의 머리가 북쪽을 향하게 눕히고 가슴 위에 단도를 놓아두는 장례 풍습이 있다를 허공으로 차올린 것이다. 밀초 불이 크게 흔들렸다. 시신의 불룩한 배에 놓여 있던 손이 바닥으로 툭 떨어지고 입에서 하얀 거품이 흘러내렸다.

움찔 놀라 상체를 일으킨 신노스케가 이불을 잡으려고 손을 뻗다가 흠칫 동작을 멈추었다.

"──!"

시즈는 신노스케의 어깨 너머로 죽은 남편 얼굴을 내려다보고 비명을 질렀다.

분명히 죽은 사람인 헤이베에의 눈이 활짝 벌어져 천장을 노려보고 있었다.

신노스케는 흐트러진 옷차림 그대로 곁방의 맹장지까지 뒷걸음질 쳤다. 내동댕이쳐진 시즈는 헤이베에의 얼굴 앞에 쓰러져 숨을 죽였다.

"주, 주인님! 용서해주십시오!"

신노스케가 두 손을 비비며 염불을 외기 시작했다. 점원들이 뛰어오는 발소리가 들렸다.

그때 헤이베에의 목이 덜컥 돌아갔다. 밀초 불빛에 드러난 헤이베에의 얼굴이 시즈를 원망스럽게 쳐다보았다. 입가에서 다시 거품이 흘러내렸다.

천장을 울리는 거친 빗소리는 차차 조용해졌다.

1

잠잘 때 얼굴이 시려서 머리에 감아둔 수건 너머로 센타로 나가야의 이웃들이 와글와글 떠드는 소리가 들렸다. 잠이 얕아지는 동틀 녘. 몸보다 심장이 먼저 날뛰었다. 벽이 삐걱삐걱 울었다. 성미 급한 도시가미年神 매해 정월에 각 가정에 찾아온다는 신께서 이 누추한 나가야로 펄쩍 뛰어내리기라도 하셨나. 그때 얇은 담요 밑에서 쾅 차올리는 듯한 충격을 느꼈다.

'지진이다! 크다!'

센은 재빨리 이불을 머리까지 뒤집어썼다.

방 안에 산더미처럼 쌓여 있던 세책이 요란하게 무너진다. 나가야 여기저기서 다급하게 문 여는 소리가 들리고 이웃들이 밖으로 뛰쳐나가는 소리가 들렸다. 센은 이대로 있으면 안 되겠다 싶어서 상체를 일으켰다. 한밤에 내리기 시작한 진눈깨비는 이미 그쳐 있었다.

질퍽한 골목길에 옹기종기 모인 이웃들이 해쓱한 얼굴로 어둑한 하늘을 올려다보았다. 이윽고 새하얀 해가 축축이 젖은 동네를 비추기 시작하자 모두들 안도한 얼굴로 평소보다 이른 조반을 준비하기 시작했다.

아침잠을 포기한 센도 행주치마를 단단히 묶고 어금니로 하품을 깨물며 우물가로 나갔다. 여인들은 여전히 얼얼한 표정이었다. 센이 두레박을 잡으려고 손을 뻗는데, 오타네가 된장 풀 때 쓰는 대나무조리를 휘두르며 뛰어왔다. 옆방에 사는 미장이의 부인으로, 센이 아버지를 여의고 막막해 할 때부터 여러 가지로 도와준 쾌활한 부인이다.

"진짜 간만에 엄청 흔들리데. 오센은 괜찮아?"

"책 더미가 무너져 방 안이 엉망이에요. 불안하니까 지진을 막아주는 메기 그림이라도 걸어둘까 봐요."

"그러게. 오센이 책 더미에 깔려 죽어도 아무도 모르겠어. 사시사철 방 안에 틀어박혀 책만 들여다보고 있으니."

오타네의 너스레에 다른 여자들이 와락 웃었다. 센이 대꾸할 새도 없이, 그림 얘기가 나와서 말인데, 하며 오타네가 대나무조리를 두드렸다.

"우메바치야에『시메야 오시즈』도 있어?"

요즘 에도 사람들에게 인기가 많은 니시키에다.

"아쉽게도 가지고 있는 게 없네요."

"꼭 한 번 찬찬히 봤으면 좋겠는데. 별로 도움이 안 되는 세책점이네."

"어디나 품절인걸요."

생선 다 타네! 라는 남편 목소리에 오타네가 급하게 집으로 뛰어갔다.

세수하고 돌아온 센은 어제 먹다 남긴 찬밥에 바지락조림을 얹고 더운 물을 부어서 조반을 해결한 다음 어지럽게 흩어진 책을 정리했다. 오늘은 외상이 쌓인 단골을 찾아다니며 전액 받아낼 계획이다. 이대로는 설 쇠기도 힘들고 떡 살 돈도 없다.

'그런데 떡보다 먼저 오시즈를 사야 할 텐데.'

요즘 단골들이 입을 모아 주문하는 물건이 있다.

부채가게 시메야의 과부 오시즈를 그린 니시키에였다.

판원 쓰타야가 지난 봄에 발매한 『명화육가선名花六家選』 연작 가운데 한 점으로, 화가는 3년 전 귀적에 오른 기타가와 우타마로 문하의 아무개라고 한다.

우타마로는 쓰타야를 통해 『명취육가선名取六家選』이라는 연작을 출판했다. 『다마야의 시즈카와 만원사 양명주玉屋内しつかと万願寺養命酒』라든지 『효고야의 하나즈마와 언덕 위의 겐비시兵庫屋華妻と坂上の剣菱』라는 식으로 명주 여섯 종과 요시와라의 유명한 유녀 여섯 명을 짝지어서 그린 니시키에 연작이다.

그 연작이 인기를 끌자 후속으로 『명화육가선』도 발매했다. 불꽃놀이가 열리는 명소 풍경과 상점의 미녀 안주인을 짝지어서 그린 니시키에이다.

다만 상점 안주인은 요시와라 유녀나 아사쿠사의 여자 점원과는 달리 화려함이 떨어지게 마련이라 기대만큼 팔리지 않았다. 더구나 십수 년 전 간세이 개혁 이후 지금까지 니시키에에는 유녀 외에 이름을 표기하지 못하게 할 정도로 출판 통제가 엄격한 탓에 출판 당초에는 그다지 화제에 오르지도 못했다.

그런데 네 달쯤 전에 상황이 달라졌다. 그야말로 부채 바람이

온 에도를 휩쓰는 듯했다.

『명화육가선』에 그려진 안주인 가운데 한 사람이 시메야의 오시즈라고 알려졌기 때문이다.

사태의 시작은 여름 수금철에 일어난 시메야 주인 헤이베에의 급사였다. 그런데 하필 통야를 하는 방에서 미망인 시즈와 데다이가 정사를 벌였고, 이에 분노한 헤이베에의 시신이 삼도천을 건너지 않고 되돌아왔다고 한다. 그 후 헤이베에는 무사히 '다시 죽고' 절에 매장되었지만, 소동은 가와라반을 통해 흥미진진하게 각색되고 말았다.

이 괴사건을 다룬 요미우리가 니시키에를 널리 홍보하는 전단지 역할을 하고 말았다. 그리하여 팔리지 않고 남아 있던 쓰타야의 『관영사 앵낙엽寬永寺桜落葉』 초판 200점이 눈 깜짝할 사이에 매진되었다. 게다가 이와 흡사한 니시키에가 다른 판원에서 속속 발매되어 시메야 오시즈의 미인화는 순식간에 가장 인기 있는 에도 명산품으로 떠올랐다.

센이 세책점을 시작하고 5년이 되었지만 이렇게 여염집 여인이 가부키 배우처럼 인기를 끈 일은 없었다. 바야흐로 '시메야의 괴이'는 교토 귀족들 귀에도 들어갈 정도로 일대 선풍을 일으키고 있었다.

머리가 반들반들하게 벗겨진 남자가 센을 찾아온 것은 그날 오후였다. 쓰레기장에서 깨진 찻잔 조각들을 정리하고 있는데 커다란 보퉁이를 멘 남자가 머리를 문지르며 다가왔다.

"어이, 우메센."

"어머, 구마야소. 그 지진에도 용케 죽지 않았네."

"헤헤헤, 나한텐 그런 재난이 대목이지. 거리가 술렁거려야 돈이 팽팽 돌거든."

판주板株 목판화의 출판권를 보유하지 않고 책을 사고파는 것만으로 먹고사는 그는 '우리코'라 불리는 장사꾼이다. 경매에서 걸걸한 목소리로 경쟁자들을 위협하여 책을 사들이는 거칠고 신출귀몰한 삼십대 남자다.

우리코는 일본 전역의 중고본 시장에 드나들며 책이나 판목을 수집하여 서점에 팔아넘긴다. 그렇게 구한 책을 서점이 사주지 않으면 주변의 세책점을 찾아다니며 팔아치운다.

다만 구마야소는 장물도 취급한다는 소문이 있었다.

지금까지 센은 구마야소에게 증서가 있는 확실한 책이나 니시키에만 사왔지만, 빈틈을 보이면 언제 어떻게 등을 칠지 알 수 없는 상대였다. 그래서 구마야소가 열 번을 찾아오면 아홉 번은 그냥 돌려보냈다.

찾아와도 마루에 앉지 않고 쪼그리고 앉아 거래하는 것이 우리코의 관례였다. 구마야소는 인사도 하는 둥 마는 둥 센에게 니시키에 한 점을 보여주었다.

"시메야 오시즈의『관영사 앵낙엽』초판이야."

건조한 겨울바람에 상한 센의 볼이 금세 뜨거워졌다. 열 번 가운데 드물게 응해주는 한 번이 바로 오늘인 것이다.

"확 땡기지, 우메센? 진짜 운 좋게 건진 물건이야."

구마야소는 벗겨진 머리를 쓰다듬으며 말했다. 센은 그림 속의 여인을 찬찬히 살펴보며,

"그림 정말 좋네. 초판이니 누락된 판도 없을 테고색깔 수만큼 목판이 필요한 니시키에는 재판이 거듭되다 보면 일부 목판이 누락되기도 한다. 어디서 구했어?"

이마가 훤한 얼굴을 날카롭게 쏘아보며 묻자 구마야소가 슬쩍 눈길을 피했다. 여기서 더 캐물으면 센의 신상도 위험해질 수 있다. 모르는 척 넘어가는 요령도 장사에 필요하다.

가격을 물으니 1부금화 4부=1냥라는 고액을 불렀다. 바킨의 신작도 살 수 있는 목돈이다.

"이거 왜 이래. 소바 한 그릇 값이면 살 수 있는 게 니시키에인데."

"싫으면 관둬. 사겠다는 놈 많으니까."

하는 수 없이 1부를 주고 구입하고 구마야소를 배웅한 센은 즉시 그림을 살펴보았다.

바탕은 기쓰부시黃潰し. 인물 외의 배경을 황색 하나로 채우는 기법으로, 간단해 보여도 숙련된 인쇄술이 필요하다. 검은 나막신을 신은 시즈가 부채를 들고 있고, 옷자락과 앞섶 사이로 살짝 노출된 히지리멘바탕이 오글쪼글한 빨간 비단은 선명한 붉은색이다. 또 부채바람에 날리는 벚꽃 꽃잎들이 그림 앞쪽에 조심스레 배치되어

시즈의 아름다움을 한층 돋보이게 한다.

소바 100그릇 값이지만 구입을 후회할 수 없는 작품이었다.

'응? 이건 질서疾書?'

센은 문을 열고 나가 밝은 해 아래 그림을 펴보았다. 시즈가 든 붉은색 부채에 아무래도 나중에 써넣은 것처럼 보이는 글씨가 있었다.

菜 碁 山 糸 豆

'시메야 시즈…… 누가 굳이 이렇게 써넣었을까?'

'시메야'의 한자 표기는 七五三屋. 니시키에에는 여염집 여인의 이름 표기가 금지되어 있었으므로 수수께끼 같은 한자로 검열을 피한 것이다. 菜의 훈은 '나' ≒ '나나' = 七, 碁의 독음은 '고' = 五, 山의 독음은 '산' = 三, 糸의 독음은 '시', 豆의 독음은 '즈'. 따라서 菜碁山는 七五三 = '시메'로 읽히고 糸豆는 '시즈'로 읽을 수 있다.

막부의 검열이 무서운 시절이니 공공연하게 표기할 수 없는 상가 안주인의 이름을 우회적으로 써넣었겠지만, 그림의 주인공이 시즈임은 누구나 알 수 있었다. 굳이 해독이 어려운 수수께끼 같은 한자로 써넣은 의도를 알 수 없었다.

'질서'는 독자가 책에 써넣는 글이며, 역대 소장자가 가필해두는 주석 같은 것이다. 책의 가치는 질서한 사람이 누구냐에 따라 달라지기도 한다. 질서는 책의 일부이며, 독자가 새로운 해석을 접할 수 있으므로 질서가 전혀 없는 책보다 환영받았다.

책이나 그림은 음식처럼 쓰임새를 마쳤다고 사라지는 물건이 아니다. 오랜 세월 손에서 손으로 넘겨지며 수십 년 수백 년간 계속 읽힌다. 읽은 이는 다음에 읽을 사람들이 쉽게 이해할 수 있도록 질서를 하며 책을 가꿔나간다. 책은 그렇게 성장한다.

하지만 니시키에에 있는 질서는 처음 본다.

'그냥 낙서일까? 아니면 뭔가 내력이 있는 질서일까?'

그 붉은 글자가 눈에 각인된 탓에 그림의 아름다움에 몰두하기 힘들었다. 참으로 눈에 거슬리는 질서였다.

2

여름보다는 손님이 적을 수밖에 없지만 강바람 부는 가게 앞에 호기심 많은 에도 토박이들이 모여 있었다. 여장 차림의 시골 무사와 탁발스님까지 목을 길게 빼고 뭔가를 들여다보고 있다.

센도 소문으로 듣던 오시즈를 보고 싶어 책궤를 진 채 사람들 틈새로 가게 안을 들여다보는 중이다.

부채団扇가게가 모여 있는 니혼바시 호리에초는 흔히 '우치와가시団扇河岸'라 불리는데 초여름이면 가게 앞에 알록달록한 부채들이 걸려 강변이 화사해진다.

부채 산지인 보슈房州 현재의 지바 현 남부 다테야마 근처의 농촌이나 어촌에서, 연말부터 봄까지 농한기에 만드는 부챗살이 배에 실려 이곳 우치와가시로 운송되기 때문이다. 이곳은 부채 도매상의 도조 창고가 죽 늘어서 있어 부챗살을 배에서 곧장 창고로 옮기는 데 알맞게 되어 있다.

그 부챗살에 니시키에 부채종이를 붙이는 일은 하급 무사나 가난한 상인들의 부업거리였다. 센도 세책점을 하기 전에는 이 동네 부채가게에서 일거리를 받아 생계를 이었다. 작은 부채에는 그해 봄에 성공적으로 공연된 교겐가부키 공연의 막간에 올리는 유머러스한 대사 중심의 단막극이나 인기 있는 가부키의 배우 그림을 넣으므로 센도 부업을 하면서 그림을 감상할 수 있었다.

부채가게는 봄부터 여름까지가 제일 바쁘다. 그리고 판매가 한 풀 꺾이는 가을과 겨울은 다른 물건을 파는 것이 관례여서, 시메야도 감 도매를 해왔다. 부채의 만듦새가 니혼바시에서도 으뜸가는 시메야였지만 만드는 곶감도 맛있기로 정평이 났다. 꿀을 졸여 놓은 듯한 단맛은 안주인 시즈의 달콤한 입김 덕분이라는 말도 있었다.

시즈는 10여 년 전에 시집왔지만 얼굴을 직접 본 사람은 거의 없었다. 생전의 헤이베에는 아내가 너무 아름다워서 혹시 몹쓸 사내라도 기웃거릴까봐 집 안 깊숙이 가둬두고 있다는 험담을 들어야 했다. 부채가게 주인들이 부인 얼굴 좀 보여 달라고 청해도 아내를 한 번도 사람들 앞에 데리고 나오지 않았기 때문이다.

『관영사 앵낙엽』의 밑그림을 맡은 화가도 시즈를 직접 보고 그리게 해달라고 청했으나 헤이베에는 완고하게 거절했다. 외모의 특징을 알아야 그릴 수 있지 않느냐고 부탁하자 헤이베에는 '변천님보다 길상천님보다 곱게 그리면 된다'고 말했다고 한다.

유령 소동이 있기 오래 전부터 '시메야 오시즈'는 미인으로 유명했다. 때문에 헤이베에가 되살아난 것도 아내가 너무 보고 싶어서라는 소문이 났을 때 에도 토박이들은 '당연히 그럴 만하지' 하며 수긍했다고 한다.

시메야의 데다이가 불쾌한 얼굴로 구경꾼들을 쫓아내려고 할 때였다.

화려한 격자무늬 평상복에 까만 하카마를 걸친 관리가 바쁘게 걸어오는 모습이 보였다. 지게를 진 수하와 오캇피키가 관리를 뒤따르고 있었다. 이 지역을 관장하는 부교소 도신이라고 속닥거리는 소리가 군중 사이에서 들렸다.

도신은 시메야를 들여다보고 있는 구경꾼들을 몰아내며 다가와 가게 사람을 불렀다. 지배인이 놀라서 뛰어나왔다.

"스미요시초의 데쓰사부로 나가야에 사는 신노스케라는 자가 이 가게의 데다이 맞나?"

멀리서 구경하던 사람들이 웅성거렸다.

"아, 예…… 그, 그렇습니다. 허나 이미 그만두어서 이곳에 없습니다. 신노스케가 무슨 짓을 저질렀나요?"

"어제, 무엇인가에…… 아니, 누군가에게 살해되었다."

구경꾼들이 일제히 신음 소리를 냈다. 살쩍에 흰머리가 섞인 지배인이 가게 안에서 일하는 점원들에게 어서 주인을 불러오라고 떨리는 목소리로 일렀다.

"혹시 죽은 남편이 그랬나?"

센이 한 마디 내놓자 오캇피키가 안색이 확 바뀌어 "누가 쓸데없는 소리를!" 하며 주변을 노려보았다.

두툼한 겨울 공기가 하늘에서 밀려 내려와 사람들이 몸을 웅크리고 종종거리지만, 냉기는 서리에 젖은 발밑에서도 자근자근 기어오른다. 정오가 지나도록 햇살이 힘이 없어 다리를 건너는 사람들은 모두 목을 웅크린 채 걷고 있다.

사건이 일어나고 닷새가 지났지만 신노스케 살해범은 체포되지 않고 있었다.

지금까지 센이 읽어본 요미우리들은 모두 신노스케를 오야마부키에서 여성 역할을 맡은 남자 배우처럼 잘생긴 남자로 썼고, 실제로 그는 니혼바시에서 가장 인기 있는 데다이였다고 한다. 다만 남자들 사이에서는 희멀겋게 생긴 놈이라며 평판이 좋지 못했다. 신노스케를 잘 아는 사람들은 그렇게 뻔뻔한 놈도 없다고 말한다.

신노스케는 주인의 사십구재 직후 가게를 떠났다. 시즈와 벌인 정사 때문에 풍문이 사나워지자 새로 가게를 상속한 젊은 주인이 해고한 것이다. 신노스케는 돈이 떨어지자 이 여자 저 여자를 전전하다가 닷새 전 나카야도잘 곳이 마땅치 않은 일꾼들이 이용하던 저렴한 숙소 2층에서 피투성이로 발견되었다. 사건 현장의 심상치 않은 모습이 요미우리의 삽화에 자세히 그려져 있었다.

"기둥에 박힌 부젓가락이라니, 참 묘하네. 게다가 너무 끔찍한 모습이잖아."

센은 걸음을 옮기며 삽화를 살펴보았다.

요미우리에 따르면 남녀가 밀회를 위해 객실을 빌리기도 하는 나카야도 '쇼후쿠'에서 신노스케를 죽인 것은 헤이베에의 망령이라고 한다.

어디선가 불쑥 헤이베에가 나타나 신노스케를 부젓가락으로 찌르고 심장을 파냈다. 망령은 자기 아내와 간통을 저지른 자에게 철퇴를 내리고 도망쳤지만, 무기로 쓰인 부젓가락과 파낸 심장은 이승의 물건이므로 벽을 통과하지 못하고 곁에 있던 기둥에 박히고 말았다.

겨울 하늘 아래로 도망쳐 나온 헤이베에의 미간에는 깊은 원한을 보여주는 주름이 깊게 패고 갈비뼈 불거진 가슴은 신노스케의 피로 흥건히 젖어 있었다. 검은색을 잃고 허옇게 변한 눈동자가 어둑한 하늘 아래 번들거렸다.

우치와가시에서 부업거리를 받아오던 시절, 센은 시메야 앞 운하에서 물고기에게 먹이를 던져주는 헤이베에를 본 적이 있다.

'둥그스름한 얼굴이 온후해 보이는 사람이었는데……'

사람들은 가와라반 업자가 연일 찍어내는 요미우리를 구해 읽으며 시메야의 괴사건을 화제에 올렸다. 차마 아름다운 아내를 두고 떠나지 못해 이승에 남은 헤이베에가 샛서방을 부젓가락으로 찔러 죽였다. 다음은 시즈가 응징을 당하지 않을까 하고 걱정하는 호사가들이 연일 부적을 쥐고 시메야를 찾았다.

부교소에서 유령을 찾기 위해 묘지나 사찰에 시탓키피를 보내서 조사한다고 하니 예삿일이 아닌 것이다.

센은 설을 준비하러 나온 인파로 북적이는 니시히로코지를 지나 도리아부라초를 걷고 있었다. 좌우에 서점이 죽 늘어선 곳이다. 에도에서도 책이 가장 많은 곳이어서 센이 어릴 때 놀이터처럼 드나들던 동네다.

지본 도매상 몇 군데를 돌아본 뒤 단골을 찾아가 볼까 하고, 해가 얼마나 기울었나 하늘을 올려다볼 때였다.

“어딜 날로 먹으려고! 이런 주문제작 연작물은 이제 어디서도 못 구해!”

귀에 익은 목소리가 들렸다. 고개를 돌려 어둠으로 이어지는 뒷골목을 살펴보니 작은 헌책방 앞에서 구마야소가 발을 구르며 화를 내고 있었다. 책 보퉁이가 당장이라도 찢어질 것처럼 팽팽하다.

곧 주인으로 보이는 노인이 빗자루를 들고 나왔다. 노인은 빗자루를 담에 거꾸로 기대어 세워 놓고 부채로 빗자루 끝을 부치기 시작했다. 책은 사지 않고 버티고 서서 읽는 달갑지 않은 손님을 쫓아낼 때 하는 주술이다.

“구마야소, 주문제작했다는 그 연작물, 나도 좀 봅시다.”

거친 소리를 쏟아내는 머리 벗겨진 우리코에게 말하자 “오, 우메센이네” 하며 희미한 눈썹을 늘어뜨리고 뛰어왔다.

센이 근처 이나리 신사로 자리를 옮겨 경내에 앉아 중고본을 훑어보는 동안 구마야소는 작은 사당 안을 들여다보고 있었다.

“새전이라도 훔치려고?”

“뭘 모르네. 이런 사당은 나 같은 우리코에게 없어서는 안 될 보물창고라고. 책 초판본이 봉납된 채 남아 있는 경우가 있거든.”

“역시 훔치겠다는 말이네.”

“훔치다니, 남들이 흘린 걸 줍는 거지.”

아무리 좋게 봐주려 해도 역시 비열한 사내다.

“그럼 이 중고본도 길가에 떨어져 있던 거 주워온 거유?”

아까 헌책방 주인에게 쫓겨난 것도 수긍이 간다.

좀먹고 손때 묻은 책밖에 없다. 그나마 돈 주고 살 만한 것은 가쓰시카 호쿠사이가 그린 춘화 정도일까. 문어귀신과 유녀가 교합하는 장면을 그린 육필화다. 유녀가 손님에게 쓴 것으로 보이는 입술연지 찍힌 편지를 문어의 촉수가 꽉 쥐고 있다. 하지만 유녀는 기쁘게 미소 짓는다. 그림 위쪽에 '좋을 대로 하시어요'라는 글이 적혀 있었다.

"이거 좋네. 우리 단골들이 좋아할 만한 춘화야. 육필화니까 똑같은 그림이 또 있을 리도 없고."

하지만, 하고 센이 어깨를 으쓱해 보였다.

"이런 괴상한 수간물이 인기라니, 사내들은 왜 그래."

"크크, 인간의 업이란 게 짐승과 종이 한 장 차이거든."

돌아다보는 구마야소의 얼굴과 반들반들한 머리에 격자 자국이 선명하게 남아 있다. 흡사 '방금 못된 짓을 했습니다'라고 얼굴에 써 붙인 것 같다.

"하지만 호쿠사이는 여자 몸을 어설프게 그려서 문제야. 집안 꼴은 돼지우리 같은데 본성이 너무 깐깐하거든. 그러니 여자 거시기도 소심하게밖에 못 그리지호쿠사이는 청소나 정리정돈을 하지 않고 살다가 더 견딜 수 없으면 이사를 해서 해결했다고 알려졌다."

"여자 거시기에 소심한 게 따로 있나?"

남자 양물을 문어 다리로 표현하는 취향이 적절한지를 젖혀둔다면 그의 그림은 흠잡을 데가 없을 만큼 교묘하다. 센은 호쿠사이의 춘화를 높이 쳐든 다음 실눈을 뜨고 살펴보았다. 구마야소가 "야한 거 좋아하는 우메센도 춘화 보는 방법은 모르는 것 같군" 하며 비열하게 웃었다.

"그림 속의 여자 거시기를 살짝 만져봐. 그림이 확 달라져 보일 테니까."

"그래?"

센은 한 눈을 감고 그림 속 음부에 손가락 끝을 대 보았다. 치부가 가려진 순간 유녀의 황홀한 눈빛이 살아나 대번에 색기를 풍긴다. 센의 몸속이 확 뜨거워졌다.

"보이는 대로 자세히 그린다고 되는 게 아니거든. 그림 보는 사람의 감정을 꿈틀거리게 만드는 것도 화가의 기량이지. 자기 마음을 집어넣는 거야. 요전에 당신에게 판 시즈 그림은 너무 자세하게 그렸어. 나는 좀 더 물기가 느껴지는 통통한 엉덩이가 좋더라. 그 그림을 팔러 온 신노스케 말에 따르면, 진짜 몸은 만지는 느낌이 정말 좋았다고 하더군."

"잠깐, 시즈 그림의 출처가 죽은 신노스케라고?"

그렇게 묻자 구마야소는 이내 눈길을 피했다.

니시키에는 대개 소바 한 그릇 값이면 살 수 있지만 오시즈라는 이름만 붙으면 누구나 사고 싶어 하는 귀한 니시키에가 된다.

아무래도 부채가게에서 해고되어 생활비가 떨어진 신노스케가 가게에 있던 『관영사 앵낙엽』을 훔쳐서 판 모양이다.

"나한테 장물을 팔려고 하다니, 앞으로 당신하고는 절대로 거래할 일 없을 거유.”

“이봐, 우메센, 세책은 뒷골목 장사고 우리코는 샛길 장사라고 하잖아. 피차 음지에서 먹고사는 처지인데 잘해보자고. 말이 난 김에 하는 말이지만, 나, 이불 속에서도 잘해.”

그렇게 말하며 구마야소가 센의 엉덩이로 손을 뻗어왔다. 슬쩍 몸을 피한 센이 춘화를 냉큼 책궤에 넣어버렸다.

“이봐, 돈은?”

“장물 살 돈은 없어. 다음에 또 뭔가 건졌다 싶으면 나한테 가져오슈. 싸구려 소바 정도는 실컷 먹게 해줄 테니까.”

“이렇게 막 나올 거야? 두고 봐! 올해 가기 전에 내가 홀랑 벗겨줄 테니까!”

구마야소는 악담과 가래침을 뱉고 새전함을 걷어찼다.

3

신노스케가 살해된 나카야도 '쇼후쿠'는 료고쿠바시 동쪽을 흐
르는 다테카와 운하 변에 있다. 본래는 신노스케가 여자와 밀회
할 때 이용하는 단골 숙소였지만, 집세를 못 내서 쫓겨난 뒤로는
아예 이 숙소에 자리를 잡은 듯했다. 주인 젠키치도 신노스케와
오래 전부터 알아 온 사이여서 매정하게 쫓아내지 못했던 모양이
다.

혼조 하야시초 대로의 뒷골목 어둑한 곳에 옥호가 적힌 등롱
이 매달려 있다. 커다란 돌로 뚜껑을 눌러 놓은 방화수용 빗물통
앞에 하수덮개가 벗겨져 있고, 정오 햇살도 들지 않는 서늘한 골
목에 엎드리듯이 웅크린 채 하수구의 진흙을 치우는 작은 남자가
보인다. 넓적한 얼굴 한복판에 눈 코 입이 옹기종기 모여 있고 입
에서 나오는 하얀 입김이 막 쪄낸 만두를 떠오르게 했다. 허리는
굽었지만 윤기 있는 피부를 보면 삼십대 정도일까. 얇은 입술 속
에서 연방 이 가는 소리가 난다.

센이 인사를 하자 젠키치는 힐끔 쳐다보고는 "일하고 싶으면
고용 알선꾼을 통하시우"라고 무뚝뚝하게 말했다. 세책점이라고
고하자 젠키치는 생각이 많은 표정으로 허리를 펴고 일어나 수건
으로 진흙을 털어내더니 "신노스케 사건 때문이군"이라며 고개를
끄덕였다. 그 일 때문에 찾아온 사람이 또 있었던 듯하다.

숙소에 들어서자 눈앞에 나타난 계산대 격자에서 노파가 앉아 주판알을 튕기고 있다. 노파 뒤 벽에는 오시즈의 니시키에가 여러 점 붙어 있었다. 그 화사한 자태에 센은 탄식을 흘렸다.

"굉장하군요. 시즈 그림의 구색은 책방보다 좋네요."

『관영사 앵낙엽』도 한 자리 차지하고 있는데, 그림 속의 부채를 보니 아무 글자도 없었다. 이로써 센이 구한 그림의 글자는 누군가 적어 넣었음이 분명해졌다.

"발매되는 날 달려가 샀소. 전부 초판이오. 개중에는 시험쇄여서 시중에는 없는 희귀한 것도 있고."

젠키치가 넋 놓은 표정으로 그림을 바라보았다.

"신노스케도 한 점 가지고 있었다고 들었는데요?"

"아, 함부로 할 얘기는 아니지만, 부채가게 시메야의 그림을 들고 나와서 돈으로 바꾸려고 했었소."

빈털터리가 되어서도 여자를 끊을 수 없던 신노스케는 여기저기 사창에 드나들다 화대를 지불하지 못하여 전당포나 수금원_{화대를 내지 못한 손님을 집까지 따라가 수금해 오는 점원}에게 시달렸다고 한다. 쇼후쿠로 굴러들어올 때도 그나마 가진 것을 다 빼앗긴 채 알몸에 세 자짜리 허리띠만 감고 있었다고 젠키치는 말했다. 그제야 구마야소의 말을 납득할 수 있었다. 그럼, 이제 어떡할까──.

"신노스케가 죽은 방을 볼 수 있을까요?"

노파가 주름살로 덮인 손을 내밀었다. 시야에 편하게 들어오는 눈높이에 '괴이 사건 현장 구경 값'이라고 적힌 종이가 흔들리고 있었다. 신노스케가 살해된 객실을 눈요기 가설극장천막 안에서 각종 신기한 것을 보여주고 푼돈을 받았던 공간으로 삼았나 보다.

젠키치가 앞장서서 계단을 올라갔다.

신노스케가 살해된 곳은 담요 두 장을 깔면 꽉 차는 옹색한 객실이다. 작은 연자창으로 미약한 오후 햇살이 비껴들고 있었다. 볕에 그을린 자국이 있는 다다미 위에는 여전히 핏자국이 보인다. 이제 곧 연말 대청소 철인데 다다미를 교체할 때까지는 이 객실을 눈요기 가설극장처럼 운영해서 한 몫 잡자는 심산이리라.

죽 이어진 핏자국 끝에 기둥이 있다.

"저 기둥에 부젓가락이 박혀 있었나요?"

도코노마 앞에 장방형 화로가 있었다. 이 화로에 쓰던 부젓가락이 흉기였겠지.

젠키치가 객실에 먼저 들어가 센에게 손짓했다. 센은 핏자국을 밟지 않으려고 도코노마 쪽으로 다가가 젠키치가 가리킨 작은 구멍을 살펴보았다.

"헤이베에 씨 유령이 부젓가락으로 신노스케의 가슴을 푹 찔렀지. 하지만 흉기는 벽을 통과하지 못하니 기둥에 콱 꽂힌 거야."

"심장도 파냈다면서요?"

"그건 가와라반 업자가 멋대로 꾸며낸 얘기고."

정말로 신노스케의 심장이 떨어져 있었다면 상하지 않도록 술에 담가 두었겠지, 라고 말한 젠키치는 스스로도 너무 심한 말이라고 생각했는지 연거푸 기침을 하더니 양손을 모아 합장한 뒤에

염불을 외었다.

“혹시 누군가 신노스케 씨와 같이 있었던 건 아닌가요? 여자를 밝혔다고 하니 치정에 얽힌 갈등이었을 수도 있고.”

“요금도 내지 않고 여자를 데리고 들어왔다면 아래층 노파가 용서할 리 없어.”

“그럼, 역시 범인은 헤이베에 씨인가.”

그렇겠지, 하며 젠키치가 고개를 끄덕였다.

“오시즈 씨를 유혹한 신노스케에게 천벌이 떨어진 거지.”

센은 찬바람이 들어오는 창을 통해 밖을 내려다보았다. 하수구를 치는 참이라 하수 냄새가 올라왔다. 쌀쌀한 뒷골목이어서 사람들은 보이지 않고, 뒷골목 허름한 나가야에 사는 꼬마들이 소리치며 뛰어다니는 소리만 들려왔다.

“방을 내주던 내가 할 소리는 아니지만, 놈은 보기와는 달리 성질이 고약한 놈이었소. 특히 술이 들어가면 더 심해졌지. 오시즈 씨도 골치 아픈 사내와 정을 통했어.”

젠키치는 눈살을 찌푸리며 마치 곁에 헤이베에의 유령이라도 있는 것처럼 주변을 둘러보고 요란하게 진저리를 쳤다.

“신노스케가 살해된 날 새벽에 큰 지진이 있었잖소. 그런데 건물이 그렇게 흔들렸는데도 기척이 없더군. 아무래도 이상해서 놈이 자는 방의 맹장지를 열어보니 이미 피투성이가 되어 숨어 끊어져 있었소.”

지진이 있던 날은 밤부터 진눈깨비가 내렸다. 혼조 후카가와는 밀물 때나 큰 비가 내릴 때는 하수가 넘쳐서 종종 침수되는 지역이다. 비가 조금 쏟아져 하수 역류로 길에 흙탕물이 넘쳐나고 있었지만 숙소 골목에서 수상한 발자국은 볼 수 없었다.

"지진에 놀라서 많은 사람들이 밖으로 뛰쳐나왔는데 아무도 범인을 보지 못했다면, 결국…… 그런 건가."

피가 고인 자국 위로 몸을 구부리고 자세히 살펴보니 여기서 숨진 남자의 모습이 희미하게 떠올랐다. 데다이와 안주인의 정사는 어느새 세간에 널리 알려지고 시메야는 본의 아니게 번성하고 있다. 하지만 데다이 신노스케는 불우했다. 가게에서 해고되어 여기저기 떠도는 처지로 추락하고 말았다. 정을 통하던 여자가 그려진 그림을 훔쳐서 입에 풀칠을 해야 할 정도로.

숙소를 나설 때는 이미 땅거미가 져서 골목은 더 어둡게 가라앉기 시작했다.

다테가와 운하 쪽으로 걸음을 옮길 때 어디선가 샤미센 소리가 들려왔다. 가락도 어설픈 그 소리는 하수구 냄새 풍기는 골목을 감돌다 가라앉았다.

4

연말 대청소가 끝나자 사찰 앞 상가에 설맞이 시장이 섰다. 소나무도시가미를 맞이하기 위해 출입문에 소나무를 장식해둔다를 들고 힘차게 오가는 사람들을 보니 센도 덩달아 걸음이 빨라진다. 아침부터 단골들을 만나고 다니느라 점심때를 놓친 센은 가게 앞에서 떡메를 치고 있는 소바가게로 뛰어 들어갔다.

니혼바시의 니시가시 근방은 구레키주로 지붕재로 쓰던 가공된 목재가게나 숫돌가게가 많아서, 소바가게는 그곳에서 일하는 직인들이 내뿜는 담배연기로 자옥했다. 센은 책궤를 걸상에 내려놓고 소바가 나올 때까지 담배를 한 대 태우려고 담뱃대를 꺼내며 담배합을 끌어당겼다. 여기저기서 날아오는 남자들의 시선을 담배연기로 흐트러뜨리고 있는데 칸막이 너머에서 남자들 목소리가 들렸다.

포졸들이 시메야에 출동할 거래. 신노스케 살해범을 잡지 못해 안달이 난 부교소에서 점원들을 족칠 거라고 하더군.

그 소리에 마음이 급해진 센은 막 나온 소바를 급하게 넘기고 국물을 단숨에 들이켜다 혀를 데었다.

시메야에 가보니 바쁜 연말이어선지 구경꾼들은 많지 않았다. 양손을 품에 찔러 넣고 가게를 들여다보는 사람들에게 물어보니 반각쯤 전에 부교소 도신들이 가게로 들어갔다고 한다.

잠시 후 가게 문장이 새겨진 감 상자들 사이로 포졸 두 사람이 걸어나왔다. 일전에 신노스케가 살해되었다는 소식을 가게에 전하러 왔던 순찰도신과 서기였다.

뒤따라 나온 지배인과 젊은 남자가 머리를 조아리며 배웅했다. 머리가 하얀 지배인은 눈에 익지만 고급스러운 겉옷을 걸친 젊은 남자는 처음 보는 얼굴인데 시메야의 새 주인인 모양이다.

"이제 헤이베에 씨의 묘를 파헤치려나."

농담처럼 말하는 목소리가 어디선지 들려왔다.

"실없는 소리, 시메야의 괴사건도 다 해결됐으니 그만 돌아가라!"

도신이 혀를 끌끌 차고 구경꾼들을 몰아냈다.

도신에게 쫓겨나는 구경꾼들에게 떠밀리면서도 센이 목을 길게 빼고 어두운 가게 안을 들여다보고 있는데 뒤에서 누가 불렀다.

"우메바치야 주인이시군."

돌아다보니 조금 전 가게 앞에 있던 시메야의 지배인이 입을 꾹 다물고 서 있었다. 센이 고개를 끄덕이자 주변을 슬쩍 살피고 가게 쪽으로 오라는 눈짓을 했다.

"잠깐 본채로 오시오."

센은 목덜미가 서늘해지는 기분이었다. 설마 이 가게에서 도난당한 시즈 그림을 가지고 있다는 걸 들킨 걸까?

바늘처럼 따가운 운하 바람이 물보라를 날리며 우치와가시 거리를 휩쓸고 지나간다. 센은 잰걸음으로 들어가는 지배인을 주저 주저 따라갔다.

뒷문을 지나 징검돌을 밟으며 본채로 들어서니 뜰에 달콤한 냄새가 감돌고 있었다. 툇마루 처마에 곶감이 죽 매달려 있다. 하얀 분을 피우며 겨울 해를 받고 있는 감로의 구슬을 보다가 센은 저도 모르게 침을 꼴깍 삼켰다.

식솔들이 사용하는 문으로 들어서자 마루턱에서 초조하게 기다리는 젊은 주인이 보였다.

"내가 시메야의 주인 사부로에몬이오."

인물을 가늠하듯 센을 쳐다보며 미소를 짓는 사부로에몬은 이제 겨우 스무 살 언저리라고 들었다. 유명한 가게를 물려받은 사람답게 태도가 침착하고 말투도 차분하다. 젊은이답게 면도자국이 아직 연하고 매끈하다. 눈썹도 연한지 눈썹먹으로 그려 놓았는데, 그 모습이 가부키배우 같다고 생각하며 센은 웃음을 참았다.

"지난 며칠간 우리 가게 주변을 서성거리던 세책점 주인이군. 하녀 말로는 종종 담 너머로 이 뜰을 들여다보았다고 하던데."

"근처에 단골이 있어서요."

"둘러댈 것 없소. 당신 하는 일이 세상을 관찰하며 책을 파는 일 아닌가. 이 가게의 안주인이란 사람을 직접 보고 니시키에 선전 문구를 만들고 싶었겠지."

"뭐, 그것도 있지만……."

사부로에몬이 긴 한숨을 토하고 자세를 바로 했다.

“실은 어머니가 세책을 빌리고 싶어 하오. 다만 외부 사람을 안채에 들이고 싶어 하지는 않소. 그래서 부탁하는 건데, 당신이 그 책궤를 열어주면 우리가 알아서 책을 골라보겠소.”

“묘한 말씀을 하시네. 책을 통해 인연을 넓혀가는 것도 세책의 낙입니다. 제가 안채에 들어가면 곤란한 사정이라도 있나요?”

“아, 아니오, 그런 사정은 전혀…….”

사부로에몬이 당황하자 뒤에 있던 지배인이 재빨리 끼어들었다.

“긴 말 말고 그 책궤나 넘기쇼. 당신이 버티면 부교소 나리를 부르겠소. 우리 가게에서 도난당한 그림이 당신한테 흘러들어갔다는 것을 알고 있소.”

부채가게는 화가들과 관계가 깊다. 누군가에게 구마야소 이야기를 전해 들었는지도 모른다. 장물 거래는 설사 모르고 샀다 해도 세책점의 커다란 수치다. 센은 말문이 막혔다.

그때였다. 안채에서 울음소리 비슷한 소리가 흘러나왔다. 샤미센 소리였다. 그리고 곧 맑은 노랫소리가 어우러졌다.

“오시즈 씨인가요? 노래 솜씨가 대단하시네요. 유명한 사범에게 배우시나 봐요?”

“아니, 마님은…….”

말끝을 흐리는 지배인의 얼굴을 센은 지그시 쳐다보았다.

“혹시, 오시즈 씨에게는 사람들 앞에 나설 수 없는 무슨 사정이라도 있나요?”

갑자기 샤미센 현이 끊어지는 소리가 들렸다.

사부로에몬이 지배인에게 눈짓을 보낼 때 두 사람 뒤에서 마룻바닥이 삐걱거렸다. 흠칫 놀라 숨을 삼키는 젊은 주인의 눈앞에 호리호리한 여자가 샤미센을 안고 서 있었다.

자잘한 무늬가 흩뿌려진 기모노에 앞치마. 거기에 망부에 대한 정조를 보여주는 가문家紋이 그려진 겉옷을 걸쳤다.양 가슴에 가문이 찍힌 겉옷은 남성의 예복이다. 소문으로만 듣던 오시즈. 센은 말문이 막혔다.

아리따워야 할 얼굴은 화상으로 문드러진 것처럼 새빨갰다. 두창에 걸려 가려움을 못 참고 마구 긁으면 딱지가 앉는데, 그 자리를 또 긁어 피가 나기를 반복한 모양새였다. 센도 어릴 때 두창을 앓았지만 다행히 가볍게 지나서 희미한 자국만 남아 있다.

곰보딱지 딸이 혼처가 없어 고민하면 부친이 '지참금'을 후하게 주어서 혼처를 구하는 것이 세상의 상식이다. 시즈의 부모는 다테야마의 향사농사를 짓는 하급 무사라고 들은 적이 있다. 시메야가 시즈를 며느리로 맞은 뒤 어느 부채가게보다 유명해진 데에는 대나무 명산지 다테야마와 가까워진 덕이 컸는지도 모른다.

시즈는 샤미센을 고쳐 안고 센을 가만히 응시했다. 통통 부은 눈꺼풀이 바쁘게 오르내리고 까만 광채가 나는 눈동자가 실처럼 가늘어졌다.

"호호, 부교소 나리와 똑같은 표정이시네. 설마 시메야 오시즈가 곰보딱지일 줄은 생각도 못했죠?"

"조금 놀라기는 했지만, 세책으로 먹고사는 처지라 많은 책을 보았는데, 개중에는 슈텐도지酒呑童子 술을 좋아한다는 전설상의 요괴여서 붉은 얼굴로 묘사되었다도 있고 서유기의 손오공도 있습니다. 붉은 얼굴에는 익숙합니다."

"오, 재미있는 분이시네. 둘 다 마귀를 퇴치하는 요괴로군요."

시즈는 소리 내어 웃었지만 두 남자는 여전히 고개를 숙이고 서 있었다.

"사부로에몬 님, 역시 이분에게 책을 빌리고 싶군요. 안방으로 안내해도 괜찮죠?"

"아, 예. 어머님만 괜찮으시면……."

토방을 지나갈 때 화덕 앞에 있던 하녀들이 소곤거렸다. 안주인의 비밀이 밖에 알려질까봐 걱정하는 걸까? 센은 가볍게 목례하고 시즈를 따라 복도를 걸었다.

안쪽으로 들어갈수록 달콤한 향이 짙어졌다. 마침내 부드러운 햇빛이 드는 안방으로 안내받아 들어선 센은 다시 할 말을 잃었다.

"익숙지 않은 하녀는 두려워서 얼씬도 못해요."

벽의 고시바리벽 아래쪽에 종이나 판자로 댄 자리는 대숲을 모방한 멋진 물건이었지만 눈에 들어오는 실내의 모든 부분이 붉은색으로 칠해져 있었다.

도코노마에는 붉은색 올빼미들이 가게 매대처럼 나란히 진열되어 있다. 눈을 동그랗게 뜬 올빼미는 두창에 걸렸을 때 고열로 인한 실명을 막아준다고 한다. 귀는 토끼처럼 길쭉한데 이 역시 주술의 하나로, 토끼의 피와 살은 두창을 떨치고 건강을 회복하는 데 좋다고 알려져 있다.

향 연기와 냄새가 어지러울 정도로 강하다. 마치 불길 속에 들어온 것 같아서 센의 발이 절로 멈추었다.

"두창은 한 번 앓고 나면 다시 앓는 일은 없다지만, 붉은색에 둘러싸여 있으면 마음이 편하거든요."

벽에는 붉은 무사도가 촘촘히 걸려 있다붉은색이 천연두 퇴치에 효험이 있다는 속설이 있어서 실내에 붉은 그림을 걸거나 아이에게 붉은 장난감을 주었다.

"미나모토노 다메토모源為朝로군요."

말할 것도 없지만 호겐의 난에 패하여 이즈 오시마로 유배된 궁술의 고수이며, 교쿠테이 바킨의 『춘설궁장월』에도 등장하는 영웅이다. 다메토모가 마마신을 비롯한 역신을 퇴치한 덕분에 섬 백성이 돌림병에서 해방되었다는 일화가 있다.

벽에 붙은 수많은 붉은 그림은 고금의 저명한 화가가 그린 『진제이하치로노다메토모도鎮西八郞為朝図』로, 강궁을 쏘는 다메토모 앞에 새빨간 귀신과 마마신들이 무릎을 꿇고 몇몇은 우왕좌왕 도망치는 모습이 묘사되어 있다. 화살에 맞은 귀신이 당장이라도 이쪽으로 뛰쳐나올 것 같았다.

센은 책궤를 가만히 내려놓고 시즈가 좋아하는 패사물이나 소설 몇 건을 꺼내서 늘어놓았다.

시즈는 붉은 얼굴이 더욱 달아올라 몸을 구부리고 비녀라도 고르듯이 사본 몇 권을 골랐다. 시즈가 책을 많이 읽은 사람임이 손놀림에서 드러났다. 방 안에 틀어박혀 지내야 하는 사람에게 책은 바깥세상을 보여주는 유일한 수단일 것이다.

간기에 '우메바치야' 도장이 찍힌 사본을 들춰보며 시즈는 흡족하게 고개를 끄덕였다.

"필체가 참 단단하네요. 나는 보시는 것처럼 바깥출입을 못 한 탓에 어릴 때부터 책을 많이 읽었어요. 우메바치야 님의 사본은 작가가 손수 쓴 것처럼 눈에 확 들어오네요. 보세요, 이 책은 이해하기도 쉽도록 누군가 질서를 써 놓아서 참으로 공이 많이 들어갔군요."

센은 고개를 살짝 끄덕여주고 장부에 대출하는 책 제목과 빌린 사람의 이름을 적었다. 시즈, 라고 썼을 때 센은 붓을 멈추고 고개를 들었다. 뇌리에 붉은 글자가 떠올랐기 때문이다. 그 글자들은 이내 물에 녹듯이 가슴속으로 스며들었다.

센은 책궤에서 니시키에 한 점을 꺼내 시즈 앞에 폈다.

"시메야 주인이 소장하시던『관영사 앵낙엽』입니다."

"아아, 죽은 남편이 저녁마다 보던 그림이군요. 장례가 끝나고 어딘가에 넣어 두었을 텐데 이게 어떻게 우메바치야 씨에게?"

"여기서 해고된 신노스케 씨가 돈이 떨어지자 저지른 짓입니다. 저는 그런 사정도 모르고 구입한 건데, 여기를 보세요."

센은 그림 속의 붉은 부채종이를 가리켰다.

"이 질서는 오시즈 씨가 하신 거였군요."

용케 이걸 보셨네요, 하며 시즈는 소매로 입을 가리고 큭큭 웃었다.

“눈에 띄지 않을 만큼 작은 글씨여서 어지간한 사람은 알아채지도 못했을 텐데.”

“천만에요! 질서는 그냥 낙서가 아닙니다. 책이나 그림에 대한 새로운 해석일 수 있어요. 만약 그림을 즐기는 색다른 해석이 질서에 적혀 있다면 책을 다루는 사람으로서 주목하지 않을 수 없죠. 소장자가 어떤 바람으로 써 넣었는지는 아는 사람만 아는 겁니다.”

“뭘 그렇게까지.”

“책이나 두루마리그림에 넣은 질서는 세월이 흐르면서 자라나거든요.”

시즈는 어리둥절해하는 기색도 없이 눈웃음을 지었다.

“이렇게 오시즈 씨를 만나고 보니 이 질서의 의도를 알겠습니다.”

센은 딱딱한 피부에 덮인 얼굴을 똑바로 쳐다보았다.

“후세를 위해 당신 이름을 써놓은 거군요.”

지금 살아 있는 사람들이 죽고 세대가 바뀌면 『관영사 앵낙엽』에 그려진 여인이 어디 사는 누구였는지 알 수 없게 된다. 하지만 출판 검열 때문에 여자의 이름을 써넣을 수는 없다. 그러니 수수께끼 같은 질서로 부교소를 속이는 수밖에.

시즈는 그림을 쳐들고 투시하듯 들여다보며 아름다운 그림 속의 시즈를 살짝 쓰다듬었다.

“남편과 나는 동침한 적이 한 번도 없어요. 하지만 여자에게도 욕망은 있잖아요. 아이도 갖고 싶었고. 남편은 그런 내 마음도 모르고 신노스케를 시켜 아내의 몸을 달래주고 당신은 화가를 고용해 두창을 모르는 환상 속의 아내를 그리게 해서 밤마다 그 그림과 잠자리를 함께한 거예요.”

“…….”

시즈는 새빨간 방 안에 틀어박혀 많은 이야기책을 읽으며 남편을 하염없이 기다렸다. 질투의 상대는 환상 속의 자신. 곰보 없이 살아가는 시즈 자신이다.

“그림 속의 또 다른 당신에게 시즈라는 이름을 주고 영원한 생명을 부여하려고 했군요.”

그 방을 나설 때 센은 가슴에 넣어 둔 요미우리를 누르고 문득 떠오른 생각을 시즈에게 말했다.

“통야 때 있었던 일을 가와라반 업자에게 귀띔한 것도 오시즈 님이었군요.”

애초에 사태의 출발은 시메야의 괴사건을 흥미진진하게 쓴 요미우리였다. 사실도 아닌 이야기를 떠벌이는 일이 가와라반 업이라지만 어디선가 이야깃거리를 주워듣지 못하면 가와라반을 찍어낼 수 없다.

작가는 이 세상에 있었던 일을 후세에 남기려는 욕망 때문에 글을 쓴다. 곰보가 없는 자기 얼굴을 어딘가에 남겨 놓고 싶었던 시즈의 바람은 마침내 온 에도를 집어삼키는 소동으로 확산되었다. 그림을 본 사람은 누구나 시즈라는 여인 때문에 가슴앓이를 할 만큼 열광적인 소동이었다.

시즈야말로 희대의 작가였던 것이다.

"하지만 우메바치야 님. 남편 시신이 눈을 떴다는 이야기는 사실이에요."

"뭐라고요?"

"종종 있는 일이라고 합니다. 숨이 끊어지면 몸은 한동안 굳어 있다가 다시 부드럽게 풀어지는데, 그때 눈꺼풀이 열린답니다. 그이는 최후의 순간에 내 얼굴을 지그시 쳐다보고 있었어요."

시즈는 입가를 가볍게 올리고 자기 손에 들린 『시메야 오시즈와 관영사 앵낙엽』을 들여다보았다.

흡족하게 미소 짓는 시즈는 그림 속 여인보다 훨씬 아름다워 보였다. 시즈라는 이름은 이 그림이 불에 타 없어지지 않는 한 사람들의 입길에 오르며 전해질 것이다.

붉은 방을 나서자 귓속이 지끈 아팠다. 토방 툇마루에서 밖을 내다보니 가게 사환이 하늘을 올려다보며 입을 벌리고 있다.

진눈깨비는 어느새 솜 같은 눈송이가 되어 곶감 너머 풍경을 소복소복 새하얗게 물들이고 있었다.

5

설을 맞은 에도 거리는 즐거운 기운으로 부풀어 오르고 처자들 손에 들린 분홍색 모치바나_{떡을 얇게 펴서 만든 조화를 나뭇가지에 붙인 설 장식}가 봄의 도래를 기뻐하며 흔들리고 있었다.

보물선 그림 사세요, 라고 외치며 다니는 하쓰유메야_{정월 초에 길몽을 부르는 물건을 파는 장사치}의 목소리가 여기저기서 들려왔다. 센은 그들 중 하나를 불러 세워 단골들에게 나눠 줄 그림을 몇 점 샀다.

세밑부터 내린 눈은 마침내 그쳤지만 가는 길에 만난 운하 위 다리는 상판이 꽁꽁 얼어서 여기저기 엉덩방아 찧는 사람들이 보였다. 이것도 다 복을 짓는 일이라고 웃는 얼굴로 위로하는 모습도 정월이기에 가능한 일이다.

먹인 풀이 빠지지 않아 여전히 딱딱한 예복을 입은 무사들이 새해인사를 다니고 있었다, 새로 맞춰 입은 그들의 예복에서 서걱서걱 소리가 난다. 온 에도가 새 옷을 맞춰 입은 듯하다. 좋은 때다, 좋은 때야, 라고 중얼거리며 센은 우치와가시의 시메야로 걸음을 옮겼다.

가게 뒷문 쪽으로 돌아가 얇게 앉은 서리로 젖은 마당을 가로지른다. 이미 곶감은 보이지 않는다. 살짝 실망하며 사람을 불렀다.

시메야는 선대 주인이 죽은 지 아직 한 해도 지나지 않은 만큼 조용히 새해를 맞이하는 듯하지만, 토방에 들어서 보니 새 옷을 입은 하녀들이 손님 맞을 준비로 경황이 없었다. 마당을 돌아서 들어오라는 사부로에몬의 목소리가 들렸다.

마당으로 돌아가 툇마루에 책궤를 내려놓자 세책을 들고 나온 사부로에몬이 지난달 말에 신노스케 살해범이 체포되었다고 알려주었다.

"쇼후쿠의 젠키치였소."

"역시 그랬군요."

지진이 일어나던 날, 신노스케와 젠키치는 객실에서 밤새 술을 마셨다. 젠키치가 시즈 그림을 새로 샀다고 자랑하자 취기가 오른 신노스케가 그때까지 한 번도 입 밖에 내지 않았던 시즈의 외모 이야기를 꺼냈다고 한다.

'밖에 나올 수가 없지. 얼굴이 곰보자국으로 우툴두툴하니까. 남편이 아예 건드리지 않는 것도 그 무서운 얼굴 때문이라고.'

시즈 니시키에 집착하던 젠키치는 신노스케의 말이 믿기지 않았다. 그래도 신노스케의 경박한 언사는 그치지 않았다.

'비쩍 말라보이지만 의외로 탄력 있고 색기 있는 몸이었어. 남편도 참 손해나는 짓을 한 거야. 어차피 깜깜한 밤이라 품에 안아도 얼굴이 보이지 않거든.'

젠키치는 분노를 못 이기고 신노스케를 때렸다. 신노스케는 웃는 얼굴로 입가에 흘린 피를 손가락으로 닦고는 그림 속의 시즈 얼굴을 그 피로 붉게 칠했다고 한다.

그때 객실이 기우뚱 흔들렸다. 젠키치의 마음도 뒤집혔다. 정신을 차리고 보니 눈앞에 있던 부젓가락으로 신노스케의 가슴을 찌른 상태였다.

젠키치는 졸지에 '질서'를 당한 그림을 화로에 던져 넣어 없애 버리고 피투성이 부젓가락을 기둥에 박아 놓았다.

유령에게 죄를 뒤집어씌우려는 술책이었다.

당초에 부교소는 신노스케가 문란한 여자 관계 때문에 명을 단축했다고 보았다. 그러나 신노스케와 인연이 있던 여자들을 조사하고 시메야의 점원과 식솔들을 조사해봐도 수상한 자가 떠오르지 않았다.

결국 쇼후쿠 주위에 발자국 하나 남아 있지 않았다는 점이 결정타가 되었다. 범인은 지진이 일어난 순간 숙소에 있던 자, 즉 주인 젠키치로 좁혀졌던 것이다.

센이 물러날 때 사부로에몬이 가게의 명물인 곶감을 주었다. 곶감에 핀 하얀 분에 햇빛이 비치자 기라즈리니시키에를 인쇄할 때 운모 가루를 써서 광택을 내는 기법처럼 광택을 발하였다.

"아, 고마워요, 이건 정말 한번 먹고 싶었는데!"

"우리 가게 주위를 어슬렁거린 것도 이 곶감 때문은 아니겠지?"

"남자한테든 세상한테든 유령한테든 머리를 굽히지 않는다는 게 신조이지만, 먹고 싶은 마음에는 이길 수가 없네요."

거죽은 주름살투성이여서 썩 보기 좋은 모습은 아니지만 일단 깨물면 볼이 쏙 오그라들 정도로 깊은 단맛이 입안에 퍼진다. 씨

앗 주변이 특히 달다.

"깨물어보기 전에는 알 수 없는 것이 세상에는 참 많네요."

센이 입을 오물거리면서 말하자 젊은 주인은 먹으로 진하게 그려 놓은 듯한 검은 눈썹을 일그러뜨리며 고개를 크게 끄덕였다.

씨앗을 입안에 굴리며 길을 걷는데 소식이 빠른 가와라반 장수가 외치고 있었다.

"자, 속보가 왔어요! 신노스케가 범인에게 털어놓은 오시즈의 진짜 얼굴은 어떻게 생겼을까! 단돈 16몬! 비싸다고? 당연하지, 세상 남자들이 홀딱 반한 시메야 오시즈의 진짜 모습이 나온단 말이오! 길상천보다 아리따운 오시즈! 그 여자에게 빠진 남자들 비극은 아직도 끝나지 않았다!"

남편의 유령 정도가 아니라 시즈의 색향에 취해 간통한 남자를 살해한 남자까지 나타났으니 미녀 시즈의 명성은 하늘 높은 줄 모르고 치솟는 듯했다.

센타로 나가야에 도착하니 귀에 익은 탁한 목소리가 산울타리 너머로 들렸다. 목을 길게 뽑아 나가야를 들여다보니 구마야소가 하네쓰키제기 비슷한 공을 두 사람이 나무채로 치고 받는 놀이 하는 아이들과 어울리고 있었다.

허름한 뒷골목 나가야 꼬마들이 구마야소의 반질반질한 머리를 번갈아 쓰다듬고 있다.

'이크! 문어가 춘화 값을 받으러 왔구나!'

센은 키가 작지만 등에 진 책궤는 산울타리 위로 드러난다. 구마야소에게 들키기 전에 내빼려고 했지만 때를 놓치고 말았다.

"센 누나가 숨바꼭질을 하고 있네!"

아이들 목소리에 구마야소가 "오, 그래!" 하고 외쳤다.

두창이 아니라 우리코를 퇴치해주는 그림은 없나. 머리 꼭대기까지 먹이 묻은 구마야소가 나막신 소리를 내며 다가왔다.

"그림 값 내놔."

"이걸 어쩌나, 구마야소. 수금철도 지나고 해도 바뀌어버렸잖아."

"나는 외상 같은 거 없어! 돈 받기 전에는 여기서 안 움직일 테니까!"

화가 나서 소리치는 구마야소에게 꼬마들이 달라붙었다. 센은 그 틈을 놓치지 않고 몸을 획 돌렸다.

'문어가 물러갈 때까지 목욕탕에서 새해 첫 목욕으로 시간을 때울까.'

센은 하얀 입김을 바쁘게 토하며 다이카구라太神楽 설에 하는 사자춤이나 각종 공예 공연 연주 소리가 들리는 대로 쪽으로 뛰어갔다.

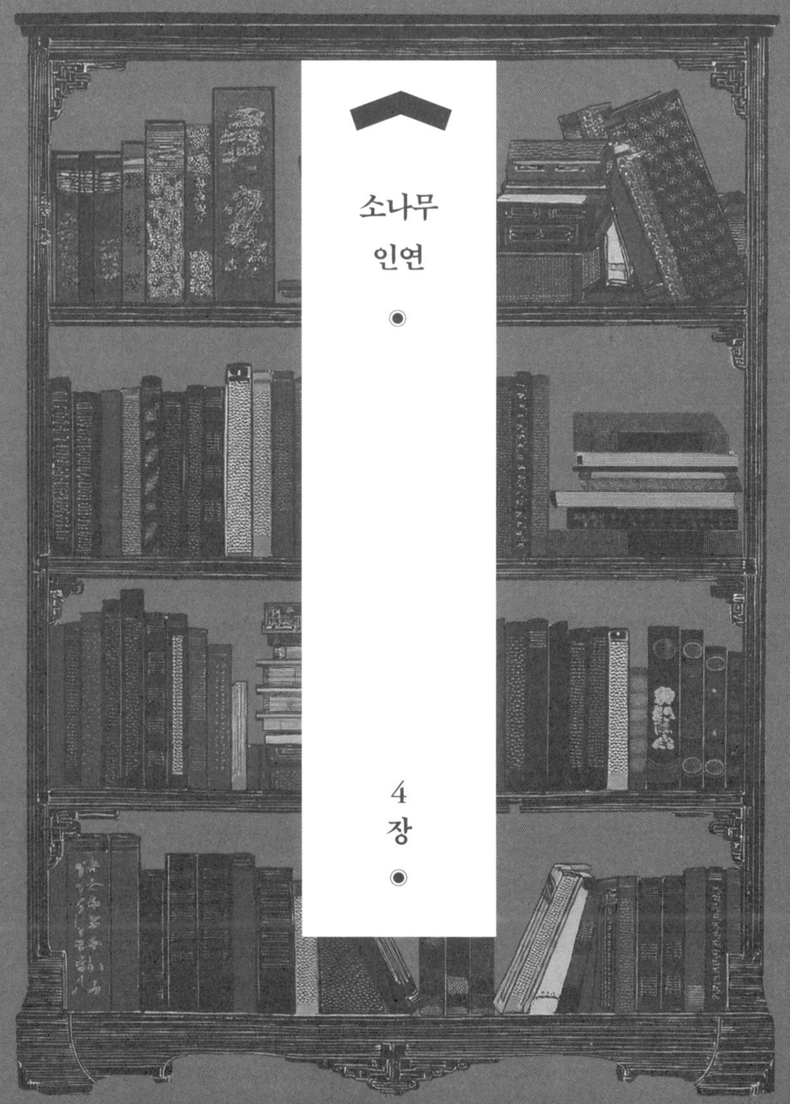

소나무
인연
4
장

1

"안녕하세요, 세책점 우메바치야에서 왔어요!"

뒷문에서 큰소리로 방문을 고한 센은 문득 고개를 들고 담 밖으로 가지를 뻗은 때죽나무를 올려다보았다. 어느새 운하의 얼음도 녹기 시작했다. 하지만 때죽나무의 가련한 흰 꽃이 흐드러지게 피어나려면 아직 한참 남았다.

센이 세책을 메고 들르는 단골 중에는 표주박형 연못이나 석가산정원에 돌을 모아 쌓아서 조그마하게 만든 산을 갖춘 아름다운 정원을 가진 상인이 많다. 그 중에서도 스키야초에 있는 칼가게 '우부케 야토가메'의 정원은 봄마다 때죽나무뿐만 아니라 멋진 등나무가 흐드러지게 꽃을 피운다. 이곳 식솔들이 계절을 즐기며 사는 사람들임은 정원수를 보면 알 수 있다.

잠시 후 쪽문이 열리고 눈초리 차가운 하녀가 얼굴을 내밀었다. 센을 보자마자 기분이 확 상해버린 듯하다.

야토가메의 장남 기미노스케는 니혼바시 근방에서는 모르는 이가 없는 미남이다. 훤칠한 키에 살결도 희다. 그가 거리로 나서면 스쳐지나가는 처자들이 너나없이 기미노스케의 향낭이 풍기는 향내에 콧방울을 벌름거린다.

야토가메의 도련님이 책을 좋아한다는 사실이 센에게 얼마나 고마운 일인지. 하지만 하녀들이 무뚝뚝한 것도 도련님의 독서 도락 탓이다.

이 가게에서 일하는 과년한 처자들은 모두 도련님의 손을 탔다. 그런데 도련님은 일단 책을 읽기 시작하면 아무것도 눈에 들어오지 않는다고 한다. 그리 되면 밤에 침실에 불려갈 일이 없어지는 데다 세책점 주인이 여자이기까지 하니 센이 짜증의 표적이 되어도 어쩔 수 없는 일이다.

우부케솜털라는 옥호대로 이 가게는 족집게나 가위가 평판이 좋아 게이샤뿐만 아니라 무가 안주인들도 애용하고 있다. 본래 오카치마치에서 식칼을 만드는 대장장이였던 초대 주인이 시작한 칼가게였지만 세상이 평화로워지자 식칼이나 가위를 팔기 시작하여 에도의 토산물로 인기를 끌었다. 선대에 스키야초로 점포를 옮기면서 더욱 번창했다.

기미노스케는 그 큰 가게의 6대 주인이다. 매일 성실하게 가게를 운영하는 줄 알았는데, 도련님의 평판은 외모와는 딴판으로 그다지 좋지 못했다.

장사에는 관심이 없고 여기저기 서점을 다니며 책이나 탐독하고 수상쩍은 독서모임에 참가하더니 끝내는 스스로 작가라고 떠벌리고 다니는 모양이다. 유곽에 드나드는 정도는 모른 척하는 야토가메의 5대 주인 하치베에도 아들이 어디서 굴러먹던 놈인지 알 수 없는 자들과 몰려다니니 조상님 뵐 면목이 없다며 노여워한다고 들었다.

그러니 결혼도 진전이 없었다. 하치베에는 '어디 독서삼매와 유곽 출입에 쌍심지 안 세우는 기특한 처자 없나' 하며 업계 동료들에게 한탄했다고 한다. 아들은 이제 녹슬고 무딘 가위나 마찬가지이니 아직 태어나지도 않은 손자의 기량에 가문을 맡길 심산이다.

점심 준비가 한창인 안채 부엌에서 늙은 식모가 센에게 한란寒卵을 하나 슬쩍 쥐어주었다. 연초, 특히 소한에서 입춘에 이르는 약 한 달 사이에 생긴 계란은 한란이라고 해서 피로에 좋다. 한참 묵은 계란인데 봄이 와서 날이 풀리니 상할까 불안하다, 주인 가족에게 줄 수는 없으니 당신이 가져가라고 귀엣말을 한다.

"날이 따뜻해졌으니 늦기 전에 보양해 두시우."

고맙게 받아 소매에 숨겼다. 대신 너무 낡아서 처분하려던 소인장판素人蔵板 서점을 통하지 않고 출판되는 책을 소인=아마추어가 펴냈다는 뜻에서 소인장판 혹은 사가판[私家版]이라고 했다 하나를 내밀자 노파가 반갑게 받아들었다.

“늘 고맙수, 세책점 주인장. 이게 지친 몸에 아주 좋은 거유.”

“저야말로 고맙죠. 일기 같은 거라서 어차피 아무도 빌리지 않는 책이에요.”

어느 은퇴한 상인이 남긴 기록 같은데, 우메바치야를 시작하고 5년이 되도록 한 번도 대출된 적이 없다.

잠시 후 상투를 고쳐 묶고 몸단장을 마친 기미노스케가 부엌으로 와서 웃는 얼굴로 센에게 말했다.

“사흘 간격은 너무 답답해. 매일 들러주면 좋겠는데 말이지.”

“고맙습니다. 오늘은 도련님이 좋아하실 만한 하이카이집을 몇 권 가져와 봤습니다.”

센은 현관마루에 책을 펼쳐놓기 시작했다.

“오늘은 책을 방 안에서 보여주게. 느긋하게 책 얘기도 하고 싶으니까.”

“아, 네.”

여자들의 끈끈한 시선을 받으며 책을 안고 토방을 지나 안쪽의 서재를 겸한 방으로 들어갔다. 책상에는 쓰다 만 희작이, 서랍 속에는 편지다발이 어지럽게 흩어져 있었다.

“어때, 우메센. 내가 한 얘기, 생각해봤어?”

조만간 서점을 낼 생각이라면 도와주겠다는 제안을 받았었다.

“횡재수에 혹해서 움직이면 아무래도 결말이 무섭거든요.”

“아니, 아니지. 여자는 남에게 기대서 살아가야 하는 법인데.”

이 도련님의 말투는 언제나 정중하지만 말하는 내용에서는 고생 모르고 자란 응석받이 특유의 뻔뻔함이 묻어난다.

'그렇게 첩을 두고 싶으면 결혼해서 가정부터 꾸리든지.'

풍류가 아들은 부모 돈으로 여자에게 가게를 차려주는 일이 사내의 으뜸가는 자랑이고 여자에게도 행복한 일이라고 굳게 믿고 있다.

외모는 흠잡을 데가 없다. 요즘 센이 좋아하는 기노쿠니야의 배우 그림과 많이 닮았다. 책장을 내려다보는 눈초리가 시원해서, 말없이 마주앉아 있기만 하라면 나무랄 데가 없는 귀한 손님이다.

기미노스케가 책을 읽는 동안 센은 반납받은 책을 들춰보며 어디 찢어진 데나 상한 데는 없는지 조사했다. 손님 중에는 책장을 찢거나 쓸데없이 그림을 그려 넣는 골치 아픈 사람도 있다. 기미노스케는 깨끗하게 읽는 편이지만 가끔 사본을 만드는지 먹이 몇 방울 묻은 적도 있었다.

보자기에 싼 책들 중에서 젊은 주인이 좋아할 만한 몇 권을 추려 죽 늘어놓기를 반복했다.

"밖은 아직 춥겠지? 요시와라에 가자면 발도 시릴 테니 이런 날은 책이나 읽으며 느긋하게 '내려온 술'을 마시고 싶구만."

"가볍게 읽고 싶으면 지난봄에 나온 사에다 시게루의 『버드나무 인연柳の糸』은 어떨까요? 바킨을 좋아하시니 재미있게 읽으실 것 같네요. 조금 모자란 바킨 같다는 느낌은 있지만요."

평소라면 흡족한 얼굴로 패사나 시집을 골라잡을 기미노스케지만 오늘은 왠지 마음이 다른 데 가 있는 듯한 멍한 표정으로 『버드나무 인연』을 건성건성 훑어보고 있다.

"어디 편찮으신 데라도?"

"응? 아니, 그냥 조금……."

그러고 보니 평소 반질반질하던 이마가 푸석푸석해 보이고 조금 말라 보이기도 한다. 평소처럼 센에게 첩이 되지 않겠느냐고 유혹하는 너스레도 어딘지 맥이 없다.

"무슨 일이에요? 어디 마음에 드는 여자라도 생겼어요?"

도련님 얼굴에 이내 화색이 돌았다. 기미노스케는 팡! 소리 나게 옷자락을 펴고는 센에게 무릎걸음으로 다가앉았다.

"용케 아는군. 아마 내가 시쳇말로 상사병에 걸린 거겠지."

"어마, 어느 처자가 우리 도련님 가슴에 휑하니 구멍을 뚫어 놓았을까?"

센은 허리를 똑바로 폈다. 큰 상점의 혼사가 걸린 중대한 일이다. 세책점 주인은 가끔 손님의 내밀한 상황에 개입할 때도 있다.

"우리 집안이 메구로에서 칼가게로 일어섰다는 건 알지?"

"다이유인大猷院 에도 막부의 3대 쇼군인 도쿠가와 이에미쓰님이 가신에게 하사하신 칼이 야토가메에서 헌상한 칼이었다고 하죠."

언제였나, 당주 하치베에에게 『화한낭영집和漢朗詠集』을 빌려준 적이 있다. 그때 이 가게의 내력과 풍류 좋아하는 아들에 대한 한탄을 한참 들어서 알고 있다.

"우리 가게 지붕에 설치된 스미야구라를 봤나?"

스미야구라는 성채나 해자의 모퉁이에 면한 성곽의 지붕에 높이 설치한 망루를 말한다. 이 근방에는, 특히 쇼군이 도쿠가와 가의 보제사 조조지增上寺에 행차할 때 이용하는 대로에는 스미야구라를 갖춘 상점이 줄지어 있다.

야토가메는 대로의 네거리에 접한 점포를 소유한, 내력으로 보나 가문으로 보나 훌륭한 대형 상점이다. 석회로 미장한 중후한 벽과 휘어져 올라간 기와지붕 처마가 검은 광택을 화려하게 발하며 거리를 오가는 사람들을 내려다보고 있다.

"다이유인 님이 탄생하신 갑진년에서 따온 '갑진 스미야구라甲辰隅櫓'라는 이름을 직접 하사받았을 정도로 유서 깊은 망루지."

사업 번창을 위해 갑甲 방각음양도에서 동북동쪽에 해당하는 니혼바시로 점포를 옮긴 뒤에도 야토가메 사람들은 메구로 지역을 길한 방향으로 믿는 가풍이 있다고 한다.

"우리 집안 며느리를 들일 때도 마찬가지야. 어머니도 원래는 본가가 가메이도에 있었지만, 아버지 눈에 들어서 일단 메구로 상가에 양녀로 들어갔다가 우리 집으로 시집오셨을 정도야. 만약 오센이 아사쿠사가 아니라 교닌자카 쪽에 살았다면 야토가메 안주인이 되어 있을지도 몰라."

"거 참 아쉽네요."

"그 길지에서 내가 한 처자를 봤단 말이야."

1년쯤 전부터 기미노스케는 모 학문소가 여는 독서회에 종종 얼굴을 비치게 되었다. 장소는 대개 요리점의 객실이었다. 유곽

놀이도 시들해진 기미노스케가 시간을 죽일 겸 얼굴을 비춰보니 의외로 매우 재미있었다. 큰 상점의 수인이나 무가의 '얏카이오지

厄介叔父 직역하면 '성가신 숙부'. 무가는 장남 상속이므로 나머지 아들은 성가신 식객이 되었다',

의원에 기도지기까지 각계각층의 사람들이 빙 둘러앉아 책 내용을 두고 나누는 이야기가 그렇게 흥미로울 수 없었다.

해가 바뀌어 정월 초사흘, 그 학문소가 연 독서회에 참가했을 때였다. 장소는 나카메구로초의 '지쿠젠'이라는 노포 요릿집이었다.

화창한 봄날인 만큼 술잔이 거듭되어 그만 만취하고 말았다. 이튿날 동 튼 뒤에 깨어났는데 옷은 술 냄새 음식 냄새에 푹 절어 있었다. 이런 꼴로는 거리로 나갈 수 없어 하녀를 시켜 가마를 부르라고 했다.

하녀는 기미노스케의 지저분한 옷을 보자 웃는 낯으로 "금방 빨아드릴게요"라고 하더니, 옷을 기다리는 동안 조반까지 차려주었다. 지금 몇 각이냐고 묻자, "진각(오전8시경)입니다"라고 했다. 메구로의 요리점에서 진각에 만난 그 하녀는 알고 보니 지쿠젠 주인의 딸 오마쓰였다.

"그림에서 빠져나온 여인 같았어. 보살로 착각할 만큼 고운 처자인데 스즈키 하루노부의 미인화를 꼭 닮았더군."

나이는 기미노스케 또래인 스무 살 남짓. 바로 오마쓰에게 추파를 던져보았지만 기대하던 대답은 듣지 못했다고 한다.

"도련님이 내실은 어떤지 몰라도 외모는 나쁘지 않은 분인데.

그 처자, 어지간히 얼굴을 밝히는 모양이네요."

"흐음. 실은 그게 말이지. 눈썹이 자라다 말았더군결혼하면 눈썹을 뽑아 없애는 관습이 있었다."

다시 말하면 한 번 갔다 온 여인이라는 말이다. 그렇다면 쉽게 마음을 열지 않는 것도 이해가 간다. 오마쓰는 어린 나이에 시바 히카게초의 차 도매상 '스루가야'로 시집을 갔다가 일찌감치 남편을 여의고 과부가 되었다. 자식은 없으며, 시집에서 쫓겨나 지금은 본가의 요리점 일을 거들며 조신하게 지내는 모양이다.

그 뒤 기미노스케는 자주 지쿠젠에 드나들었다. 만날 때마다 말을 걸어도 반응이 시원치 않아, 마침내 주인인 오마쓰의 오빠에게 돈을 찔러주고 오마쓰를 객실로 데리고 와 달라고 부탁했다. 그렇게 앞에 앉혀도 잔에 술은 따라주었지만 기대한 대답은 듣지 못한 채 두 달이 지났다.

"벌써 임자가 있는 게 아닐까요?"

"아냐. 우리 점원을 시켜서 알아보았는데 주변에 남자는 없더군. 조금 번거로운 과거가 있긴 하지만 내 마음에 일단 품어버린 정을 없던 일로 돌릴 수는 없지. 그 오마쓰가 말이야, 살짝 그늘이 있어서 색기가 더 그윽하거든. 그런데 나한테 요만큼도 틈을 보여주질 않네. 이런 나한테 말이야!"

"쫓으면 쫓을수록 애만 타나봐요?"

"보라고, 하루노부의 미인화만 늘어나고 있잖아."

몸을 틀어 서가의 서랍을 열자 니시키에가 여러 점 보인다. 배우 그림에 열을 올리는 처자들처럼 기미노스케는 하루노부의 미인화를 바라보며 오마쓰에 대한 연정을 끓였다.

"어버님은 뭐라고 하세요?"

상가 간의 결혼은 상점끼리 인연을 넓혀가는 수단 가운데 하나다.

"처음에는 달가워하시지 않았지만 내가 진심으로 좋아하는 여자라고 하니까 아버지도 노는 아들이 마음잡고 본업에 충실해진다면, 하고 귀를 기울여주셨어. 게다가 오마쓰의 본가가 메구로에 있고, 내가 오마쓰를 처음 만난 시각이 진각이라고 하자, 이거 좋은 인연이다, 나도 한 번 만나게 해다오, 라고 하셨지."

큰 상인의 도량은 바로 이럴 때 보여주는 것이다. 야토가메의 당주에게는 아들의 결혼으로 자기 재산이 좌우되는 작은 상인은 아니라는 자부심이 있다. 과연 스미야구라를 갖춘 저택의 주인다웠다.

"그럼 이제 오마쓰 씨 마음만 잡으면 되는군요."

"한데 그게 잘 되질 않아. 나를 그리 싫어하는 것 같지는 않은데……."

결국 그렇고 그런 이야기였나.

오센은 해가 높아진 장지 밖을 내다보았다. 아무래도 기미노스케의 자기 자랑에 놀아난 것 같다. 그럼 이만 물러갈게요, 라는 말을 꺼내려는데 기미노스케가 얼굴을 쓱 들이밀며 말했다.

"우메센,『구모가쿠레雲隱』라는 책 알아?"

“네?”

엉거주춤 일어서던 허리를 멈추고 다시 고쳐 앉았다.

“『구모가쿠레』…… 알겠지. 세책점을 하니까.”

“대체 무슨 일인데요?”

“오마쓰가 그 책만 찾아주면 결혼할 수도 있대.”

“무슨 그런 농담 같은 말씀을. 『겐지 이야기』의 『구모가쿠레』 첩을 말하는 거라면 애초에 어려운 얘깁니다. 세상에 존재하는지부터가 의심스러운 환상 속의 첩이니까 『겐지 이야기』는 총 54개 첩으로 구성된다.”

“그 정도는 나도 알아. 오마쓰가 교묘하게 나를 거절하는구나, 하고 기가 죽었었지. 하지만 듣고 보니 이야기가 조금 달라…….”

해는 한껏 높아지고 고쿠마치의 정오 시종이 울렸다.

가게를 나설 때 하녀들이 음마라귀 陰魔羅鬼 시체에서 생겨난 괴조를 보는 무사처럼 센을 무섭게 째려보았다. 도련님이 사랑하는 처자가 있다는 이야기는 가게 식솔들 귀에도 들어갔으리라. 평소보다 끈끈한 그들의 시샘에 한기가 느껴졌다.

도련님이 좋아하는 여자, 자신들의 연적이기도 하고 조만간 주인으로 떠받들게 될지도 모르는 여자가 이 가게 문지방을 넘을지 말지 세책점 우메바치야의 활약에 달려 있다.

2

삼짇날이 코앞인 거리에는 여전히 재넘이바람이 거칠게 불었다. 니혼바시 도리아부라초에 모여 있는 서점들에서는 책장과 니시키에가 바쁘게 펄럭인다. 낮게 비껴드는 햇빛이 '난바야南場屋'가 음각으로 염색된 남색 포렴의 틈새를 뚫고 평대를 비추고 있다.

"책이 볕에 바래겠어요."

포렴을 헤치며 말하자 계산대에서 주판알을 튕기던 주인 기이치로가 손가락 끝을 움직이면서 늙은 개 같은 낯을 들고는 이내 어깨를 떨어뜨렸다.

"뭐야, 오센이야?"

"아저씨, 나도 손님이에요, 손님."

센이 막역하게 지내는 난바야는 에도의 많은 작가와 화가들과 계약하여 출판부터 판매까지 두루 관여하고 있는 지본 도매상이다. 센은 찾을 책이 있으면 에도의 서점들과 세책을 사입하는 곳을 뒤지는데, 때로는 다른 세책점에 문의하기도 한다. 그래도 이미 절판되었거나 행방을 알 수 없게 된 옛날 책을 찾아내기란 지극히 어렵다.

그럴 때 도움이 되는 사람이 하나 있지.

"아저씨, 우리코 구마야소가 찾아오면 저한테 들르라고 말 좀 전해줘요."

"구마야소? 그놈이라면 이삼일 전에 여기 와서 위층 창고를 샅샅이 뒤지고 갔는데."

기이치로가 천장을 가리켰다. 계산대 바로 위에 커다란 구멍이 뚫려 있다.

"아직 이 근방을 얼쩡거리고 있을걸."

아니나 다를까 단골 거래처 두세 군데를 돌아보니 구마야소의 행방을 금방 알아낼 수 있었다. 스미요시초에 폐점하는 헌책방이 있는데, 그곳에 틀어박혀 있는 듯하다.

'우리코'는 책 중개로 먹고사는 행상이다. 서점이 출판한 책이나 판목, 혹은 사찰에 잠들어 있는 고서 등 온갖 책을 사들여 다른 서점에 팔아서 이문을 챙긴다. '세리코'라고도 하는데, 이름 그대로'세리'는 경매를 뜻한다 각지의 헌책 경매에 책을 내놓거나 낙찰을 받기도 한다.

스미요시초는 난바야에서 운하를 따라 걸어서 다리 몇 개를 지나면 금세 닿는다. 사창가이다 보니 찬바람에서 백분 냄새도 나고 명물 게누키즈시큰 나무틀에 초밥과 생선을 눌러넣고 숙성시킨 후 네모나게 잘라낸 스시 냄새도 섞여 있다. 주린 배를 누르며 문을 닫은 헌책방에 도착하자 이미 포렴을 치운 점포 안쪽에서 사내들의 기세등등한 굵은 목소리가 들렸다.

아마도 경매가 시작된 모양이다.

이곳은 4년 전 '시바 대화재'로 잿더미가 되었던 곳인데 이 가게는 운 좋게 화를 면해서 오래된 판목과 책이 많이 남아 있었다.

가게를 꾸리던 주인이 지난 가을 병사하자 남은 처자식이 가게를 접기로 결정했다고 한다. 그렇다면 건져낼 만한 책이 적지 않을 터.

경매 참가자 열 명 남짓이 빙 둘러선 커다란 책상에 책이 수북이 쌓여 있었다. 몇몇 책다발에는 벌써 낙찰 쪽지가 붙어 있다.

"뭐야, 벌써 끝난 거에요?"

센은 사람들 뒤에서 목을 길게 뽑으며 우리코에게 물었다.

"아냐, 이제 낱권 경매가 시작될 거야."

"오, 내가 제시간에 왔네."

센은 곁에 쓰러져 있던 나무통을 뒤집어 놓고 그 위에 올라가 사람들 머리 너머를 들여다보았다.

한 사람이 진행자가 되어 한 더미에 얼마라고 가격을 매기거나 여러 권을 집어 들고 경매를 진행했다. 그 더미 속에 빛을 발하는 책이 있으면 따로 낱권 경매라는 별개의 경매를 실시한다.

파는 이와 사는 이가 1대 1로 거래하는 것보다 낫다. 약삭빠르고 탐욕스런 우리코가 턱없는 헐값을 매겨, 거의 공짜나 다름없는 가격으로 가게를 통째로 넘기는 유족을 많이 보았다. 경매를 하면 인기 있는 물건은 고가에 팔고, 팔릴 것 같지 않은 물건은 헐값에 넘긴다. 파는 자, 사는 자 양쪽이 모두 납득하는 가격이 되기 때문에 센은 경매 구경을 가부키 관람 다음으로 좋아한다.

진행자가 기세 좋게 소리쳤다.

"다음은 낱권 경매! 어디에서도 구경할 수 없는 물건이오. 도라이 산나唐来参和의 황표지『서집 아쿠타노카와가와書集芥の川々』의 원본이오! 가짜가 아니라 진본이오! 허이! 허이! 쩨쩨하게 꼬리에 푼돈 붙이지 말고 불러! 예, 잔게도懺悔堂에서 좋은 값을 불렀네. 이러다간 이 가게가 통째로 저쪽으로 넘어가겠어. 다음은 에도에서 제일 잘나가는 작가의 초판본이오!"

"오, 교쿠테이인가."

가만 보니 일그러진 목소리의 주인은 머리가 반들반들 벗겨진 구마야소였다. 남들보다 더 상체를 내밀고 눈을 희번덕거리며 책의 가치를 가늠하고 있다. 저마다 큰소리로 값을 외쳐서 낙찰가를 정하는 경매는 느긋하게 앉아서 쪽지를 돌리는 경매 방식과 달리 입찰자의 판단 속도가 승패를 좌우한다.

"어이, 어이, 문어머리, 좀 자제하지! 당신은 저기 골목에서 잠자다 왔나? 에도토박이들은 점잔빼는 바킨 선생보다 익살맞은 산바를 기다리고 있다고. 앞으로는 산바 천하야. 자, 자, 산바의 첫 희작『천도 우키요노데즈카이天道浮世出星操』초판본이오! 허이! 허이!"

경매 참가자들이 일제히 열기를 뿜어낸다.

서점 한 곳은 망했지만 책이나 판목은 이렇게 다시 새로운 임자를 만나 숨을 이어나간다. 보기엔 거칠게 생긴 자들이지만 전국 방방곡곡으로 간선도로를 만드는 이는 이런 우리코들이다.

가게 안이 한산해진 것은 해가 저물고 때 아닌 진눈깨비가 싸락싸락 떨어질 즈음이었다.

낙찰받은 책을 보자기에 꽁꽁 싸서 서점을 나선 구마야소는 그제서야 센을 알아차렸다.

"오, 우메센. 방금 좋은 물건 건졌어. 내 마음 받아주면 이거 다 공짜로 보여줄게."

"재산을 다 날린대도 그쪽한테 기댈 일은 없을 거유."

"매정하긴. 날릴 재산이라고는 책밖에 없는 주제에."

보면 볼수록 밉상이다. 한번 보면 잊기 힘든 얼굴이니 상인으로서는 유리한 얼굴이라고 해야 할까.

둘은 강변의 작은 선술집에 함께 들어갔다.

흠뻑 젖은 짐을 짊어진 두 사람을 보자 점원 여자가 떨떠름한 표정을 지었다. 걸상에 벌렁 드러눕듯이 몸을 던진 구마야소가 화로를 끌어당기고 불씨를 찾더니 품에서 담뱃대를 꺼내 연초주걱을 불씨에 대고 뻐끔뻐끔 빨았다. 센도 네쓰케_{지갑이나 담배쌈지의 끈에 매달아 놓는 세공품}가 대롱거리는 담배쌈지를 꺼내고 여자 점원에게 담배합을 부탁했다.

"내가 찾고 있는 책이 있어."

"나 바빠. 여기저기 서점에서 결본을 찾아달라는 주문을 받아서 말이지."

구마야소가 제 가슴을 팡팡 치며 말했다. 그의 품에는 여러 서점에서 의뢰받은 결본의 목록이 많이 꽂혀 있었다. 서점은 직접 출간한 책 외에 다양한 고서도 취급하는데, 한 질을 이루는 오래된 책에는 흔히 결본이 있게 마련이다. 그러면 잘 팔리지 않는다.

그럴 때 우리코에게 부탁하여 결본을 찾는다.

우리코는 책방에서 결본을 기록한 결본첩을 받아서 다른 책방이나 헌책시장, 심지어 농가 창고까지 뒤지며 돌아다닌다.

"그래, 뭘 찾는데?"

"『겐지 이야기』의『구모가쿠레』첩."

구마야소 입에서 나오던 담배연기가 딱 그쳤다. 문어머리가 갑자기 호탕하게 웃자 담배연기가 다시 움직였다.

『겐지 이야기』는 헤이안 시대에 씌어진 너무나도 유명한 장편소설.

주인공 겐지가 겪는 연애, 권력 투쟁, 영화와 몰락을 그렸다. 줄거리를 알기 쉽게 고쳐 쓴 책은 우메바치야에서도 요즘 유행하는 읽을거리 못지않게 사랑받고 있다.

『구모가쿠레』는『마보로시幻』와『니오우미야匂宮』사이에 있는 첩으로 알려져 있지만 본문을 읽어보았다는 사람은 없다. 옛날 회고록 같은 곳에『구모가쿠레』라는 첩이 있었다고 기록되어 있을 뿐 실제로는 씌어진 적이 없다는 것이 정설이다.

히카리 겐지가 처 무라사키를 여의고 실의에 빠지는『마보로시』와, 8년 후 겐지의 아들들 이야기로 세대교체를 하는『니오우미야』. 그 사이에 있던 첩이『구모가쿠레』라고 한다면, 아마 겐지의 죽음을 그렸으리라.

"헛소리는 저기 골목에 들어가서 하든지."

"정확하게 말하면『구모가쿠레』의 사본이야."

“그게 그거지. 그런 게 있다면 내가 조정 고관에 상납해서 평생 놀고먹겠다.”

사본은 판목으로 찍어내는 책과는 달리 사람 손으로 베껴 써서 만드니 당연히 원본이 있다.

기미노스케 이야기에 따르면 사본을 뜬 사람은 오마쓰의 죽은 남편으로, 젊어서부터 병약했다고 한다. 오마쓰는 아들 많은 집안에 막내로 태어난 유일한 딸이어서, 아들을 간절히 바라는 차 도매상 집안의 기대를 받으며 결혼했다. 그때 나이 열일곱. 요리점과 차 도매상의 혼사였으니 양가가 모두 만족하는 혼인이었다.

혼례 때 처음 얼굴을 본 신랑 신부는 소꿉놀이 하듯 살았으며 부부 금슬은 좋았으나 결혼한 지 2년 만에 남편이 타계하고 말았다.

그러자 아들을 원하던 차 도매상 주인 부부는 오마쓰를 심하게 구박한 끝에 남편의 유품을 아무것도 주지 않은 채 쫓아내버렸다.

오마쓰는 친정으로 돌아와 요리점 일을 돕고 있지만 망부에 대한 그리움이 날로 사무쳤다. 그래서 시집에 편지를 보내 모쪼록 남편이 남긴 책을 한 권이라도, 가능하다면 마지막으로 만든 사본을 받았으면 좋겠다고 부탁했다. 그런데 차 도매상 주인 부부는 아들이 남긴 물건을 보기만 해도 가슴이 아프다며 전부 팔아치웠다고 한다.

“한 권도 남기지 않고?”

고양이등을 쓱 펴면서 구마야소가 센을 노려보았다.

"어이구, 아까워라. 젠장. 죽은 사람이 남긴 물건이니 헐값에 사들일 수 있었을 텐데."

유품으로 남은 많은 장서는 유족에게는 종이다발에 불과하다.

"그럼, 그 여자가 찾고 싶은 책이 그때 팔려간『구모가쿠레』라는 거야? 얘기가 영 수상하네. 죽은 남편이란 자는 밖을 돌아다니기도 힘들 만큼 병이 무거웠을 텐데, 언제 어디서 누구한테 그 환상의 책을 구했다는 거지?"

"차 도매상 부부는 아들을 떠받들어서, 아들이 원하는 책이라면 일본 각지의 책방 주인들을 불러다가 원하는 대로 다 사주었대."

"역시 허풍 냄새가 나. 그런 대단한 책이 시중에 나돌았다면 내 귀에도 들어왔을 텐데."

"환상의 책이잖아. 그리 쉽게 세상에 나오진 않았을 거야."

구마야소의 반응은 시큰둥했다. 하긴 센도 도련님에게『구모가쿠레』라는 제목을 들었을 때부터 허풍이 틀림없다고 생각했으니까.

하지만 그 뒤로 히카리 겐지처럼 보이는 잘생긴 남자가 꿈에 자꾸 나타났다. 책을 찾기란 강바닥에서 사금을 찾기보다 어려운 일이겠지만, 세상에는 요상한 일이 의외로 천연덕스럽게 벌어지곤 하지 않는가.

그런 마음은 구마야소도 마찬가지인지 그는 내내 불안하게 몸을 움직였다. 경계를 알 수 없는 이마에는 땀방울도 맺혀 있었다. 허풍이 분명하다. 아무리 생각해도 병을 앓는 남자에게 환상의 책이 넘어가는 일은 생각하기 힘들다.

하지만, 어쩌면.

노름에서도 판판이 잃다가 다음 한 판에서 왕창 따는 일이 있지 않은가.

구마야소는 얼마간 아무 말 없이 술과 스시만 먹었다. 이 혹하는 이야기에 달려들지 말지를 고민하고 있는 듯하다.

센은 담뱃대를 담배합에 깡, 하고 쳤다.

"당신 같은 우리코들은 책을 뭉텅이로 사들여서 돈 되는 걸 건지는 게 일이잖아?"

"우리가 천하통일을 하겠다는 것만큼이나 구름 잡는 얘기지."

"도쿠가와 가를 일으킨 시조는 중이었다고 하잖아. 우리 같은 장사꾼에게도 한 건 잡을 기회는 있지 않겠어?"

"당신, 우리코보다 허풍이 심하네."

핏발선 눈을 이리저리 움직이던 구마야소는 마침내 한숨 섞인 작은 소리로 "꽤 구미가 당기는걸" 하고는 잔에 남아 있던 술을 비웠다.

3

요리점 '지쿠젠'은 나카메구로초 교닌자카를 지나 부동존을 모신 류센지瀧泉寺 문전 상가에 있었다. 이 근방은 40년쯤 전에 큰 화재를 겪은 곳이다.

교닌자카 앞 다이엔지大円寺에서 시작된 불은 며칠간 에도 성시를 샅샅이 훑아나가듯 태워버렸다고 한다. 언덕길이 많아 세책업자를 애먹이는 동네인데 봄이면 죽순이 정말 맛난 동네이기도 하다.

옥호를 보건대 지쿠젠도 죽순 요리를 하고 있으리라. 해가 아직 높은데도 손님 몇몇이 술을 마시는지 2층에서는 흥겨운 잡담 소리가 들려온다.

포렴을 헤치고 들어서자 젊은 안주인이 나와 웃음을 지었다.

"오마쓰 씨세요?"

센이 묻자 안주인은 고개를 젓더니 "마쓰의 시누이예요"라고 쌀쌀맞게 대답했다. 가게는 오마쓰의 오빠 부부가 운영하는 모양이다.

"마쓰는 설거지를 하는 중이에요. 무슨 용건이라도?"

"스키야초의 기미노스케 씨가 보내서 왔다고 하면 아실 겁니다."

잠시 후 연약해 보이는 여인이 앞치마 차림으로 2층에서 내려

왔다. 도련님이 말한 정도의 미인처럼 보이지는 않지만 하얀 피
부에 발그레한 볼이 음전해 보이고 눈빛이 딩차고 예쁘디. 눈썹
은 이미 가지런히 자란 상태고, 쪽진 머리만 아니면 열일고여덟
살로 오해할 만큼 윤기가 있었다.

센이 우부케 야토가메가 보낸 세책업자라고 하자 오마쓰는 아
아, 하고 눈을 크게 떴다. 문가에 인상이 썩 좋지 못한 대머리 사
내까지 지켜보고 있으니 당황한 모양새다.

"저 사내는 책 찾아내는 데 도사예요. 그냥 들개 한 마리가 와
있구나 하고 생각하시면 돼요."

"아, 예……."

"도련님한테 대강 들었는데 아무래도 종잡기 힘든 이야기여서,
오마쓰 씨를 직접 만나 그 책의 내력에 대하여 말씀을 들어보고
싶었어요."

오마쓰를 만나러 오기 전에 잠시 만난 기미노스케는 상사병이
더욱 깊어졌는지 넋 나간 표정을 하고 있었다.

그는 우메바치야에서 빌린 『버드나무 인연』을 멍하니 읽고 있
었는데, 환생한 부부가 신비한 인연으로 다시 만나 사랑하게 된
다는 이야기였다. 아무래도 죽은 남편을 못 잊는 오마쓰가 떠올
라 더욱 우울해진 모양이다.

두 여인이 마주앉은 곳은 하녀들이 쉬는 방인데, 오마쓰는 주
인의 동생이라도 과부가 되어 돌아왔다는 자격지심에 이 방을 이
용하고 있는 듯했다.

구마야소는 차분하지 못하게 서성거리며 벽에 걸린 기모노나 오비의 냄새를 맡기도 하고 책상에 쌓인 소설을 거침없이 들춰보기도 했다. 오마쓰는 구마야소 몸에서 풍겨나는 쉰내를 피하려 콧잔등에 잔주름을 만들고 있었다.

"오마쓰 씨.『구모가쿠레』라는 제목을 정말 확인하셨나요?"

"네. 남편에게 무슨 책이냐고 묻자 아주 귀한 책이니까 다른 사람한테는 보여줄 수 없다고 하더군요. 저는 책에 문외한이라, 이 세상에 없는 책이라는 것은 도련님에게 듣고서 알았어요."

"그럼 왜 이제 와서 그『구모가쿠레』를 갖고 싶은 거죠?"

"네?"

왜 그런 질문을 하냐는 듯이 오마쓰가 고개를 들었다.

"『구모가쿠레』가 희귀본인 줄을 모르셨잖아요? 굉장한 가치가 있다는 사실을 알고 나니까 갖고 싶어진 건가요?"

"그쪽은…… 누굴 좋아해본 적이 없나요? 그이의 손때가 묻은 책이라는 사실만으로도 저는 기쁠 것 같은데."

"그런 거였나요?"

"당연히 그런 거지, 우메센."

구마야소가 비열한 웃음을 지으며 끼어들었다.

그때 맹장지가 스르륵 열렸다. 중년의 하녀가 어두운 얼굴로 들어와 "오마쓰 님, 주방 일이 제대로 돌아가지 않는다고 안주인께서 부르세요"라며 조심스레 고하고 나갔다.

오마쓰는 일단 방에서 나갔다가 4반각 정도가 지나서 이마에

땀이 맺힌 얼굴로 돌아왔다.

기미노스케에게 듣자 하니, 이 가게는 이미 오빠 내외가 상속했기 때문에 시집에서 쫓겨난 오마쓰는 친정에 돌아와서도 찬밥 신세라던데. 가게 일로 상처투성이가 된 가녀린 손목을 감추려고 주먹을 꼭 쥔 모습이 가련하기만 했다.

동정을 사고 있음을 느꼈는지 오마쓰는 한숨을 토했다.

"오하루에게…… 아까 여기 들어왔던 하녀입니다만, 그 사람에게는 너무 미안하죠. 제가 어릴 때부터 알뜰하게 시중들어준 사람인데, 결혼할 때 몸종으로 같이 갔었어요. 그쪽 집에서는 저보다 더 고생했습니다. 제가 아들을 낳았더라면 그 사람도 형편이 폈을 텐데."

남편을 여읜 오마쓰는 잠시 시댁의 가게 일을 도왔다. 그러나 외아들을 잃은 시부모의 슬픔은 깊었다. 시부모는 아들의 죽음조차 오마쓰가 아기를 일찍 낳지 못해 가장된 보람을 느끼지 못한 탓이라고 비난하기 시작했다.

결국 오마쓰는 결혼하고 2년째 되던 해 가을, 결별을 통고받고 시집을 떠났다.

하녀 오하루도 그곳에서 자리를 잃고 친정으로 함께 돌아왔다. 두 사람 모두 가시방석에 앉은 기분으로 지내고 있다고 오마쓰는 말했다.

"타계하신 남편분이 병상에서 사본을 만들었다고 하던데, 표지는 어떻게 생긴 건가요?"

“원본은 잘 모릅니다만, 완성된 사본은 붉은색 표지였어요. 거래하던 서점에 고용된 장인에게 부탁해서 단 한 권만 만들었다고 합니다.”

“표구사까지 고용해서 만들었다고요?”

그렇다면 훗날 누구라도 읽을 수 있도록 제대로 만들었다는 말이 된다.

“당신, 내용은 읽어 보았수?”

구마야소가 몸을 내밀며 물었다. 꼭 산적 같네, 라며 센이 구마야소의 허리띠를 잡아서 앉혔다. 오마쓰는 소매로 입을 가리고 고개를 끄덕였다.

“책 읽는 데 익숙지 못해서…… 동화 정도밖에 읽은 적이 없거든요. 남편이 필사한 책은 더듬더듬 읽어 보기는 했지만 끝까지 읽지는 못했어요. 어느 조정 대신이 파멸의 길에 빠진다는 이야기였어요.”

작년 초가을 남편의 1주기 법요가 끝났을 때 오마쓰는 남편의 유품으로 『구모가쿠레』를 받았으면 좋겠다고 시댁에 부탁했다. 그러나 차 도매상을 하는 시댁에는 남편의 장서가 남아 있지 않았다.

“누가 사갔는지 시아버님께 물었지만 답이 없었고, 이제는 양도받을 방법도 없다고 상대해주지도 않았어요.”

“그런 큰 가게가 책을 몽땅 처분했다고 하면 사람들이 좋게 보지 않을 테니까요. 어이, 구마야소, 어디 짚이는 우리코 없어?”

“벌써부터 찾아다니고 있지. 에도에 있는 우리코들과 헌책방, 책방, 호사가들을 이 잡듯이 샅샅이 만나고 다녔지만 누가 사갔는지 알 길이 없네.”

에도 밖에 있는 우리코가 사간 거라면 그 책을 추적하기는 더욱 어려워진다.

게다가 센에게는 걱정이 하나 더 있었다. 아무리 삯을 후하게 받았다 해도 책을 장정한 표구사가 『구모가쿠레』 사본을 뻔히 봤을 텐데 입을 닫고 있었을 리 없다. 그 사실은 금세 시중에 알려지고 전국 서점들이 아우성치는 소동이 벌어졌으리라.

따라서 그 표구사는 자기가 장정한 『구모가쿠레』를 가짜라고 판단했다는 뜻이다.

‘가짜를 찾아다녀야 하다니, 별난 이야기네. 하지만 금광을 찾아 굴을 파다가 바로 한 치 앞에 엄청난 금괴가 있을지도 모르는데 곡괭이를 던져버릴 바보는 없겠지.’

결국 이날은 아무런 단서도 얻지 못했다. 긴 고갯길을 오르락내리락하며 니혼바시로 돌아왔을 즈음에는 해가 다 저물어 있었다.

무거운 다리를 끌다가 문득 뒤를 돌아다보니 구마야소는 어느새 어둠 속으로 사라지고 대신 추레한 들개 한 마리가 혀를 빼물고 먹을 걸 달라며 따라오고 있었다.

4

지난 며칠 사이 에도는 봄기운이 완연해져서 아사쿠사 후쿠이 초의 센타로 나가야에도 퀴퀴한 냄새가 감돌기 시작했다.

관리인 주에몬이 아침부터 옷자락을 접어 허리에 지르고 도랑을 치우고 있었다. 겨우내 대로변 방물가게에 틀어박혀 있던 관리인도 마침내 벌레들과 함께 밖으로 기어 나온 것이다. 이제 이발소에 가야 할 텐데, 그 전에 목욕탕에 들러서 사카야키남자가 반달형으로 머리털을 밀어놓은 자리를 불려놓을까나, 하고 혼잣말을 하고 있다.

"이거야 원, 사쿠라모치가 먹고 싶어지는 볕이네요."

센이 집 앞 툇마루에 앉아 후사요지삶은 버드나무가지 끝을 두드려 브러시처럼 만든 에도 시대의 칫솔로 양치질을 하며 중얼거리자,

"벚꽃보다 먹을 것부터 생각하냐, 너는."

하는 쾌활한 목소리가 들려왔다.

"꽃이 터지기 시작하는 걸 올려다보면 마음이 괜히 쓸쓸해지거나 하진 않냐?"

노보루가 소쿠리를 메고 찾아와 한숨을 지으며 어깨에서 멜대를 내렸다. 노보루는 센의 어릴 적 동무인 채소 행상으로, 아사쿠사나 니혼바시를 돌아다니며 생계를 잇고 있다.

"아침 먹었어? 오늘 아침엔 유채나물 가져왔다."

"길가에 아무데나 자라는 푸성귀를 누가 산다고. 쓰기만 쓰고 먹어도 배도 안 부르고 다듬기 번거롭고. 이젠 될 대로 되라 하고

아무 풀떼기나 팔러 다니는 거야?"

"우리끼리 하는 얘기지만 기노쿠니야_{가부키 배우 가문의 옥호. 성씨를 가질 수 없는 서민 계급이므로 성씨 대신 옥호를 썼다} 사와무라 겐노스케_{유명 가부키 배우의 개인명으로 대대로 세습되었다}가 엄청 좋아하는 거래."

"정말?"

센이 몸을 기울이자 노보루가 심술궂게 웃는 눈으로 쓱 쳐다본다. 속았구나, 하며 노보루의 정강이를 걷어차 주었다.

"진짜 싱거운 사내라니까."

"요전에 구사조시 가게 앞에서 넋 놓고 배우 그림을 쳐다보더라. 너도 여자는 여잔가 봐."

"사케와 책밖에 모르는 여자인 줄 알았어?"

해가 높아지고 건넛집 지붕에 가려져 있던 햇살이 센의 얼굴을 비추었다.

나가야 여인들이 채소를 사러 모여들자 골목은 이내 시끌시끌해졌다.

"이 채소장수, 질리지도 않고 구박받으러 또 왔네. 아이고, 기특해라."

센의 옆집에서 세 아이를 키우는 오타네가 노보루와 센을 번갈아 쳐다보며 웃었다.

"노보루도 이렇게 자세히 보면 몹쓸 얼굴은 아닌데, 어딘지 한심하달까 볼품이 없달까. 얄팍한 가슴팍 때문인가, 센이 쳐다봐 주지 않는 건."

여자들이 와락 웃었다.

"기품이겠지. 오타네가 고라이야高麗屋 가부키 배우 이름를 좋아한다니, 그쪽에 비하면 10년을 좋아한 여자한테 외면당하는 채소장수가 불쌍하지."

여자들은 멋대로 떠들어대면서 노보루를 놀리더니 평소처럼 배우 이야기를 나누기 시작했다.

센이 방으로 돌아와 책궤를 메고 나갈 준비를 마치자 노보루도 멜대를 메고 한길까지 따라왔다.

야나기하라 제방까지 와서 간다가와 운하변 길을 바라보니 모래먼지 날리는 탁 트인 길 저쪽에 갈대발을 세워둔 가게들이 줄지어 있다. 마침 오가는 사람이 없어 평소보다 강한 봄바람에 모래가 날려 센의 얼굴을 따끔따끔 때렸다.

"슬슬 가랑비가 그리워지네. 모래가 들러붙어 머리가 무거울 지경이야."

"올해는 해님이 변덕스럽군. 덕분에 올봄엔 채소가 전멸이야."

"그래서 유채를 팔고 다니는 거야? 거의 공짜나 다름없는 가격이겠네."

"괜찮아. 해님 기분이 좋아지시면 돈 벌 수 있어. 해님 마음이 불편하시면 내 술상에 안주가 한 가지 줄어들지. 그저 그뿐이야."

"누가 들으면 좋아서 가난하게 지내는 줄 알겠는데?"

"당연하지. 나, 작정하고 가난하게 지내는 거야."

하루도 쉬지 않고 싸고 신선하게. 채소장수 노보루의 신조인 듯한데, 이대로 계속 행상으로 부친 병구완을 하기는 어려우리라. 그렇다고 크게 걱정하시는 않는다. 밑재주 좋고 수완 좋은 이 사내는 무난하게 잘 살아가겠지. 게다가 쓸데없이 장수할 것 같다.

"노보루, 만약 내가 죽어서……."

"무슨 소리야, 재수 없게!"

"만약의 얘기야. 만약, 내가 덜컥 죽어서 노보루가 내 장서 중에서 딱 한 권만 간직하고 싶다면, 무슨 책을 가질래?"

"뭔 해괴한 소리야. 또 어디 골치 아픈 일에 끼어들었구나."

센은 야토가메의 도련님이 상사병을 앓게 된 까닭을 이야기했다. 그러자 노보루는 멜대를 손가락 끝으로 퉁기며 연민하는 표정으로 센을 쳐다보았다.

"……야토가메의 도련님이 무엇보다 먼저 상담 상대를 잘못 골랐네."

"그렇다고 내가 남의 꼬인 연애에 참견하려는 건 아냐. 오마쓰 씨의 죽은 남편이 만든 사본이 있다는데, 그걸 찾아달라는 부탁을 받았을 뿐이지. 남들이 좋아 죽네 사네 하는 거랑 책 찾는 거랑 무슨 상관이겠어. 그래, 어떡할래, 내가 죽으면?"

"어디 보자, 오센의 일기나 읽으며 매일 웃으며 살까나. 다른 사람도 아닌 네 일기잖아. 하루하루 얘깃거리가 끊이지 않는 생활을 했을 테니까 분명 읽어볼 만할 거야."

어이, 채소장수, 하고 뒷골목 나가야에서 누군가가 불렀다. 예

이~, 하고 대답하며 뛰어가려던 노보루가 센을 돌아보더니,

"괜히 뒷말 듣기 싫으면 남 일에 쓸데없이 참견하지 말고 100살까지 질기게 살아!"

하며 소리치고 경쾌하게 뒷골목으로 뛰어 들어갔다.

센은 번잡한 대로를 벗어나 니혼바시 다리를 건너 핫초보리 너머에 있는 시바히카게초로 향했다. 오마쓰가 시집갔던 차 도매상을 찾아가는 길이다. 이 주변은 예로부터 헌책방이나 전당포가 많아 책 찾는 데 편리한 곳이지만, 센은 늘 기웃거리지 않고 잰걸음으로 지나갔었다.

요괴은행나무에 깃들인 원혼 때문에 잔가지라도 꺾으면 붉은 피가 흐른다는 풍문이 있었다이 무서워서다.

성을 오른편으로 두고 걷다 보면 가지를 함부로 뻗은 커다란 은행나무를 만난다. 흔히 '요괴은행'이니 '다쿠미노카미의 눈물의 은행'이라 불리는 커다란 나무다.

겐로쿠 시절, 거대한 은행나무가 있던 다무라 가에서 반슈지금의 효고 현 남서부 아코 번의 아사노 다쿠미노카미 번주가 쇼군에게 할복 명령을 받았다. 아사노 다쿠미노카미는 할복할 때 은행나무를 원망스레 올려다보며 죽었다고 한다. 이후로 다들 그 은행나무를 저어하여 아무도 손질해주지 않았다. 때문에 가지를 함부로 뻗은 나무가 되고 말았다.

네거리 초소지기가 요란하게 하품을 하고 센을 힐끗 쳐다보다가 다시 입을 멍하니 벌리며 요괴은행을 올려다보았다. 센은 울

창한 가지를 쳐다보지 않으려 애쓰며 걸음을 서둘렀다.

차 도매상 '스루가야'를 찾아갔지만 예상한 대로 별 소득은 없었다. 반백머리 주인에게 장서에 대하여 묻자 가게 지배인이 끼어들어 센을 쫓아냈다.

이튿날 구마야소가 센의 집으로 찾아왔다. 팔려나간 책의 소재를 알아냈단다. 구마야소가 향한 곳은 스루가야와 매우 가까운 조조지增上寺 근처 고물상이었다.

"책방이 아니네?"

"여기는 다이묘가 돈이 떨어졌을 때 종종 이용하는 고물상이야. 물건의 상태 따위는 거들떠도 안 봐. 상대방이 돈에 쫄려서 물건을 처분한다 싶으면 저택을 통째로라도 사들이는 주인이지. 그리고 입이 무거워."

"그렇군. 헌책이 아니라 고물로서 팔려나간 건가."

"히카게초 쪽은 예로부터 무가나 큰 상점과 인연이 깊지. 헌책방 주인은 물건을 꼼꼼하게 조사하고 구입하지만 고물상 주인이라면 내용도 확인하지 않고 창고에 쓸어 넣거든."

제첨의 『구모가쿠레』라는 제목을 보았다면 설사 가짜라 해도 책방 사람들의 입방아에 올랐을 텐데, 그런 일이 없었으므로 전당포나 고물상에서 사간 게 아닐까 짐작하고 시바 쪽을 샅샅이 뒤지며 다녔다고 한다.

구마야소의 감은 적중했다.

조조지 문전상가 뒷골목에 있는 작은 고물상의 창고에서 끈으로 묶어 놓은 책 다발이 대량으로 나왔다.

센이 온갖 잡동사니로 넘쳐나는 폭 두 칸짜리 상점에 들어가 보니 이미 마루턱에 책 다발이 쌓여 있었다. 가게를 지키는 노파가 고개를 쳐들고 책 다발을 턱짓으로 가리켰다.

"우메센. 이 노인의 호의로 여기 있는 책 다발 전부를 금 3부에 살 수 있을 것 같다."

"말도 안 되는 소리! 나는 우리코와는 달리 책을 다발로 사지 않거든. 한 권 한 권 살펴보고 구입하는 세책점이라고. 주먹구구로 거래하지 않아."

"하지만 시세보다 엄청 싸잖아. 게다가 책벌레가 소장했던 책들이라고. 『구모가쿠레』가 들어 있을지는 의심스럽지만, 다른 엄청난 보물이 튀어나올지도 몰라. 손해 볼 일은 없을걸."

"『구모가쿠레』만 찾아서 살 수는 없을까?"

"저 노인이 책 다발을 풀어 보게 해주질 않아. 언제 화재를 만나 잿더미가 돼버릴지 모르니까 뭉텅이로 얼른 팔아치우고 싶은 거지. 우리가 사주지 않으면 폐지 장사한테 넘기겠대."

말없이 앉아 있는 노파가, 나는 모르겠소, 하는 얼굴로 코를 풀었다.

"구마야소는 괜찮겠어? 복불복이야."

"난 좋아."

"혹시 벌써 빼놓은 거 아냐?"

센이 째려보자 구마야소는 누굴 사기꾼 취급하느냐고 인상을 쓰며 부정했다.

"나는 누가 먼저 손댄 일에는 끼어들지 않는 게 원칙이야. 가로채기는 성미에 안 맞는다고. 경매로 승부를 보자는 게 내 신조야. 그런데 이 책 다발들이 돈 냄새를 폴폴 풍기거든."

오랜 세월 책을 만져온 사람의 감이다.

고물상에서 수레를 빌려 책 다발을 나가야로 옮길 무렵에는 간다가와의 수면이 석양으로 빨갛게 물들기 시작했다. 까마귀가 길고양이를 희롱하고 나가야 꼬마들이 까마귀를 쫓고 있었다. 이제 그만 들어와서 저녁 먹으라고 엄마들이 외치는 소리가 들린다.

장서의 태반은 우메바치야 손님이 좋아하지 않는 한적이나 의서였다. 더구나 고물상 창고에 처박혀 있던 탓에 상태가 몹시 나빴다. 구마야소가 말한 보물 같은 책은 보이지 않았다.

센은 다다미에 벌렁 드러누워 기지개를 켰다.

허기를 지우려고 입에 던져 넣은 볶은 콩에 목이 멨다. 눈도 따끔거려서 이제 책 보기도 염증이 나기 시작할 무렵, 옆으로 돌아누우며 들춰본 커다란 고서들 사이에서 얇은 책 하나가 나타났다.

주황빛 제첨에 매끄러운 히라가나로 『구모가쿠레』라고 적혀 있었다.

5

벚꽃이 져서 우에노 스리바치야마의 색깔이 달라지기 시작할 즈음, 센은 기미노스케와 함께 오마쓰를 만나러 갔다. 그에게『구모가쿠레』를 찾았다고 전하자 자기가 직접 오마쓰에게 책을 전하고 싶다고 했기 때문이다.

기미노스케는 냉큼 가마 두 대를 불러 가마꾼에게 웃돈을 쥐어주고 빨리 가달라고 재촉했다.

센은 가마를 타본 적이 없어서 처음에는 격렬한 흔들림에 정신이 없었지만 미타 관개용수로의 하천부지를 지날 무렵부터는 길가에 핀 새하얀 때죽나무 꽃을 살펴볼 수 있게 되었다.

벚꽃은 질 때가 아름답지만 때죽나무 꽃은 피어날 때가 좋다. 고개를 살짝 숙인 듯 피어나는 꽃이 어딘지 자신이 없어 보여 살짝 손을 뻗어 달래주고 싶어진다는 생각을 했다.

기미노스케는 지쿠젠의 상객이다. 센이 구마야소와 함께 방문했을 때는 좁은 하녀 방에서 대기해야 했지만 오늘은 기품 있는 객실로 안내받았다.

잠시 후 오마쓰가 모습을 나타냈다. 한데 지난번 만났을 때와는 인상이 달랐다.

입술연지를 곱게 칠하고 야쓰후지 무늬여덟 개의 등꽃을 원형으로 배치한 무늬가 수놓인 연분홍 겉옷을 걸친 자태는 스즈키 하루노부의 미인도에서 빠져나온 듯한 청아함과 요염함이 섞인 신비한 아름다움을 자아내고 있었다.

기미노스케는 조심스레 무릎을 밀어 오마쓰에게 다가앉았다.

“오마쓰 씨가 찾던 책, 여기 우메바치야가 백방으로 뛰어다녀서 찾아주었소.”

“…….”

“하지만, 당신은 역시, 죽은 남편을 잊지 못하는 것 같군.”

어깨를 떨어뜨린 기미노스케가 센에게 눈짓을 했다. 센이 비단 보에 싼 붉은색 사본을 내밀자 오마쓰가 흠칫 숨을 삼켰다.

“이 책은 사람들이 말하는 환상의 첩『구모가쿠레』는 아니었어요. 하지만 오마쓰 씨가 찾던 책은 분명한 듯합니다.”

이『구모가쿠레』는 남편이 아내에게 남긴 연문이었다. 물론 겐지의 죽어가는 모습이 묘사되어 있지만, 그 내용은 생전의 남편이 히카리 겐지에게 자신을 투영하여 창작해낸 이야기였다. 병으로 쓰러진 겐지가 세상에 미련을 품은 모습이 길게 씌어져 있었다.

무라사키를 회상하는 장면에서는 깜빡하고 ‘마쓰 님’이라고 적어서, 나중에 당황하여 고쳐 쓴 흔적까지 있다. 가까운 사람에게만 보여주는 소인장판素人蔵板이다.

센의 도박은 참패였다. 각오는 하고 있었지만 책장을 들추는 순간 입에서 긴 한숨이 새어나와, “그러면 그렇지!” 하며 다다미에 벌렁 드러누웠다.

신작 소설로 즐길 만한 글이라면 그나마 다행일 텐데, 몇 장을 넘기면 끝나는 분량이었다.

센에게 책을 받아든 오마쓰가 긴장한 표정으로 책장을 들춰보았다. 끝까지 훑어보고 다시 처음부터 들춰보기를 여러 번 되풀이했다.

기미노스케가 오마쓰에게 더 가까이 다가앉았다.

"오마쓰 씨는『버드나무 인연』이라는 이야기를 읽어보았소?"

"아뇨……."

"깊은 인연으로 맺어진 어느 부부의 이야기요."

어느 사냥꾼 부부가 살았는데, 두 사람이 죽자 각자의 무덤에 버드나무를 심어주었다. 남편은 다른 남자로 환생하고 아내는 버드나무 요정이 되어 우노키라는 여인에게 빙의하여 두 사람은 다시 금실 좋은 부부가 된다는 이야기다.

이 '우노키卯木'라는 여자 이름을 붙이면 '버드나무柳'가 된다. 전생에서 비롯된 인연이자 업보로 맺어진 인연이다.『버드나무 인연』은 보은담이지만 남녀의 마음이 세세하게 그려져 있어 상심한 기미노스케에게 남다르게 느껴졌던 모양이다. 기미노스케는 그 뒤로 두세 번을 더 빌려서 읽었다.

기미노스케는 이야기의 줄거리를 들려주고 오마쓰의 손을 잡았다.

"나는 말이오, 오마쓰 씨. 남녀 사이에는 정해진 인연이라는 것이 있다고 믿고 있소."

평소 글을 즐겨 짓는 기미노스케는 품에서 필통과 종이를 꺼내더니 자신만만하게 붓을 움직이기 시작했다.

"우리 옥호는 '야토가메八十亀', 내 이름은 '기미노스케公之介'. 이걸 합치면 '마쓰松'가 되지'八十'과 '公'을 합치면 '松'이 된다."

의외로 사내다운 필체이다.

오마쓰는 당혹감을 드러내며 잠시 그 글씨를 바라보다가 말했다.

"정말 기이한 인연이군요."

"그렇죠? 나와 오마쓰 씨의 인연은 이미 전생에 정해져 있었소. 이걸 깨달았을 때 나는 마음을 굳혔던 거요."

기이한 인연이 겹쳐졌을 뿐이지만 천성이 낙천적인 기미노스케는 전부 좋은 쪽으로 해석하는 긍정적인 남자였다. 시들어가던 마음을 글자 맞추기 놀이만으로 되살려내는 이 힘은 바로 오마쓰를 사모하는 마음에서 생겨났으리라.

하지만 책을 품에 안은 오마쓰는 왠지 차분하지 못한 표정으로 뭔가 할 말이 있는 듯 목울대를 움직이고 있었다.

역시 오마쓰의 마음에는 죽은 남편이 깊이 자리 잡고 있다. 센은 도련님이 가련하게 느껴지기 시작했다. 이만한 멋쟁이 사내가 진심을 다해도 차지할 수 없는 여자가 있구나. 죽은 남자에게는 당해낼 수 없는 걸까.

"도련님, 오늘은 일단 물러가도록 하죠. 오마쓰 씨도 천천히 책을 읽어보고 싶을 테니까."

앞으로 기미노스케의 바람이 이루어질지 어떨지는 센도 알 수 없다. 정말로 남녀의 만남이 오로지 전생의 인연으로 결정되는 거라면 사람들은 이 애달픔에서 해방될 텐데.

도련님이 전혀 내키지 않는 표정으로 일어설 때였다.

"아아! 있네요, 있어요!"

오마쓰가 책장 넘기던 손길을 멈추고 새된 소리로 외쳤다.

책갈피에서 종이 한 장이 사르르 떨어졌다. 그 종이가 창문으로 들어온 바람에 날려 센의 발을 건드리며 떨어졌다.

"이것은…… 이혼장?"

차 도매상 '스루가야' 주인이 아들의 죽음으로 손자를 얻을 희망이 사라지자 오마쓰를 이혼시킨다는 내용이었다. 흔히 '세 줄 반三行半 에도 시대에 평민 부부가 이혼할 때 상대방에게 교부하는 이혼장. 글을 몰라 정식 문서를 작성할 수 없을 경우 세 줄을 긋고 아래에 반절을 그으면 동일한 효력을 인정받았다'이라 불리는 문서이다.

"왜 그 책에 그런 문서가?"

센이 오마쓰의 손에 있는 책을 살펴보니 뒤쪽의 두 책장이 나방의 사체로 들러붙어 있었다. 이혼장이 그 사이에 들어 있다가 스르르 빠져나온 모양이다.

오마쓰는 낭패한 듯 천장과 격자창으로 시선을 더듬다가 마침내 입을 열었다.

"시집에서 쫓겨날 때 남편이 만든 사본을 보며 이별을 슬퍼했는데, 그때 별 생각 없이 이 문서를 끼워두었던 것 같아요……."

시간이 많이 지나고 나서야『구모가쿠레』책갈피에 이혼장을
끼워 놓았다는 기억이 떠올랐지만, 당장 누구와 결혼할 일도 없
으니 특별히 아쉬움 없이 지내왔다.

그러나 얼마 전에 상황이 바뀌고 말았다.

센은 오마쓰의 난처한 표정과, 전에 만났을 때보다 멋지게 꾸
민 옷차림을 보고 깨달았다.

"아하, 오마쓰 씨도 도련님에게 마음이 있었던 거군요."

이혼장에는 이혼 사유, 그리고 앞으로 다른 사람과 재혼해도
무방하다는 내용을 명기하게 되어 있다. 그러므로 이 문서가 없
으면 오마쓰도 다른 남자와 결혼할 수 없다. 기미노스케의 청혼
을 받자 오마쓰는 당황해서『구모가쿠레』를 찾기 시작한 것이다.

오마쓰는 이혼장을 든 채 발갛게 물든 뺨으로 고개를 끄덕였
다.

과부가 되었다지만 이제 겨우 스무 살 남짓. 친정에서 찬밥 신
세로 지내고 있을 때 기미노스케 같은 멋진 남자가 손을 내밀어
주었다. 여기에 동하지 않을 처자가 어디 있을까.

"도련님은 메구로의 죽순을 좋아하셔서 지난봄에도 몇 번이나
요리점에 오셨지요."

도련님이 일방적으로 호감을 품고 있는 줄 알았는데 실은 오마
쓰도 호감을 품고 있었다.

"세상에! 더 빨리 얘기해주시지 그러셨어요. 저는 그것도 모르
고『가구야 공주 이야기』처럼 아예 풀지 못할 문제를 내서 남자에

게 퇴짜를 놓고 달나라로 떠나버리는 줄 알았잖아요.”

기미노스케가 크게 놀란 듯이 맥없이 주저앉자 오마쓰는 얼른 그의 손을 잡아주었다.

“차 도매상 주인에게 이혼장을 다시 써 달라고 부탁할 수 없었나요?”

센이 묻자 오마쓰는 조용히 고개를 저었다.

“그분들은 외아들을 잃고 여전히 실의에 빠져 있습니다. 몇 해가 지나도 그 슬픔은 가시지 않아요. 아들이 죽었다는 내용의 글을 한 번 더 쓰시게 할 수는 없었어요.”

실제로 센이 스루가야를 방문했을 때도 주인은 아들과 오마쓰라는 말만 듣고도 낯을 찡그리며 안으로 들어가 버렸다.

“그만 포기하자고 생각할 때 도련님이 거래하는 세책점 주인이 여기저기 참견도 잘하고 어려움에 처한 사람을 잘 도와주는 재미있는 분이라고 하셔서, 혹시 저도 도움을 얻을 수 있을까 싶어 말씀드려 봤던 겁니다.”

센은 어이가 없었다.

“이게 뭐야. 두 사람을 맺어주려고 아무 득도 안 되는 책 더미를 돈 3부나 주고 사들인 건가.”

존재하지도 않는 책에 희망을 걸었던 자신이 어리석었다. 처음부터 맺어질 인연이던 행복한 두 사람에 비하면 이 얼마나 바보같은 역할이란 말인가.

그러자 기미노스케는 언제나처럼 고생 모르고 자란 풍류가 같은 웃음을 지었다.

"몇 푼 되지도 않는 걸 가지고. 다음번 외상 청산하는 날, 내 마음을 담아서 듬뿍 얹어주지."

"……도련님, 제가 잠깐 착각했네요. 3부가 아니라 한 냥 3부였던 것 같은데."

밖에서 흐느껴 우는 소리가 들렸다. 센이 맹장지를 여니 오하루가 소매로 눈가를 찍어내며 울고 있다.

오마쓰의 손을 잡은 도련님이 희색이 만연해서 당장 오라버니 내외에게 인사를 드려야겠다고 말하고, 당황하는 오하루를 앞세워 방을 나갔다.

"그런데 오마쓰 씨, 그『구모가쿠레』는 어떻게 할까요? 괜찮다면 제가 맡아둘까요?"

"아뇨. 혼수 속에 숨겨둘게요. 전남편을 사랑한 마음도 거짓이 아니거니와 저 도련님을 잘 아시잖아요. 언제 또 다른 여자한테 한눈팔지 모릅니다. 그렇게 되지 않도록 가끔 이 문서를 보여줘서 시샘하게 해야죠."

아무도 읽지 않을 법한 소인장판도 깊은 정이 담겨 있다면 뒤에 남은 사람의 마음을 치유하는 훌륭한 읽을거리가 된다. 게다가 활용하기에 따라서는 사랑의 무기도 되는 듯하다.

방을 나가 보니 가게에는 아직 손님이 별로 없고, 복도 안쪽의 주방에서 쌀 씻는 소리와 죽순 삶는 냄새가 풍겨온다.

'그래, 사랑도 죽순도 손이 많이 가게 마련이야.'

소설처럼 전생의 인연으로 맺어지는 거라면 남녀의 갈등이나 줄다리기 따위는 이 세상에 없겠지.

하지만 숙명 때문에 누군가를 좋아하게 된다는 이야기도 받아들이기 힘들다. 사람은 역시 현생에서 결판을 짓도록 만들어져 있다.

'그렇지 않은가. 구마야소隈八十의 본명은 고타公太. 오마쓰 씨의 인연은 저 문어대가리로 이어져 있었는지도 모르지마찬가지로 '八十'과 '公'을 합치면 '松'이 된다.'

센은 오마쓰에게 농담 삼아 이 이야기를 할까 말까 망설이다 그냥 가슴에 묻어두기로 했다. 집에 돌아가면 이 이야기를 일기에 적어서 언젠가 노보루가 읽고 폭소를 터뜨려주기를 기대하자.

거리로 나서니 바다 냄새가 평소보다 진하다. 이제 슬슬 해님이 에도 시중을 적시려고 채비를 마치고 기다리는 걸까. 장마가 코앞이다. 세책점에게는 우울한 계절이지만 센은 물안개에 휩싸인 에도 시중도 싫지는 않다.

'돌아가면 장마 준비나 해둘까. 사둔 책에서 좀벌레부터 퇴치해야겠지.'

센은 긴 오르막을 바라보며 온몸에 기합을 주고 사랑의 꽃이 만발한 나카메구로를 떠났다.

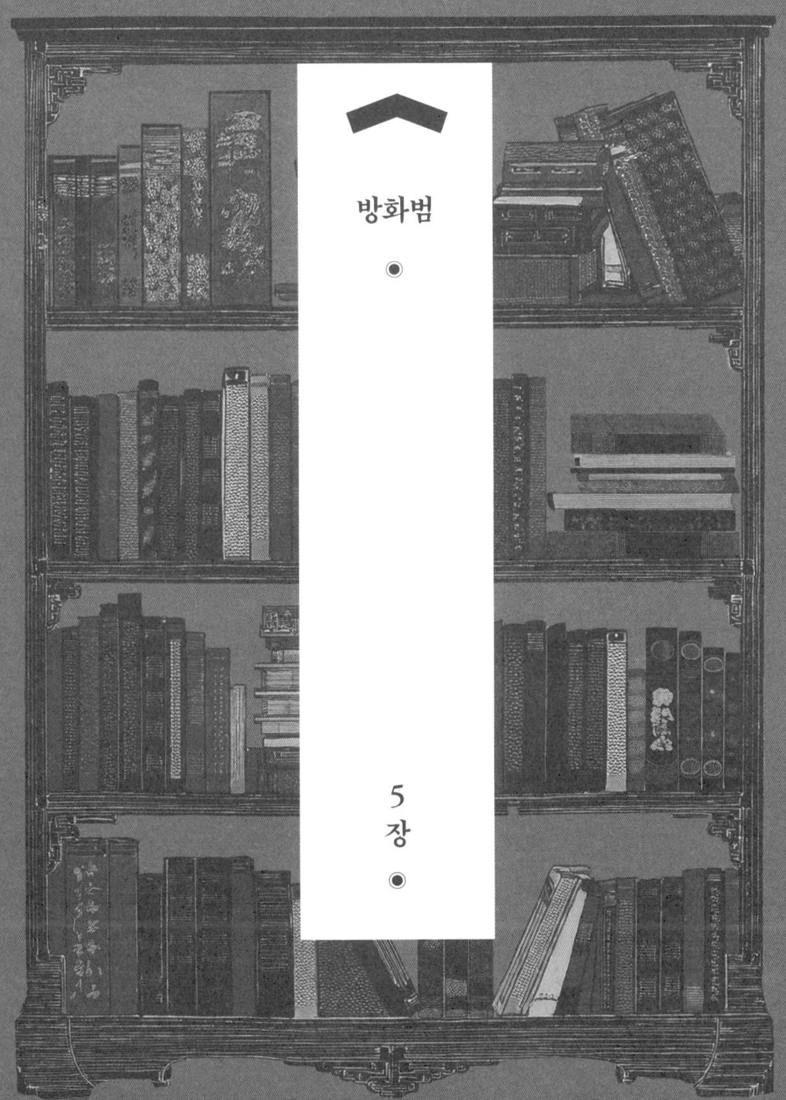
방화범

5
장

최근 아사쿠사 근방에 사는 남자들 사이에 '몬제키 님 참배'^{몬제}키[門跡]'는 황족이나 고위 귀족이 주지로 있는 사찰'가 화제다.

남자들이 만나기만 하면 "일 끝나고 돌아가는 길에 참배할까" 혹은 "마누라 모르게 참배하자고"라며 들뜬 얼굴로 말하는 것이다. 에도에 신심 깊은 사람이 이렇게 많을 줄이야.

오쿠라마에^{御蔵前}에 있는 찻집에서 경단을 먹던 가미가타 사투리를 쓰는 행상이 그 말을 듣고,

"동조대권현^{東照大権現 도쿠가와 이에야스}께서 권청하신 그 유서 깊은 사찰 말이오? 다들 신심이 깊으시네."

하며 에도 토박이들의 신심에 감탄했다.

그러자 찻집에 있던 남자들이 몸을 흔들어대며 웃어댔다.

"신심은 무슨. 실은 요시와라의 '가쓰라야'라는 유곽이 히가시 혼간지 문전 상가에 있다오."

생선장수가 사람 좋은 웃음을 지으며 말했다.

"말씀이 묘하시네. 요시와라에 있는 유곽이 아사쿠사 상가에 있다니."

"그게 말이오, 요시와라에 있다가 오오몬大門 유곽촌 요시와라의 유일한 출입문 밖으로 출장을 나왔다고나 할까."

3달 전 요시와라에 화재가 있었다. 불이 시작된 곳은 요시와라 스미초의 라쇼몽가시羅生門河岸 유곽촌에서 가장 등급이 낮은 유곽이 밀집해 있는 비좁은 뒷골목에 있는 빈집으로, 옆에 있던 유곽 몇 곳이 불타버렸다. 다행히 사망자는 없었지만 가쓰라야를 비롯한 유곽 몇 군데가 영업을 할 수 없게 되었다. 몇몇 유곽은 후카가와로 건너가 임시 업소를 차렸지만 가쓰라야는 히가시혼간지 문전 상가 한쪽에 다카하리 등롱극장, 유곽, 상점에서 높이 다는 타원형 대형 등롱을 내걸었다.

화재 피해를 입은 유곽은 재건할 때까지 요시와라 밖에 임시 점포를 차리는 일이 허용되었다. 게다가 그 기간 동안은 막부에 영업세를 상납하지 않아도 된다. 날도 추운데 요시와라까지 가야 하나, 하며 귀찮아하던 남자들에게 알맞은 유곽이 생겼다고 할까. 겨울철 화재는 유곽에게 참으로 '고마운 불'인 셈이다.

"보아하니 약장수이신 모양인데 '오오히마루大火丸'란 알약도 모르시우?"

"처음 들어보는데요? 에도에서 새로 나온 약이오?"

"헤헤, 곤궁묘약困窮妙藥이라고도 하지. 고철장수에게 잘 듣고 목재상에게 잘 듣고 죄수한테 잘 듣고 빚쟁이한테도 잘 듣고."

화재로 득을 보는 업자를 약 효능에 빗댄 농담이다. 그럴 정도로 에도는 화재가 잦았다.

"하나 더, 요시와라 보하치亡八 인·의·예·지·충·신·효·제의 여덟 가지 덕목을 모두 결여한 자. 흔히 포주를 말한다한테 특효라고들 하지."

"에도 사람들은 화재를 반기는 모양이군. 어허, 세상 참 무섭네."

"바람만 불면 여기저기서 활활 번지지. 불날 때마다 일일이 기가 죽으면 어떻게 먹고살겠소."

"저희 찻집도 가쓰라야 덕분에 이렇게 잘나가잖아요. 분 냄새 맡으러 오는 남자분들 덕분에."

경단을 추가로 가져온 여자 점원이 깔깔 웃으며 말했다. 약장수 코밑도 막 찧어낸 찹쌀떡처럼 길게 늘어져 있다코밑이 길다'는 '여색을 밝힌다'는 뜻의 관용 표현.

"그렇다면 나도 몬제키 님께 공양하러 가볼까나. 그 참에 약도 좀 팔고."

"에도 계집은 기가 드세서 한 번 맛 들이면 끊기 힘들 거유."

생선장수는 약장수 술값까지 통 크게 지불해주고 전갱이바구니가 달린 멜대를 어깨에 멨다. 그러고는 빗방울 떨어지기 시작한 대로로 힘차게 뛰어나갔다.

1

5월 단오가 지나자 바다 냄새 품은 남풍이 불기 시작했다. 에도 하늘은 변덕스러워 어제는 쨍하게 맑더니 오늘은 아침부터 가랑비가 거리를 적시고 있다.

비는 싫지 않지만 장마가 시작되면 세책점도 일을 쉬어야 한다.

밖을 돌아다닐 수 없으니 방 안에 틀어박혀 목록을 작성하거나 세책을 정리하지만, 책을 하나 집어들 때마다 팔랑팔랑 책장을 넘겨보고, 풍경화가 눈에 띄면 그림 속의 남녀 한 쌍을 보며 상상의 나래를 펼치고 하다 보니 일이 제대로 진척되지 않는다.

산더미처럼 쌓인 장서는 결국 왼쪽에서 오른쪽으로 자리만 바꿀 뿐이다.

센은 다시 작업에 집중했다. 먼저 좀먹은 책을 찾아서 책등을 묶은 실을 풀어낸다. 책등 쪽으로 파고든 좀은 꿰맨 실 주변에 숨어 있다. 아니나 다를까 책 몇 권이 심하게 좀먹은 상태였다. 그 가운데 한 권은 귀중한 염본艶本 시험쇄이다.

판원이 새 책을 펴낼 때는 다섯 권 정도를 시험 삼아 인쇄하게 되어 있다. 이것을 시험쇄一番摺り라고 하는데, 두 권은 부교소에 검열용으로 납품하고 나머지는 판본 조각의 견본으로 삼거나 신사에 봉납하기도 한다.

판목 조각사였던 센의 부친 헤이지는 집에 소장한 시험쇄가 많았다. 시험쇄는 연한 먹으로 찍어내는 관례가 있어서, 실제 인쇄한 책보다 글자나 삽화의 상태를 살펴보기가 쉽다. 아버지는 판목의 조각 상태를 확인하기 위해 판원에게 시험쇄를 받아두었던 것이다.

센은 판목 조각에 열중하는 아버지의 등을 보며 자랐다.

'귀밑머리 헤이지'라 불리던 아버지의 기량은 에도에서도 으뜸을 다툴 정도였고, 벚나무 판목을 칼로 파내는 소리와 아버지의 숨소리는 한시도 흐트러지는 일이 없었다.

출판 전에 책의 줄거리를 아버지에게 살짝 귀띔받기라도 하면 센은 며칠이나 이야기 세계에서 빠져나오지 못하여 집안일 거드는 데도 소홀해지곤 했다.

어머니는 책보다 바느질을 제대로 배웠으면 좋겠다고 잔소리가 많았지만, 센의 읽기 쓰기가 또래 아이들보다 뛰어나다는 말을 들으면 쓴웃음을 지으며 칭찬해 주었다.

그런 아버지가 아무도 곁에 오지 못하게 할 만큼 긴장해서 작업한 목판이 있다.

아버지가 작업한 최후의 소설 『창문외기담』.

에도와 흡사한 신대神代 신들이 다스렸다는 일본의 선사 시대 세상으로 흘러 들어간 젊은 무사가 악신을 징벌하는 권선징악물이며, 막부 비판으로도 읽힐 수 있는 걸작이었다.

업자들 사이에 사전 평판이 좋아 많은 판매가 기대되었지만 이

설과 유언을 단속하는 부교소의 역린을 건드려 절판 명령을 받았
다. 판원과 작가는 행방을 감추었고, 조각사, 인쇄사 등 제작에
관련된 장인들이 예전 간세이 개혁의 출판 통제 명에 따라 중형
에 처해졌다.

관리들은 센이 보는 앞에서 헤이지의 손가락을 부러뜨리고 판
목을 깎아버렸다.

삶의 보람을 잃어버린 헤이지는 술에 빠졌고, 그런 남편에게
진저리가 난 어머니는 젊은 사내를 만나 도망쳐버렸다. 판목 삭
제로부터 4년 뒤 센이 12살 나던 해, 헤이지는 끝을 다시 잡지 못
한 채 강물에 몸을 던져 자살하고 말았다.

판목을 조각했을 뿐인 아버지가 왜 죽어야 했을까. 그 의문에
대답해주는 어른이 센 주위에는 없었다. 센이 유일하게 이해할
수 있었던 것은 '판목 삭제'라는 형벌이 헤이지의 마음과 목숨까
지 삭제해버렸다는 것이다.

아버지는 죽기 직전에 금서의 시험쇄를 센에게 남겼다. 햇빛에
비춰보면 글자가 종이에 녹아들 만큼 연하게 찍어낸 훌륭한 인쇄
물이었다.

천애고아가 된 센은 아버지의 지기였던 난바야 기이치로, 그리
고 나가야 이웃들의 도움을 받으며 간신히 세책 일로 홀로서기를
할 수 있었다.

다만 부모를 앗아간 절판 소동은 지금도 센의 가슴에 불신의
불씨로 남아 연기를 피워 올리고 있다.

기이치로는 센에게 "원한으로 책을 팔지 말라"는 충고를 하기도 했지만 아버지의 통곡을 머리에서 지워내기란 애초에 힘든 일이었다. 거리를 걷다가 관리가 보이면 저도 모르게 노려보고 만다.

애초에 책 장사와 부교소는 물과 기름 사이. 처음부터 어울릴 수 없는 사이다.

다만 세상을 어지럽힌다고 처벌을 받으면서도 부교소와 원활하게 지내는 자들이 있다.

요시와라 유곽이다.

도쿠가와 이에야스가 에도성에 들어온 덴쇼 18년1590년 당시, 에도는 소금물과 뻘로 뒤덮인 한촌이었다. 막부는 성시를 발전시키려고 전국 각지에서 장인과 상인을 불러 모았고, 이 남자들을 상대할 많은 매춘업자들도 에도로 흘러들었다.

막부는 후키야초에 사방 2정의 땅을 지정하고 에도 땅 여기저기 흩어져 영업하던 유곽을 그 구역에 모아두었다. 그 뒤 아사쿠사 니혼즈쓰미로 이전시켜, 마침내 하룻밤에 1,000냥이 뿌려진다는 불야성의 유곽 요시와라로 번영하게 되었다.

오후가 돼서야 비가 그쳤다. 세책을 보자기에 싸고 있는데 얇은 벽 너머에서 오타네의 짜증난 목소리가 들렸다.

"이 영감태기야! 그 반백머리 곰보얼굴로 또 가쓰라야에 갔었냐? 뭘 헤실헤실 처웃어! 빌어먹을!"

오타네의 남편은 미장 일로 먹고산다. 세책점과 마찬가지로 비오는 날이면 일거리가 없다. 해서 오늘은 아침부터 술을 마시며 늘어서 자고 있는 모양이다. 더구나 히가시혼간지 근치에 임시 점포를 마련한 화제의 유곽에 마누라 몰래 동료들과 몰려갔던 듯하다.

요시와라의 화사한 미녀는 나가야 여인들이 혐오해 마지않는 적이지만 장사꾼에게는 요긴한 거래처다.

센은 여자여서 요시와라 대문 안으로 들어가 장사할 수는 없다. 하지만 히가시혼간지 문전 상가라면 아무 문제 없이 드나들 수 있다. 두 달쯤 전부터 '가쓰라야' 임시 점포를 상대로 세책 장사를 해왔다. 노보루가 채소를 납품하는 업소여서 우메바치야도 그 연줄로 출입하게 되었다.

아베카와초 옆 운하를 지나면 히가시혼간지가 나온다. 가쓰라야는 그 사찰의 문전 상가에 붉은 대나무 창살_{여러 유녀들을 안에 앉혀 두고 남자들을 유인하는 요시와라의 붉은 창살을} 설치했다.

요시와라에서는 중간쯤 가는 작은 업소였지만, 이렇게 아사쿠사 상가로 옮겨 놓으니 화려한 꽃처럼 눈길을 끈다.

"안녕하세요, 세책하는 우메바치야입니다."

말끔하게 닦인 마루턱에 구사조시와 니시키에를 죽 펼쳐 놓자 2층 대기실에서 쉬고 있던 여자들이 뭐라고 떠들면서 달려 내려왔다.

"오늘도 멋진 사내들 많이 데려왔수?"

유녀들이 좋아하는 물품은 요즘 한창 주가를 날리는 가부키 배우 니시키에다. 『사와무라 겐노스케의 아베노야스나澤村源之助の阿部保名 사와무라 겐노스케는 배우 이름. 아베노야스나는 이 배우가 연기한 극중 인물』『마쓰모토 고시로의 아와노주로베松本幸四郎の阿波十郎兵衛 마쓰모토 고시로는 배우 이름. 아와노주로베는 그 배우가 연기한 극중 인물』 등 미장부를 빠짐없이 챙겨 가면 좋아라 반겨준다.

센은 그림을 구경하는 여자들의 말을 받아주며 장부에 빌린 사람과 품명을 적어 넣었다. 그때 앳되게 생긴 한 유녀가 조심스레 그림 한 점을 내놓았다.

“미안해요, 우메바치야. 제가 빌렸던 그림이 찢어지고 말았어요.”

방바닥에 던져두었는데 누군가 밟고 지나간 모양이다.

“고치요 때문이야. 그 아이가 밟았다고!”

“제대로 정리해 두지 못한 하쓰네 잘못이잖아?”

센은 그렇게 아웅다웅하는 여자들을 바라보며 고개를 갸웃거렸다.

“고치요 씨는 지금 없나 봐요?”

장부를 확인해 보니 고치요라는 봉재 담당 아가씨에게 책을 한 권 돌려받기로 되어 있었다.

유녀들이 서로 얼굴을 모으고 뭐라고 소곤거렸다.

“없어.”

다마오라는 중년의 반토신조番頭新造 고급 유녀 ‘오이란’의 매니저 역할을 하는 여성가 책장을 넘기며 입을 열었다.

“튀었어.”

“네?”

고치요가 도망친 것은 단오날 아침이었다. 업소의 젊은 일꾼들과 수금원을 내보내서 추적하고 있지만 아직까지 잡지 못하고 있단다.

“무슨 일이 있었나요?”

“우리 주인이 이젠 너도 손님을 받으라고 지시했대.”

고치요는 부모가 빚을 남기고 병사하자 열두 살 때 봉재 담당으로 가쓰라야에 팔려왔다. 부모가 재단 일을 했기 때문인지 어린 나이치고는 바느질 솜씨가 좋았다고 한다.

하지만 업소가 불타서 임시 점포로 옮길 즈음, 주인 젠주로가 고치요에게 이제부터 너도 붉은 창살 안에 앉으라고 지시했다. 고치요의 빚이 계약기간 안에 갚을 수 없는 액수로 어느새 불어나 버렸다고 억지를 부리면서 말이다.

주인의 그런 횡포가 그대로 통한다면 모든 유녀가 평생 유곽에 갇혀 살아야 하리라.

고치요는 봉재 일밖에 모르는 얌전한 아가씨지만 이때만큼은 얼굴이 벌개져서 주인에게 대들다가 수하들에게 호되게 얻어맞았다고 한다.

거리에서 귀에 거슬리는 웃음소리가 들려왔다.

다마오는 들고 있던 책을 거칠게 닫고 밝은 대로로 시선을 돌리고는 가만히 혀를 찼다.

가쓰라야에 고용된 남자들이 업소 앞에서 왔다갔다 어슬렁거리고 있었다.

배두렁이에 작업복 바지, 까만 옷깃에 소매가 넓은 겉옷을 걸친 시타우마유카타 위에 겉옷을 입는 옷차림. 에도 시대에는 '거친 사내' 분위기를 풍기는 멋내기였다 옷차림. 화대를 지불하지 못한 손님을 끈질기게 따라다니며 수금하는 파락호들이다.

그들을 통솔하는 자가 수금원 도키치다.

"저렇게 진을 치고 있는데 어떻게 도망칠 수 있었던 거죠?"

"전갱이장수로 변장하고."

하쓰네가 토방 안쪽에 있는 주방을 가리켰다.

단오날, 며칠간 유곽에서 놀던 손님이 일찌감치 물러가자 업소는 잠시 휴식을 즐겼는데, 남자들이 아침 일찍 목욕탕에 가 있을 때 낯익은 전갱이장수가 왔다.

이때 고치요는 아마 결심을 굳히고 있었을 것이다.

방심한 전갱이장수를 장작으로 쳐서 기절시키고 옷을 벗겨냈다고 한다.

하쓰네가 빌린 니시키에를 고치요가 찢은 것도 아마 고치요가 자기 물건을 챙기려고 대기실로 돌아왔을 때였으리라.

고치요는 재빨리 자기 물건을 보자기에 싼 뒤, 어리둥절해서 붙드는 유녀들을 뿌리치고 마침내 가쓰라야에서 도망쳤다.

졸지에 봉변을 당한 전갱이장수는 도키치에게 사정없이 얻어맞았다.

고치요도 붙잡히면 손톱 뽑기 같은 끔찍한 처벌을 받을 것이 틀림없었다.

센은 장부를 살펴보았다.

단오 전에 고치요에게 빌려준 책은 시키테이 산바의『후타리카 부로쓰이노아다우치兩禿対仇討』사본이다.

산바 스스로 '삽화를 넣고 가나로만 쓴 요미혼読本 비슷한 고칸合 卷 '요미혼'은 에도 시대의 소설. '고칸'은 5매로 제작되는 구사조시를 여러 권 합쳐놓은 책'이라 고 평했던 것으로, 그때까지 구사조시는 삽화를 중심에 놓고 문 장을 곁들였다면, 이 책은 책장을 본문으로만 구성하는 중본형 요미혼이다에도 시대의 책 규격은 장르에 따라 달라, 주로 골계와 해학, 부녀자용 오락소설 등에 쓰이는 중본과, 격조 있고 지적인 소설에 쓰이는 '반지본[半紙本]'이 구분되었다. 삽화나 그 삽화에 관한 설명이 없더라도 7·5조 본문과 대화체에 의해 머릿속에서 조루리 무대를 보는 듯한 기분이 들어 고객들에게 인 기 있는 세책 가운데 하나였다.

고치요에게 빌려준 책은 센이 세책용으로 만든 사본이므로 책 으로서의 가치는 거의 없었다. 그러나……

"사정은 알겠어요. 하지만 연체료는 확실히 받아야겠네요."

센이 중얼거리자 배우 그림을 보던 하쓰네가 낯을 찡그리며 몸 을 뒤로 물렸다.

"듣던 대로 염라대왕답네!"

"염라대왕?"

"채소장수가 주방 할머니한테 그랬거든. 우메바치야는 책 반납

을 연체하면 도깨비 얼굴로 지옥 끝까지라도 쫓아갈 거라고. 나
는 귀신은 싫은데.”

이 근방에 주둥이가 연보다 가벼운 채소장수라면 필경 그자밖
에 없다.

“이놈을 그냥. 상투를 싹둑 잘라버릴 테다.”

센이 뿔난 얼굴을 하자 여자들은 그제야 깔깔대며 웃었다.

2

센소지 가미나리몬雷門을 지나 경내 상가에 무성하게 자란 커다란 나무의 그늘을 골라서 걸어가자 붉은 호조몬宝蔵門이 나타났다. 문 양쪽에서 노려보는 두 기의 인왕상에는 참배객들의 소원이 적힌 종이들이 가득 붙어 있었다.

센은 종이에 적힌 소원을 쳐다보며 걷다가 하마터면 모이를 쪼아 먹는 비둘기를 밟을 뻔했다. 센소지의 비둘기들은 사람의 소원을 부처님께 귀띔해주는 전갈꾼이라고 한다.

어머니가 떠났을 때, 아버지가 끝을 버렸을 때, 센은 매일처럼 이곳에 와서 비둘기에게 소원을 전했다. 하지만 세 식구가 함께하는 행복한 시간은 돌아오지 않았고 어린 센의 소원은 이루어지지 않았다.

센이 소원을 맡긴 비둘기가 너무 요령이 없어서 아직도 부처님 앞에 선 채로 차례를 기다리고 있는지도 모른다.

센은 비둘기를 피하며 가미나리몬으로 돌아가려고 했다. 그때였다. 어디선가 서슬 퍼런 고함소리와 비명이 들렸다.

헤이나이도平内堂 옆에서 데다이로 보이는 남자가 가쓰라야의 도키치 일당에게 둘러싸여 몰매를 맞고 있었다. 화대를 내지 못한 사람이 수금원을 따돌리고 도망치려다가 붙잡힌 모양이다.

도키치는 옆에 떨어져 있던 몽둥이를 집어 들고 남자의 아랫배를 마구 때리면서도 날카로운 눈초리로 주위를 빈틈없이 살피고 있었다. 남자는 핏덩어리를 토하며 쓰러졌다. 도키치의 수하 두 명이 도망치려는 남자의 멱살을 쥐고 일으켜 세웠다.

도키치가 피를 흘리는 남자의 입을 몽둥이로 툭툭 치면서 무표정한 얼굴로 윽박질렀다. 마침내 남자가 눈알이 뒤집히며 혼절하자 두 수하가 남자의 옷을 벗긴 뒤 양쪽에서 붙들고 어디론가 끌고갔다.

센은 석등롱 뒤에 몸을 기대고 귀를 세웠다.

도키치 입에서 어느 가도의 이름이 흘러나왔다. 수하들을 그 가도 쪽으로 보내 에도에서 도망치는 고치요를 붙잡을 심산인 것이다.

수하가 망설이는 투로 입을 열었다.

"형님, 도대체 어디를 어떻게 알아봐야 할지 모르겠네요."

사람들로 넘쳐나는 에도에서 여자 하나 찾는 일은 애초에 무리라는 투덜거림이다.

가쓰라야 젠주로는 본래 조슈^{지금의 군마 현}에서 작은 노름판을 운영하던 야쿠자였다. 이 수하들도 젠주로를 통해 흘러든 타관 사람들이다. 지리에 어두운 에도에서 고치요를 찾으라고 하니 엄두가 나지 않는 것이다.

도키치는 피 묻은 몽둥이로 수하의 목을 쿡 찔렀다.

"가쓰라야 규칙에 따르지 않으면 처벌이 있을 뿐이다."

도키치의 지시를 받은 수하들이 사찰 밖으로 뛰어나갔다.

‘무지막지한 놈들이네. 어떻게든 저놈들보다 먼저 고치요를 찾아내야 하는데…….’

다마오의 이야기에 따르면 고치요는 천애고아여서 에도에 의지할 사람이 없다고 한다.

일터에서 도망친 여자가 흘러갈 곳이야 결국 유곽이 뻔하다. 그렇다면 유곽에서 도망친 여자가 흘러갈 곳은 어디일까. 볕 구경하기도 힘든 뒷골목에 숨죽이고 틀어박혀 있다면 찾아내기는 힘들다.

“이봐, 거기! 썩 이리 나와!”

혼자 남은 도키치가 센에게 소리를 질렀다. 책궤가 석등롱 밖으로 삐져나와 있었나 보다. 도키치는 보자기에 그려진 동그란 매화 옥호를 보고 입가를 끌어올렸다.

“당신도 고치요를 찾는 모양인데, 세책업자가 낄 일이 아니니까 썩 꺼져.”

“그건 곤란한데. 그 아이에게 책을 빌려주었으니까.”

그러자 도키치가 빙긋이 웃었다.

“그럼 같은 처지군. 우리한테 협조하지 그래?”

센은 돌멩이에 발이 걸려 도망칠 기회를 잃었다.

“그년을 당장 잡아오라고 주인이 난리야. 우리를 도와두면 우리 업소 단골들을 연결시켜줄 수도 있어.”

“……가쓰라야 씨가 고치요한테 꽤 공을 들이는군.”

점원이 도망치면 당연히 잡아들여야겠지만 바느질하는 아이

하나 때문에 수하들을 멀리 역참마을까지 출장 보낸다는 것은 심
상치 않다.

"혹시 고치요가 가쓰라야 씨와 정을 통하기라도 했나?"

그런 어린 애가? 하며 도키치가 웃었다.

"유녀는 사람도 아니고 여자도 아냐. 그냥 사고파는 물건이지."

도키치가 센과의 거리를 좁혔다. 센이 뒤로 물러서자 마침 마
주선 두 사람 사이로 비둘기 한 마리가 날아와 앉았다. 동그란 눈
을 반짝이며 구구구구, 하고 목을 울린다.

그러자 도키치가 비둘기를 냅다 손바닥으로 짓누르더니 품에
서 비수를 꺼내 비둘기와 함께 땅바닥에 꽂아버렸다.

"가쓰라야와 척지지 마라. 이렇게 되고 싶지 않으면."

칼날이 휙 비틀리자 비둘기 목이 떨어져나갔다.

3

고치요가 자취를 감추고 열흘 남짓 지났다. 우에노 숲의 녹음도 한층 짙어졌고 낮잠을 자면 땀에 젖는다.

오늘은 아침부터 쾌청해서 오오카와 강물을 동풍이 살살 쓰다듬고 있었다. 늘 바쁘게 움직이는 조키 배猪牙船 이물이 뾰족하고 선체가 길쭉하고 지붕이 없어 속력을 내는 데 유리한 작은 배. '운하의 도시' 에도의 기본 운송 수단이었다 뱃꾼도 노를 천천히 움직이고 있다. 료고쿠바시 다리 근처에서는 폭죽 장인이 가와비라키여름을 앞두고 물놀이의 시작을 기념하는 행사로, 강물에 비치는 불꽃놀이로 인기가 많다를 위해 사전 조사를 하고 있었다.

센은 세책 일을 하는 틈틈이 고치요의 행방을 추적하는 중이다.

상가에 있는 재봉소를 찾아다니며 고치요를 고용하지 않았는지 알아보았다. 바느질로 먹고살 수 있을 만큼 솜씨가 좋으니 어디서 부업거리를 받아다가 하고 있을지도 모른다.

하지만 재봉소에 고용된 이들은 모두 신원이 분명한 여자들이었다. 유곽에서 도망쳐 쫓기는 사람이 거리를 함부로 돌아다니기는 어렵다.

일자리 소개업자도 찾아가 보았지만 고용계약을 하는 철이 아니어서 최근 하녀 자리를 알선한 일이 없다고 했다.

서로는 소토보리에도 성을 겹겹이 둘러싼 수로들 가운데 가장 바깥에 있던 수로, 동으로는 료고쿠바시, 남으로는 핫초보리, 북으로는 간다가와까지 어지간한 가게들을 거의 다 살펴보았지만, 막상 센이 찾아가 보면 이미 도키치 일행이 다녀간 뒤였다. 일자리 소개업자는 센에게 무슨 중대한 범죄사건이라도 일어난 거냐고 호기심 가득한 얼굴로 묻기도 했다.

'놈들과 똑같이 움직여서는 승산이 없겠다.'

생각 끝에 걸음을 더 멀리 옮겨서 무코지마 근방을 찾아보기로 했다.

그러고는 고우메무라의 쓸쓸한 간이 찻집에 들러 여자 점원들을 일일이 붙잡고 물어보았지만 이렇다 할 성과가 없었다.

히키후네가와 둑방에 올려져 있는 망가진 뗏목을 들여다보던 중에 한창 방사를 치루던 남녀와 맞닥뜨리기도 했다.

아무런 단서도 없이 수색해봤자 책 속에 숨은 좀을 잡아내기보다 어렵다.

그날도 지칠 대로 지쳐 귀로에 올랐는데 관리인 주에몬이 지키는 방물가게 앞에 눈에 익은 여자가 서 있었다. 가쓰라야의 다마오였다.

가게 앞 툇마루에 늘어놓은 나팔꽃 화분에서 가는 줄기가 맥없이 뻗어 올라가 바람에 흔들리고 있었다. 다마오가 하얀 손끝으로 그 줄기를 잡고 가게의 격자판에 걸어주다가 센을 알아차리고 눈웃음을 지었다.

"이 동네는 요시와라와 달리 길이 엉뚱한 쪽으로 휘어 있네. 찾아오느라 힘들데."

산더미처럼 쌓인 책이 점령한 방 안으로 들어온 다마오는 신기한 듯이 책을 둘러보았다. 센이 담배합을 내밀자 고개를 젓고 입가에 웃음을 물었다.

"들었어. 도키치랑 경쟁 중이라고? 그놈, 썩은 내 폴폴 풍기지? 머릿속만이 아니라 뱃속까지 푹 썩었어."

"저한테 무슨 볼일이세요?"

설마 책 빌리러 오지는 않았을 테고.

"내가 대신 새 책을 사줄까 해서. 당신이 고치요를 찾는 목적은 세책을 돌려받으려는 거 아냐?"

고치요에 대한 책임은 반토신조인 자기가 져야 마땅하니 이제 그만 잊으라고, 분별 있는 척하는 얼굴로 말했다.

"다마오 씨, 뭐 숨기는 거 있죠?"

"무슨 소리야? 그보다 당신, 도키치 일당이 감시하는 거 알아?"

"네?"

"도키치 같은 놈들한테 맞서다간 당신만 다쳐. 이쯤에서 가쓰라야 일에서 손 떼는 게 좋아."

센이 고치요를 찾아 여기저기 알아보는 동안 일정한 거리를 두고 따라오는 발소리는 느끼고 있었다. 평소 부교소의 감시를 받는 세책업자인 만큼 크게 개의치 않고 넘겼지만, 가쓰라야의 수하들이었던 모양이다.

"사실 저 혼자서 감당할 일은 아닌 것 같다고 생각하긴 했어요. 어쩔 수 없지. 이렇게 된 이상 도키치와 손을 잡는 수밖에."

"제정신이야?"

"고치요가 책을 가져가버렸잖아요."

한 유녀와 인연을 맺은 손님은 다른 유녀와 놀면 안 된다는 요시와라의 규칙이 있다는데, 고치요에게 빌려준 책도 센에게는 다른 책으로 대체할 수 없는 책이다.

센은 다마오가 어떻게 나오는지 살펴보았다. 다마오의 튀어나온 광대뼈가 희미하게 흔들린다. 체념했는지 긴 한숨을 토했다.

"지난 겨울 일어난 스미초의 화재…… 그거 고치요 짓이었어."

다마오의 입에서 엄청난 비밀이 튀어나왔다.

"요시와라에서 도망치려고?"

"아니, 주인이 시켜서."

주인 젠주로가 고치요에게 네가 불만 제대로 질러주면 쌓인 빚을 모두 탕감하고 풀어주겠다고 제안했다.

본래 요시와라에서는 유녀가 저지른 방화 사건이 많다. 유곽을 활활 태우는 불길은 고통 속에 사는 여인의 원한과 정념이 분출되었다고 할 수 있다.

그런데 화재로 득을 보는 사람은 유녀만이 아니다.

업소가 불에 타면 요시와라 외부에 임시 점포를 차려도 허용되고 그동안은 영업세를 바치지 않아도 된다는 사실은 센도 알고 있었다.

“가쓰라야의 금고가 화재로 텅 비기는커녕 오히려 가득해졌다
는 말인가.”

부교소의 요시와라 출장소에 앉아 있다가 화재 직후에 달려온
관리는 스미초의 유녀나 업소 주인의 소행으로 의심했다. 얼마
전에도 침실에 불을 질러 놓고 오하구로도부_{유곽촌 요시와라를 빙 두른 도}
_{주 방지용 도랑. 요시와라의 출입구는 한 곳밖에 없어서 도망치는 사람은 도랑을 건너야 했다}에
서 붙잡힌 여자가 있었기 때문이다.

하지만 불이 일어난 시각에 가쓰라야의 유녀들은 붉은 창살 안
에 앉아 있었으므로 방화 시도는 무리였다. 주인 젠주로도 모임
이 있어서 외부에 나가 있었다. 도키치를 비롯한 업소 점원들은
화대를 내지 않은 손님을 대문 밖에서 때리고 있었다. 고치요도
식모와 화덕 앞에 앉아 있는 모습을 그곳에 출입하던 세탁부가
목격했다고 한다.

불에 탄 다른 업소도 조사했지만 수상한 자가 없어서 이번 화
재는 부주의에 의한 실화로 처리되었던 것이다.

“어떻게 관리의 의심도 사지 않고 불을 지를 수 있었죠?”

“도키치가 가르쳤지.”

도키치는 풍향과 관리의 순찰 경로를 고려하여 작은 불부터 큰
화재까지 뜻대로 만들 수 있었고, 자기 패가 의심받지 않도록 상
황을 만들어두는 데도 철저함을 기했다. 그런 실력이 있었기에
젠주로의 신임을 받는 것이다.

“하지만 고치요는 주인의 말을 너무 믿었어.”

마침내 주인은 방화범이라는 약점을 들이밀며 손님과 동침하라는 지시를 내렸다.

"처음부터 고치요에게 손님을 받게 할 작정이었던 건가요?"

"주인으로서야 일석이조라는 심보였겠지."

도키치가 아니라 고치요에게 불을 지르게 시킨 이유는 빚보다 더 강한 약점을 잡기 위해서였다.

"그 아이는 밤마다 화형당하는 꿈을 꾼다고 겁에 질려 있었어."

센은 할 말을 잃었다.

가쓰라야가 집요하게 고치요를 추적하는 이유는 도망친 점원을 되찾기 위함만은 아니었다.

방화의 진상이 폭로되면 가쓰라야 젠주로는 화형에 처해질 것이 확실하다. 그리 되기 전에 고치요의 숨통을 끊어놓으라고 도키치에게 명령했는지도 모른다.

"오센. 부탁이야. 고치요를 그냥 놔둬."

"……."

센은 마음이 흔들렸다.

다마오가 방을 나간 뒤에도 한동안 생각에 잠겨 있었지만, 책을 포기하자는 마음은 들지 않았다. 고치요에게 빌려준 『후타리카부로쓰이노아다우치』에 있는 비밀은 다른 무엇으로도 대체할 수 없기 때문이다.

어떻게든 고치요를 도망치게 하고 책도 되찾을 방법은 없을까.

땀에 젖어 등에 들러붙은 내의의 찜찜함을 참아내며 센은 목욕탕으로 갔다.

해질 무렵의 부드러운 바람이 센의 몸을 흡족하게 식혀주었다.

이제 가쓰라야의 다카하리 등롱에 불이 켜질 시각이다. 바람을 타고 샤미센 소리가 희미하게 들려오는 것 같았다.

유녀가 붉은 창살 안에 죽 늘어앉았음을 고하는 스가가키_{샤미센의 첫째 줄과 둘째 줄을 동시에 타는 것}는 이제부터 영업이 끝날 때까지 모든 것이 사탕발림이라는 경고의 음색이다.

다마오처럼 계약 기간이 끝날 때까지 일할 수 있는 유녀는 드물다. 손님이 거금을 들여 기적에서 빼내주는 이야기는 꿈 중의 꿈이다. 창독을 앓다 죽거나 병든 몸으로 고향으로 돌려보내지거나 둘 중 하나다.

유녀들이 사는 세상은 위태롭고 슬프다.

아사쿠사의 석양이 물든 하늘에 비둘기떼가 소용돌이를 그리며 날아오른다. 사람들의 소원을 전해들은 비둘기는 순순히 부처님 곁으로 날아갈 생각이 없는 듯하다.

부모의 빚을 떠안고 유일한 도피 수단이 방화밖에 없었던 여인의 고뇌를 생각하며 센은 깊은 한숨을 지었다.

4

부지런히 저녁을 지어먹은 뒤 센은 책 더미에서 한 권을 꺼내 들었다.

에도바시 욧카이치의 이시와타 헤이하치 서점에서 출판한 시키테 산바의 『우키요부로 전편浮世風呂 前編』의 초판본이다.

갈색 표지에는 대중탕의 널빤지를 모방한 무늬가 있고 제목이나 부제를 전단지나 장지문으로 표현했으며 꼬마의 낙서와 발자국까지 그려져 있다. 덕분에 독자는 표지를 넘기면 마치 징두리 장지를 열고 대중탕 안으로 들어선 듯한 즐거움을 맛볼 수 있다.

그러나 출판 직후 니혼바시 일대를 엄습한 대화재로 이시와타 서점이 불타서 판목도 재가 되고 말았다. 그래서 전편 초판본은 좀처럼 구경하기 힘든 희귀본이 되었다.

에도에서 화재를 알리는 비상종이 난타될 때 서점 주인이 제일 먼저 들고 대피해야 하는 물건은 책이나 니시키에의 원본이 되는 판목이다. 그러므로 서점 주인은 귀한 판목을 머리맡에 두고 불이 나면 처자식보다 먼저 그것들을 안고 피했던 것이다.

판목이 소실되어도 '야케한焼板'이라고 해서 소유권은 유지된다. 나아가 시중에 나도는 책을 근거로 판목을 다시 파는 '카부세보리被せ彫り'라는 방법도 있지만, 초판의 신선함에는 물론 미치지 못한다.

화재는 판목뿐 아니라 사람들의 생활을 전부 앗아간다. 화재와 싸움은 에도의 꽃이라고 너스레를 떨지만 에도 토박이들의 허세일 뿐이다. 잿더미 위에 우두커니 서본 적이 있는 사람이라면 그 절망과 잿빛으로 물든 동네 풍경은 죽을 때까지 눈 속에 각인되어 있게 마련이다.

감언이설에 넘어갔다고 해도 방화를 실행한 고치요의 죄는 무겁다고 센은 생각했다. 동시에 천애고아의 몸으로 타락하지 않으려 발버둥치고, 포기하지 않고 도망을 꾀한 고치요가 대단하다고 느끼기도 했다.

손맡을 희미하게 물들이던 석양은 어느새 사라졌다. 등롱에 불을 넣으려고 책을 덮을 때 누군가 징두리장지를 두드렸다. 문밖에 노보루가 땀내 풍기며 서 있었다. 센은 재빨리 대로변 상가로 이어지는 골목을 살펴보았다. 철쭉 산울타리 너머에서 누군가 이쪽을 보고 있는 듯한 기분이 들었다.

“이거, 너희 세책 맞지?”

노보루가 내민 책은 『후타리카부로쓰이노아다우치』의 사본이었다. 간기 옆에 우메바치야 묵인이 찍혀 있었다. 고치요에게 빌려준 책이 틀림없다.

“내내 찾던 건데! 이걸 왜 노보루가?”

노보루는 평소 아사쿠사 지역에서 영업하는 채소 행상이지만 매출이 좋지 않은 날은 더 멀리까지 나가기도 한다. 오늘도 아사쿠사로 돌아오기 전에 한 군데만 더 돌아보자는 생각으로 허름한 뒷골목에 들어섰는데, 옷차림이 떠돌이처럼 보이는 한 여자가 말을 걸었다고 한다.

"소매로 얼굴을 가리기는 했지만 가쓰라야에서 도망친 재봉 담당 아가씨가 분명했어."

"확실해?"

"응. 옷차림은 많이 추레해졌지만. 아, 여길 봐. 여기 꿰맨 자리."

노보루는 새로 바느질한 옷소매를 쳐들어 보여주었다.

"여기 헤진 자리를 꿰매 주었거든. 그러니 잘못 보았을 리가 없지."

센은 돌려받은 사본을 살펴보았다. 조금 구겨져 있지만 파손이나 결손은 없었다.

"언제 받은 거야?"

"바로 조금 전이야. 이 책을 우메바치야에 전해달라고 했어. 그 아가씨, 업소에서 쫓겨난 거겠지?"

"그런 모양이야."

"정말 약속을 잘 지키는 아가씨네."

사정을 모르는 노보루가 태평하게 말했다.

"그런데 나는 염라대왕처럼 그악스런 세책업자거든. 책을 연체했으니 연체료를 받아야지. 그게 어디인지 자세히 가르쳐 줘."

센은 종이와 붓을 가지러 방으로 돌아갔다.

등롱에 불을 넣고 돌아오니 이미 노보루의 콧잔등에 달빛이 떨어지고 있었다. 노보루가 그린 지도에는 그다지 익숙지 못한 동네가 그려져 있었다.

"정말 고마워."

"그럼 뽀뽀 한 번만."

"그거 갖고 되겠어? 더 근사한 걸 줄게."

센은 노보루의 얄팍한 가슴팍을 향해 손을 뻗었다. 노보루의 몸은 보기보다 두툼했고 손가락 끝에 닿는 살갗은 땀으로 촉촉이 젖어 있었다.

서로의 숨결은 또렷하게 귀에 닿는데 표정을 읽기에는 오늘밤의 달빛이 너무 약하다고 센은 생각했다.

멜대를 메고 나가는 노보루를 배웅한 뒤 센도 얼른 등롱을 들고 집을 나섰다. 어둠에 덮인 거리 저쪽에서 자갈 차는 발소리가 들렸다. 거나하게 취한 주민들이 슬슬 귀가할 시간이다.

오쿠라마에 거리로 나선 센은 센소지 쪽으로 걸었다. 멀리 등롱 불빛이 희미하게 보이지만 인영은 어둠에 녹아 남자인지 여자인지 알 수 없었다.

나루터 근처 고마가타도駒形堂 주변도 어둠에 고요히 잠겨 있었다. 대로변 상가의 처마에 매달린 등롱이 반딧불처럼 떠 있을 뿐이다. 네거리에서는 야간 소바 장수가 손님을 기다리고 있었다. 간장 냄새에 반응하는 침을 꼴깍 삼키고 그냥 지나쳤다.

입이 심심해서 노래를 흥얼거리는데 등 뒤로 가득한 어둠 속에서 혀를 차는 듯한 소리가 들렸다. 걸음을 멈추고 돌아보았지만 등롱 불빛은 센의 발치만 비출 뿐이다.

오오카와바시 다리에 당도하자 다시 지도를 확인하고 다리를 건넜다. 오오카와에서 흘러드는 겐모리가와로 접어들었을 때는 나가야를 나선 지 1각 가까이나 지나 있었다.

나카노고 가와라초의 한 골목으로 들어서자 강물 소리가 그치고 만취한 듯한 웃음소리와 여자의 새된 목소리가 들려온다. 이 근방은 무가저택과 사원이 많다. 낮에는 아무 소음도 없이 긴장감이 흐르는 곳인데 이렇게 밤에 찾아와 보니 요염한 향기를 풍기는 동네였다.

잠시 골목을 들락날락거리며 혼조 마쓰쿠라초 근방까지 갔다가 예전에 보았던 나가야에 들어가 보았다. 골목은 한산했다. 센타로 나가야처럼 화분이 나란히 놓여 있는 것도 아니고 도랑에 질척한 구정물이 고여 있어 배수가 나빠 보였다. 집세만 내면 아무나 받아주는 이런 뒷골목 나가야는 에도 도처에 있었다.

불빛이 새어나오는 방은 딱 한 곳뿐. 그 불빛이 미치는 자리에서 걸음을 멈추었다.

“안녕하세요, 우메바치야예요”라고 인사하며 장지로 손을 뻗을 때였다.

“고치요가 거기 있군!”

센이 등롱을 쳐들며 돌아다보니 가쓰라야의 젊은 남자들이 좁은 골목 안으로 달려오고 있었다. 맨 앞에서 씩 웃는 자는 도키치였다.

"뒤를 밟았나."

"네 집을 죽 지켜보고 있었지. 그 채소장수, 우리 가게에 납품하는 놈이거든. 둘이 재미난 짓을 구경시켜 주더군."

남자들이 와락 웃었다. 불빛이 새어나오는 방에서 소란한 소리를 들은 주인이 얼굴을 내밀었지만 도키치 일당을 보는 순간 얼굴이 굳어버렸다.

"네가 할 일은 끝났어."

도키치가 지시하자 젊은 사내들이 센을 밀쳐내고 장지를 거칠게 걷어차서 넘어뜨렸다. 문틀을 부수며 토방으로 들어간 사내들은 등롱을 휘휘 흔들며 집 안을 살펴보고는 바로 뛰어나왔다.

"도키치 형님, 고치요가 없는데요?"

그곳은 빈집처럼 텅 비어 있어서 살림의 냄새가 거의 나지 않았다. 도키치가 혀를 차고 벽을 걷어찼다.

"튀었구나. 아직 멀리 가지 못했을 거다."

채소장수가 고치요에게 책을 받은 것이 오늘 해 질 녘이다. 여자 걸음으로는 멀리 가지 못했다──. 도키치는 잇달아 지시를 내렸다.

마치의 기도를 닫는 종소리가 울렸다. 도키치가 남자들을 이끌고 나가야를 뛰어나갔다. 마침 지나가던 취한이 사내들 서슬에 벌렁 자빠져 욕설을 뱉었다.

다급한 발소리가 멀어지자 사찰 앞 상가에 다시 정적이 찾아오고 멀리서 기도지기가 치는 딱따기 소리만 들려왔다.

'오싹해라. 저런 무시무시한 놈들과 밤 산책을 한 거야?'

센은 눈썹을 쳐들며 안도의 한숨을 지었다.

구름이 얇아지면서 어느새 모습을 드러낸 달이 골목을 밝게 비추기 시작했다. 얇은 구름은 그 밝기에 기겁해 달 뒤로 숨은 것처럼 보인다. 그곳에 별 하나가 반짝였다. 비가 내릴 징조다.

바람도 없는데 등롱 불빛이 문득 꺼졌다. 부싯돌을 가져오지 않았다. 기도지기에게 가서 불을 빌려야 한다.

5

"그런 푼돈으로 다카나와 반타로다카나와는 에도 동남쪽에 있던 역촌. '반타로'는 역촌 초소에서 통행인을 감시하는 자를 친근하게 이르는 말를 구워삶으라고?"

도키치에게 미행을 당한 밤으로부터 꼭 사흘이 지난 오후, 노보루가 센타로 나가야로 돌아왔다.

어제까지 쉴 새 없이 내리던 비는 동틀 즈음에야 그치고 비갠 동네에는 풍성한 흙내가 가득했다.

"내 돈 헐어서 다녀왔다. 고마운 줄이나 알아!"

노보루는 지저분한 보자기와 삿갓을 벗더니 물독의 국자를 잡고 물을 얼굴에 끼얹듯이 연거푸 마셨다. 잠시 성질을 부리며 소리를 질렀지만, 센이 물통의 물을 퍼서 꼼꼼하게 발을 씻어주고 스시를 사두었다고 말하자 그제야 노여움이 사그라졌다.

"그래, 고치요를 어디까지 바래다준 거야?"

"도즈카도즈카는 유명한 역촌으로 현재의 요코하마에 속한 땅 바로 앞에서 헤어졌어."

고치요의 외가 쪽 친척이 도즈카의 가미가타 초소역촌의 양쪽 길목, 즉 에도 쪽과 가미가타—오사카 및 교토—쪽에 초소를 두었다근처에서 여관을 하고 있다고 한다.

"조금만 더 갔으면 아타미인데. 느긋하게 온천이라도 하고 오지 그랬어."

"통행증도 신분증명서도 없는데 하코네 관문을 어떻게 넘으라고. 부부인 척하며 걸어가는 것도 조마조마했구만."

의심을 사서 초소에 붙들려 조사라도 당했다면 두 사람 모두 오라를 져야 했으리라.

"이런 종이쪼가리 한 장으로 사람을 사지로 내몰다니."

노보루는 품에서 꼬깃꼬깃해진 종이쪽지를 꺼냈다. 거기에는 고치요가 가쓰라야 젠주로의 함정에 빠져 자칫 화형에 처해질 수도 있게 되었으니, 센타로 나가야를 감시하는 자들을 센이 멀리 유인하는 동안 고치요를 데리고 에도에서 멀리 떠나달라는 부탁이 갈겨쓴 필체로 적혀 있었다.

센은 가쓰라야 남자들에게 감시를 당하고 있었다. 그래서 노보루가 고치요를 만나고 왔다는 말을 하자 이 상황을 역으로 이용하자는 생각이 떠올랐다.

종이와 붓을 가지러 방으로 들어갔을 때 지금의 상황을 쪽지에 쓰고, 있는 돈을 탈탈 털어서 감시하는 자들이 눈치 채지 못하도록 노보루의 품속에 찔러 넣었다.

그 뒤 남자들을 유인하여 고치요가 숨어 있는 장소와 정반대 방향에 있는 그럴 듯한 뒷골목 나가야를 향해 천천히 걸어갔던 것이다.

한편 고치요는 노보루의 설득으로 에도를 뜰 결심을 했다고 한다. 노보루와 고치요가 모두 납득하지 않으면 실현될 수 없는 아슬아슬한 계획이었다.

“너도 제정신은 아냐. 책도 돌려받았으니 모른 척 넘어가면 그만이었는데.”

“고치요가 목숨 걸고 내 귀한 책을 돌려주었잖아.”

게다가 도키치의 울상을 보고 싶었고.

“자고로 책과 인연 맺어서 좋은 일이 없다고 하더니.”

“너라면 반드시 해낼 줄 알았어.”

“그럼 이번에는 진짜 뽀뽀를⋯⋯.”

노보루는 센에게 무릎걸음으로 다가왔다.

“이걸로 퉁치자.”

센은 노보루의 입안에 사자즈시네모나게 누른 초밥과 네타를 얼룩조릿대 잎으로 싼 스시를 쑥 밀어 넣었다. 노보루는 눈알을 희뜩거리며 천천히 얼룩조릿대 잎을 입에서 끄집어냈다.

“⋯⋯이거 먹고 나서 또 이상한 부탁을 내미는 건 아니겠지?”

이틀 뒤 해 질 녘, 센은 가쓰라야 젠주로와 도키치를 길에서 딱 마주쳤다. 도리아부라초 난바야에 들렀다 돌아가는 길에 요코야마초 폭죽가게 앞에서 주인이 나오기를 기다리는 도키치를 발견한 것이다.

오오카와 가와비라키가 임박했다. 수많은 놀잇배가 강을 메우고 료코쿠바시 위에는 불꽃놀이를 보려는 인파가 몰려들 것이다. 특히 부호 상인들이 거금을 쏟아 넣는 형형색색 신기한 불꽃놀이는 해가 더해갈수록 화려함을 더하여 축제 분위기를 달아오르게 한다.

가쓰라야 젠주로도 불꽃놀이를 주문하러 들른 듯했다. 이윽고 각진 턱을 가진 오십대 남자가 상투적인 웃음을 지으며 폭죽가게에서 나왔다.

센을 알아본 도키치가 무섭게 노려보았다. 젠주로도 인상을 구기고 다가왔다.

“오호, 이런 우연이 있나. 우메센 씨. 우리 고치요가 많은 폐를 끼쳤다면서?”

유곽 주인의 웃음이 커질수록 도키치의 안색이 사나워졌다. 센의 활약으로 고치요가 에도를 무사히 빠져나갔다는 사실을 주인이 알아챈 모양이다.

“이, 이년은 요시와라의 법도를 어지럽힌 년입니다!”

도키치가 흥분해서 소리치자 젠주로가 차가운 눈초리로 나무랐다.

“가쓰라야의 법도는 딱 하나야. 뭐든 나를 감복시키는 수완을 보이라는 거다.”

덥지도 않은데 도키치의 얼굴에서 굵은 땀방울이 뚝뚝 떨어져 말끔하게 청소된 가게 앞 길바닥을 물들였다.

“우메센 씨, 고치요한테 무슨 귀띔을 받았는지는 모르겠으나 앞으로는 피차 영역을 지키며 장사에 힘써야 하지 않겠소?”

“저는 늘 불조심에 게으름 피우지 않고 열심히 일하고 있는데요.”

젠주로는 잠시 센을 응시하다가 이윽고 은밀한 미소를 지었다.

"그대의 배짱과 상판때기도 나쁘지는 않군. 다만 예의범절을 통 못 배워서 우리 가게에는 못 쓰겠어."

젠주로가 떠나자 센의 이마에서 끈적거리던 땀이 흘러내렸다. 가게 안에서 기미를 살피던 데다이나 폭죽 장인들도 가슴을 쓸어내리고 있었다.

그 뒤 센은 젠주로 무리와 마주치지 않도록 센소지 뒤쪽 오쿠야마로 걸음을 옮겼다.

도키치가 창백한 얼굴로 노려보던 모습이 내내 마음에 걸렸지만, 가부키 배우들이 단체로 춤추는 구로즈리에黑摺絵 검은색 단색으로 찍어낸 우키요에를 노점에서 발견하고 넋 놓고 구경하는 동안 도키치 생각은 머리에서 깨끗이 사라지고 말았다.

시간을 보내던 센은 슬슬 집으로 향했다.

그때, 붉은색으로 물든 구름을 향해 갑자기 센소지의 비둘기 떼가 일제히 날아올랐다.

센은 뛰는 가슴을 누르며 잰걸음으로 가미나리몬을 통과했다.

"비상종이다아!"

어디선가 고함소리가 들렸다. 찻집에서 거리로 뛰어나온 손님들이 목을 길게 빼고 사방을 살펴보았다.

'화재다!'

숨 가쁘게 울려대는 비상종 소리는 화재가 가까이에서 일어났음을 고하고 있었다.

“구라마에 쪽 하늘이 시커매!”

“아냐, 더 멀리 간다가와 쪽이야! 큰일 났네! 바람이 이쪽으로 불어!”

가슴이 마구 방망이질을 했다. 센은 우왕좌왕 도망치는 인파를 거스르며 덴노바시 다리 밑의 파수막으로 향했다. 파수막 지붕 위에서 비상종이 사납게 울린다.

파수막 앞에 모인 소방대원들은 긴장한 얼굴로 불길이 치솟는 하늘을 올려다보고 있었다. 가죽 겉옷을 걸친 소방대장이 핫피무가의 머슴이나 직공이 입는 겉옷를 입은 대원들에게 지시를 내렸다.

“잘 들어! 현장에 제일 먼저 깃발을 세우는 것은 우리 ‘토 조’다! ‘호 조’에 뒤처지면 안 된다에도의 소방대원은 60개 이상의 조로 편성되어 저마다 다른 깃발을 가지고 서로 실적을 경쟁하였다!”

함성이 터졌다. 깃발수를 선두로 소방대원들이 현장을 향해 질주했다. 방향은 후쿠이초였다.

소방대원들과는 반대로 이쪽으로 우왕좌왕 도망쳐오는 인파 속에서 센은 도키치처럼 생긴 남자를 본 것 같았다.

‘저놈, 실실 웃고 있어!’

센은 책궤 띠를 꽉 잡았다. 나가야가 철거되기 전에 책을 한 권이라도 더 대피시키는 것이 우선이다불이 옮겨 붙을 만한 건물들을 미리 철거하여 확산을 저지하는 화재 진압 방식을 썼다.

센의 방 다다미 밑에는 작은 비밀 창고가 있었다. 오타네의 남편에게 부탁해서 벽을 말끔하게 미장한 덕분에 4년 전 시바의 대화재 때는 장서의 절반을 건질 수 있었다.

하늘로 빨려 올라가는 연기가 에도 성 쪽으로 흐르기 시작했다. 소방대원들은 바람 부는 쪽으로 달려가 건물을 헐고 있는 듯했다.

나가야 근처에 도착해 보니 대로변 상점은 문이 다 떨어져나가고 파는 물건들이 어지럽게 흩어진 모습이다. 걸상에 나란히 두었던 나팔꽃 화분도 무참하게 짓이겨져 있다. 뱅뱅 휘감으며 자란 덩굴이 조각조각 끊어져 가게 앞 격자에 감겨 있었다.

"오센! 여기야!"

여자의 고함소리에 걸음을 멈췄다.

센타로 나가야로 들어가는 길가에 오타네가 세 아이를 안은 채 바닥에 엎드려 있었다. 손으로 발목을 누르며 낯을 찡그리고 있다. 어린 아이들을 안고 대피하려고 뛰다가 발목을 다친 모양이다. 막내가 아버지를 부르며 울었다.

"그이는 거래하는 도조 창고로 달려가 틈을 메우고 있어_{화재로부터 창고 속 물건을 지키기 위해 문, 창, 빈틈, 각종 철물 등에 진흙을 개어 바르는 작업.}"

오타네는 배짱이 두둑한 여인이다. 처자식 걱정에 망설였을 남편을 걷어차서 거래처 저택으로 달려가게 했음이 틀림없다.

"일어설 수 있겠어요? 히로코지_{화재 확산을 차단하기 위해 시내에 마련한 폭넓은 대로}까지만 가면 돼요!"

센은 어금니를 물며 책궤를 내린 다음 보자기를 풀고 한 권만 빼내어 품에 넣었다. 가벼워진 등에 차남을 업고 막내를 가슴에

안았다. 맏이가 앞쪽 기도반을 가리키며 "불이 붙었어!"라고 외쳤
다.

조리를 벗어 던지고 벌떡 일어선 센이 묵직한 아이의 무게를
느끼며 오타네와 불길이 치솟는 동네에서 도망치기 시작했다.

타닥타닥 불티가 튀고 뒷골목 나가야의 기왓장이 무너져 내리
는 소리가 들렸다. 열풍을 타고 어지러이 날리는 불티가 센이 내
려 놓은 세책에 옮겨 붙어 순식간에 화르르 불타올랐다.

정든 센타로 나가야는 이미 불길에 싸여 있었다.

센이 밤마다 한 획 한 획 그어서 만든 사본도 헤이지가 남긴 끌
도 노보루가 준 비녀도 모두 재로 변해간다.

목덜미에 떨어지는 게 꼬마의 눈물인가 싶었는데 잠시 뒤, 갑
자기 내린 고마운 빗방울임을 알게 되었다. 후쿠이초에 '토 조'의
깃발이 세워진 것은 그로부터 얼마간의 시간이 흐른 뒤였다.

6

"아아, 남김없이 때려부쉈네."

화재 이튿날, 난바야 기이치로는 아내 오사에를 데리고 재난 현장에 도착했다. 두 사람은 화재가 있던 날 혼인식의 중매인 역할을 맡아서 시나가와에 가 있었다고 한다. 이튿날 아침 니혼바시로 돌아와서야 화재 소식을 듣고 이곳으로 달려왔다.

기이치로 일행은 재난 현장에 어울리지 않는 새 정장 차림 그대로 침통하게 잿더미를 바라보다가 야겐보리 근처 주점으로 가서 점포 앞을 빌려 취사를 시작했다.

오후에는 히요케치화재 확산을 막기 위해 시중에 둔 공터에 정회소町会所 마치의 자치기관의 임시구호소가 설치되고 에도 시중의 상가나 재력 있는 조닌이 기부한 쌀이나 된장, 수건, 옷 등을 나누어주기 시작했다. 임시구호소 주위는 약장수나 엿장수, 물장수 등 행상들까지 모여들어 마치 축일처럼 북적거렸다.

센타로 나가야는 흔적도 없이 타버렸지만 다행히 목숨을 잃은 주민은 없었다. 다만 불이 가까운 곳에서 시작된 탓에 다들 귀한 물건을 챙겨 나올 수 없었다.

그래도 오타네와 여자들은 화재 뒤에 바로 취사를 할 수 있도록 식칼이나 냄비를 도랑이나 우물에 던져 두었다. 주에몬이 평소 도랑 관리를 게을리하지 않았던 덕분에 그런 도구들은 건질 수 있었다.

누구나 살면서 한 번은 화재를 만난다고 한다. 센도 이미 두 번이나 집을 잃었다.

장서와 니시키에가 전부 재가 되었으니 당장 일은 고사하고 끼니 잇기도 힘들었다. 부모 형제가 있었다면 의지할 수도 있겠지만 센에게는 그런 가족도 없다.

밤에 잘 때는 노상강도를 만나지 않을까 두려웠지만 도난당할 재산이 아무것도 없다는 생각을 하자 다시 차분해졌다.

나흘째 되는 날 아침, 야나기하라 둑방에 나란히 지어진 임시 오두막을 나서니 눈앞의 간다가와가 평소와 다름없이 잔잔하게 흐르고 있었다.

멍하니 수면을 바라보는데 기이치로가 헌책과 가린토 과자를 들고 찾아왔다.

"이제 숨 좀 돌렸나."

"우는 데도 지쳤어요."

"그렇겠지. 왜 그런 노래도 있잖아. '집이 불타서 한없이 슬프지만 나 혼자 겪은 불은 아니니.'"

"그게 아니라 '달을 보니 한없이 슬프지만'이잖아요.'달을 보매 이런저런 상념으로 슬프지만, 가을이 나에게만 찾아온 것은 아니거늘'."

"후후, 나만 해도 메구로 교닌자카, 시바 구루마초에서 두 번이나 대화재를 겪었지. 이런 쪼그만 화재에 허둥거리면 쓰나. 책이나 돈은 원래 있다가도 없고 없다가도 있는 거야."

기이치로는 그렇게 말하고 둑방에 앉아 자기가 사온 가린토 과자를 아작아작 먹기 시작했다.

"이번 화재는 원인을 밝히지 못할 공산이 크다고 하더군."

"오타네 씨 말로는 공터에 쌓여 있던 목재에서 시작되었다고 하네요."

관리들이 방화를 의심하고 여기저기 조사하고 있는 듯하지만, 현재까지는 용의자가 있다는 말이 들리지 않는다.

"여자 혼자 지내게 두는 게 아무래도 걱정이야. 우리 가게로 와서 지내."

화재 직후 난바야에서 지내라고 권했지만 센은 냉큼 사양했다. 집을 잃고 나온 이웃들을 놔두고 훌륭한 지붕 밑에서 잘 수는 없었다.

아마 화재 원인은 센에게 있을 터였다.

누가 불을 질렀는지 짐작이 갔다. 갈팡질팡 대피하는 인파 속에서 혼자 미소를 짓고 달려가던 남자. 가쓰라야의 도키치의 짓이 틀림없다.

'하지만, 더 이상 조사할 수도 없어.'

유곽 주인 가쓰라야 젠주로는 여간내기가 아니다.

화재 이튿날, 센이 화가 나서 가쓰라야로 달려갔지만, 밖으로 나온 젠주로는 "우리 가게에 도키치라는 자는 없네"라고 대꾸했다.

소란을 듣고 젊은 사내들이 토방으로 뛰어나왔지만, 늘 제일 앞에서 으르렁대던 도키치가 보이지 않았다.

"설마……."

유곽 주인은 무표정 그대로 한쪽 무릎을 꿇고 센의 얼굴에 개기름 흐르는 코끝을 가까이 했다.

"가쓰라야 내부 일에 제삼자인 당신을 휩쓸리게 한 것부터가 우리의 실책이지. 이쯤에서 진짜로 손 떼자고. 우리도 처분을 끝낸 참이니까."

젠주로는 제 목에 손날을 대고 옆으로 쓱 긋는 시늉을 했다.

흠칫하며 현실로 돌아온 센은 느긋하게 과자를 씹어 먹는 기이치로를 쳐다보았다.

"아저씨가 걱정하는 것은 아버지가 작업한 금서가 불타버린 거겠죠?"

봉지 바닥에 고여 있는 설탕을 손가락으로 그러모으며 기이치로는 눈썹을 축 늘어뜨렸다.

"그건 세상에 둘도 없는 최고의 시험쇄였어. 그게 사라졌다고 생각하니 밤에 잠이 안 와!"

"그런데 말이에요, 아저씨."

센은 오두막의 깔개를 들추고 책 한 권을 꺼내 기이치로에게 내밀었다. 고치요에게 돌려받은 『후타리카부로쓰이노아다우치』의 사본. 우메바치야에 남은 유일한 책이다.

"이게 뭔가. 세책치곤 호사스럽게 만들었군."

인쇄면이 겉으로 나오도록 종이를 반으로 접어서 철한 선장본

線裝本이다. 센이 접힌 종이를 눌러 안쪽을 보여주었다.

"응?"

종이 안쪽에는 연한 먹글씨와 삽화가 빼곡히 있었다.

"아니, 이건 그 시험쇄 아닌가!"

헤이지가 남긴 금서의 시험쇄는 매끄러운 고급 안피지에 인쇄되어 있었다. 평소 글을 쓸 때 사용하는 종이와 달리 먹이 뒷면까지 스며 나오지 않아 앞뒷면에 모두 글을 쓸 수 있다. 센은 금서를 해체한 뒤 거죽이 안으로 들어가게 접어서 글자를 쓰고 사본을 만들었다.

아무도 종이 안쪽을 들여다보지 않고, 혹시 그걸 알아차렸다 해도 연한 묵을 보고 거죽의 글자가 비쳤다고 생각할 것이다. 에도에서 제일 잘나가는 작가의 작품이라면 어느 한 사람에게 오래 머물러 있지 않게 마련이고 잇달아 다른 사람이 빌려 읽게 된다.

집 안 어디에 감추어도 마음을 놓을 수 없는 책이라면 차라리 늘 사람들 눈에 띄는 시중에 풀어놓자고 생각한 것이다.

"어떻게 그런 과감한 생각을! 너에게는 아버지의 유품이잖아. 무엇보다 소중할 텐데."

"그래봐야 책이죠."

선한 이도 악한 이도 같은 책을 보고 울고 웃는다. 때로는 분노하고 체념하지만 그래도 다음 책장을 들추지 않고는 못 배긴다. 그렇게 읽고 나면 그 책을 잊고 다들 현실로 돌아간다. 책이란 본시 그런 것. 그러므로 센은 세책점 주인으로서 책을 지켜야 한다.

"이거야 원…… 생각만 해도 간이 오그라드네. 허허, 산바도 바킨도 생각하지 못할 반전이야. 이봐, 너, 작가가 되는 게 어때? 내가 잘 팔아줄게."

기이치로와 헤어져 센타로 나가야 터로 돌아온 센은 목수들이 대패질하는 모습을 멀리서 바라보았다. 잿더미는 이미 치워지고 새로운 기둥이 서기 시작했다. 주민들도 한때의 휴식인 양 느긋하게 공사를 지켜보고 있다.

오타네와 나가야 여인들은 집터 우물가에서 이야기를 나누고 있었다. 돗자리에 방물을 늘어놓고 있던 주에몬에게는 오타네의 남편이 아침 목욕이나 가자고 꾀는 중이다. 또 가쓰라야에라도 몰려갈 심산인가 보다.

"센 누나, 우리랑 놀자."

오타네의 아이들과 잠시 죽마놀이를 하며 땀을 흘리던 센은 이제 그만하자며 아이들에게 푼돈을 쥐어주고 과자를 사오라고 보냈다.

한숨 돌리고 불탄 신사의 석등롱에 앉아 쉬고 있는데 노보루가 멜대를 메고 찾아왔다. 노보루는 센 옆에 앉아 목수들에게 농담을 던지다가 이윽고 딴 데를 쳐다보며,

"당분간 우리 집에 와 있지그래?" 하고 연잎을 향해 말했다.

"시집오지 않을래? 라고 말하려던 거 아냐?"

"와줄 거야?"

"못 가. 집이 불탔다고 얼씨구 사내 집으로 굴러들어가다니, 에

도 여자가 할 짓이 아니지. 게다가 저 속도로 공사하면 금방 새 잠자리가 생기겠는걸.”

그렇게 쓴웃음을 지으며 들보가 놓인 골조를 가리켰다.

“대체 시집은 언제 올 건데?”

“대신 노보루가 여기에 데릴사위로 들어올래?”

“그래서는 주객전도잖아!”

노보루는 길게 숨을 토하며 멜대를 내려놓고 바구니에서 보자기꾸러미를 꺼냈다.

“──이건…….”

꾸러미에는 눈에 익은 소설류, 구사조시, 고칸 등이 들어 있다. 맨 뒷장을 열어보니 모든 책에 우메바치야 묵인이 찍혀 있었다.

“여기저기서 너한테 전해달라며 내놓은 것들이야. 채소 팔러 다니는 놈에게 이런 것들을 맡기니 내 채소만 다 시들어버렸잖아.”

어느 구사조시에는 ‘연체해서 미안해요’라고 적힌 쪽지가 끼워져 있었다. 개중에는 우메바치야에 없던 소설류나 니시키에도 섞여 있다. 아무래도 재난을 위로하려는 것 같다.

“다시 세책을 하게 되면 와 달라고 하더라.”

양손에 든 책은 모두 낡은 것들이지만 전보다 무겁게 느껴졌다.

‘난바야 주인 말대로네. 책이란 있다가도 없고 없다가도 있는 거야.’

이튿날부터 센은 세책을 재개했다.

간만에 책궤를 지고 일어서니 똑바로 걷기가 힘들다. 하지만 야나기하라에 늘어선 노점 주인들이나 스쳐 지나는 낯익은 행상들과 인사를 나누다 보니 점점 몸이 가벼워졌다.

히가시히로코지에 가보니 료고쿠바시 다리를 향해 걸어가는 인파가 시야에 들어왔다.

짐짓 우아하게 걸어가는 상가 주인들, 발걸음도 가벼운 어린 처자들, 구경하고 가라고 호객하는 눈요기 가설극장 점원의 목소리가 울려 퍼지고, 많은 꼬마들이 원숭이를 끌고 가는 곡예사를 따라가고 있었다.

모래바람이 불고 웃는 낯으로 눈을 비비는 사람들이 센 앞을 지나갔다.

"아, 오늘이 가와비라키 날이구나!"

센은 더위를 키운 해님을 올려다보았다. 오늘은 얼른 단골들을 돌아보고 해 질 녘에 불꽃놀이를 구경하자. 노보루를 꾀어 놀잇배를 타도 좋겠지만 역시 료고쿠바시 다리에서 바라보는 불꽃놀이가 가장 멋지다.

"올여름도 재밌겠어."

새 조리가 발에 잘 맞는지 확인하며 센은 변함없이 모래먼지가 날리는 대로를 깡충거리듯 걸어갔다.

편집자
후기

제가 맨 처음 읽은 시대소설은 미야베 미유키 작가의『외딴집』
입니다. 2006년이니까 벌써 20년 전이네요. 당시만 해도 일본의
시대소설을 한국에서 출판하는 경우는 흔치 않았죠. 아니, 거의
없었습니다. 일단 번역이 어려웠으니까요. 한국어로 옮기기 어려
운 고유명사가 많아서 마땅한 역자를 찾는 일도 고역이었습니다.
『대보살 고개』의 나카자토 가이잔이나 나오키 상의 이름이기도
한 나오키 산주고, 요시카와 에이지 등이 활약하던 무렵부터 방
대한 양의 시대소설이 오랜 시간에 걸쳐 집적돼 왔고 시대소설만
전문으로 집필하는 작가들도 엄청나게 많아서 옥석을 구분하는

일도 쉽지 않았지요. 때문에 시대소설을 번역, 출간하는 일은 북스피어처럼 소규모 출판사 입장에서는 일종의 모험이었습니다. 작가가 미야베 미유키가 아니었다면 엄두도 못 냈을 거예요. 실제로『외딴집』의 번역과 편집 과정은 지난했습니다. 몇 번이나 후회했어요. 대관절 왜 이걸 계약했을까. 무를 수 있다면 무르고 싶었습니다. 판매도 신통치 않았어요. 초판 2,000부도 못 팔았습니다. 돌이켜 생각하니 정말 아득하네요.

다만 한 가지. 한 번 읽어서는 이해하기 어려웠던『외딴집』을 세 번쯤 읽은 뒤에 깨달은 사실이 있습니다. 이거, 대단하구나. 진입장벽은 높은데 그 허들을 넘으니 감동이 쓰나미처럼 몰려드는 느낌이었어요. 저도 한때의 소설가 지망생으로 누구보다 많은 소설을 읽었다고 자부했는데,『외딴집』은 제가 읽었던 소설을 통틀어 가장 뛰어나다고 여겼을 정도입니다. 이후로 시대소설을 출간하는 일에 망설임이 없었어요. 팔릴 때까지 내보자고 마음먹었습니다. 확신이 생겼거든요. 어렵지만 그래도 버티면 틀림없이 한국에서도 알아봐주는 독자들이 생기리라는 확신. 그렇게 시간이 흘러 미야베 미유키의 시대소설은 이제 북스피어에서 가장 많이 팔리는 책이 되었습니다.

"미야베 미유키 시대소설도 좋지만 다른 작가 시대소설도 좀 내주세요." 언젠가부터 몇몇 형제자매님이 이런 요청을 해주셨는데 아닌 게 아니라 저도 그럴 작정으로 '시대물이 이렇게 재미있을 리 없어'라는 시리즈를 만들었습니다. 눈여겨보고 있던 작가가 꽤 있었거든요. 다카세 노이치도 그중 한 명입니다. 그가 소설을 쓰기 시작한 계기는 '출산'이었습니다. 셋째 아이를 낳고 몸이 안 좋아졌던 모양이에요. 몸이 안 좋으니 정규직으로 일할 엄두는 나지 않아서 아르바이트를 구하기 시작했는데 2시간짜리 알바 자리도 구할 수가 없었어요. 이유를 물으면 돌아오는 대답은 전부 "아이가 있어서 곤란하네요"였다고……. 화가 나서 되갚아주고 싶은 마음에 소설을 쓰기 시작했답니다. 무너진 자존감과 생계의 위협 속에서 인간 사냥에 나서는, 영화로 치면 박찬욱 감독의 〈어쩔 수가 없다〉 같은 분위기의 현대물이지 않았을까 싶은데.

　"어둡고 재미없는 소설을 4년쯤 썼더니 화가 줄어들었다"고 하더군요. 그때부터 소설을 쓰는 일이 즐거워져서 문학상에 도전해보기로 했답니다. 목표는 올 요미모노 신인상. 가장 빠르고 확실한 데뷔코스지요. 올 요미모노 신인상オール読物新人賞은 일본의 유서 깊은 출판사 문예춘추(나오키 상과 아쿠타가와 상도 문예춘추가 만든 문학상)가 발행하는 월간지 《올 요미모노》에서 주관하는 신인 작가상입니다. 유명 작가들을 다수 배출한 바 있지요. 미야베 미유키 작가도 세 번의 도전 끝에 올 요미모노 신인상을 받으며 데뷔했습니다. 다카세 씨의 경우는 네 번 낙방했는데 그때까지 쓰던 판타지와 연애 소설을 접고 과감하게 시대소설로 항적을 전환하여 마침내 다섯 번째 투고 때 상을 받게 됩니다. 공교롭게도 제100회를 맞은 문학상의 수상자가 되었으니 여러 차례 낙방

한 걸 다행이라고 해야 할까요. 이에 대한 아리스가와 아리스 작가의 심사평이 재미있습니다.

"딱 떨어지는 제100회를 맞아, 다음 회부터 응모 요강이 바뀌는 올 요미모노 신인상. 수상작은 경사스럽게도 만장일치로 결정됐다. 소설의 주인공은 혼자서 대여 서점을 운영하는 〈센〉. 책을 매우 좋아하고, 지기 싫어하는 성격에, 열심히 일하는 처자다. 고객의 희망에 부응하려고 애쓰다 보니 막부가 금지한 책도 자기 손으로 완성하고 싶어 한다. 읽으면서 응원하고 싶어지는 주인공(특히 책을 좋아하는 사람에게는)으로, 주위를 둘러싼 캐릭터의 배치도 재미있고, 필치는 매우 안정되어 있다. 어떻게 책을 만드는지만이 읽을거리가 아니라, 영문도 모르고 폭한에게 습격당하거나 아버지의 비명횡사에 숨겨진 사실이 있기도 하고 수수께끼와 스릴도 잔뜩 담겨 있어 독자들의 마음을 끝까지 붙잡고 놓지 않는다. 자신이 읽고 싶은 이야기를 책으로 만들고, 불합리한 권력의 개입을 뿌리치면서라도, 읽고 싶어 하는 사람에게 전달하고 말겠다는 그녀의 생각이 지금도 귀중하다는 사실을 음미하였다."

아아 제가 만약 올 요미모노 신인상에 응모했는데 본격 미스터리계의 대부인 아리스가와 아리스 작가로부터 이 정도의 상찬을 들었다면 죽어도 여한이 없을 것 같아요. 에도 시대에는 책에 실릴 그림을 인쇄하려면 원화를 베낀 목판을 만들어야 하므로 조각사가 필요했습니다. '귀밑머리 헤이지'라는 별명을 가진 센의 아버지는 조각사로 명장의 반열에 오른 사람이었지요. 하지만 막부의 정치를 비판적으로 묘사한 서적에 손을 댔기 때문에 손가락이 부러지고 말았습니다. 즉 검열로 인해 인생에 파탄 난 것이죠. 간세이 개혁은 에도 시대 중기 로주 마쓰다이라 사다노부가 1787년부터 1793년까지 주도하여 추진한 보수적인 막정 개혁으로 사회 기강 확립과 막부의 도덕적 위기를 타개하기 위해 언론과 출판을 철저히 통제하여 표현의 자유를 위축시켰다는 평가를 받고 있지요. 간세이 개혁으로부터 얼마간 시간이 흘렀지만 여전히 언론과 출판을 통제하던 시기, 사람들에게 지식과 오락을 전하기 위해 위험을 무릅쓰고라도 동분서주하는 센의 활약을 그린 이 소설의 착안점을 작가 아리스가와 아리스는 높이 평가한 듯합니다.

다카세 작가는 센의 이야기를 쓰기 전까지 시대소설을 한 번도 써보지 않았다더군요. "처음 시대소설을 써야겠다고 생각했을 때 먼저 어떤 책을 읽으면 좋을까 짐작도 가지 않는데 어떻게 책을 골랐나?"라는 질문에 작가는 근처 동네서점에서부터 자료 조사를 했다고 밝혔는데요. 이 동네서점이 하치노헤시 북센터였다는 건 운이 좋았다고 봐야 할까요. 왜냐면 하치노헤시 북센터는 서점이 사라져가는 지방 도시인 하치노헤시에서 만든 시영 서점이거든요. 동네서점에 들여놓기에는 부담스러운 인문학, 해외문학, 예술, 자연과학 서적 등을 폭넓게 구비하고 있습니다. 동네서점과의 상생을 도모하기 위해서 잘 팔리는 베스트셀러는 팔지 않고 지방에서 구하기 어려운 전문서적을 취급하는 게 특징이지요. 역시, 좋은 동네서점의 중요성을 새삼 환기시켜주는 에피소드가 아닐까 싶네요. 이때 구입한 서적에서 유난히 큰 짐을 지고 다니는 보부상을 발견하고, 이것은 무엇일까 생각한 것이 세책점에 관심을 갖게 된 계기였습니다. 『센의 대여 서점』 표지에는 책궤를 짊어진 행상의 그림이 그려져 있지요. 당시의 세책 가게는 이런 식으로 책을 메고 에도의 거리를 걸었다더군요. 가게를 두고 있는 세책점도 있었던 것 같습니다만, 이 시대에는 집집마다 돌며 책을 빌려주는 형태가 표준이었던 모양입니다.

그리고 보니 저도 어린 시절에 집으로 책을 팔러왔던 '방판(방문판매) 영업자'들이 기억납니다. 보통 전집류의 책들을 소개하곤 했죠. 이런 식으로 세책상도 단골집을 돌아다니며 손님의 취향을 파악한 뒤 책을 구비하여 저렴한 가격으로 빌려주고 다시 돌려받았습니다. 빌려준 책이니 연체하거나 분실하면 당연히 요금이 발생하지요. 이것을 처리하는 것도 세책점의 일이기 때문에 센은 귀찮은 일에 휘말리기도 합니다. 하지만 아무리 귀찮은 일이라도 책과 관련된 일이라면 앞뒤 가리지 않고 달려드는데 소꿉친구 노보루는 그런 센을 걱정하며 곁에서 적극적으로 돕지요. 거기에는 노보루가 센의 아버지가 맞이한 비참한 결말에 책임을 느끼고 있어서, 라는 점도 눈여겨볼 부분입니다. 『센의 대여 서점』에는 다

섯 개의 에피소드가 연작 형식으로 수록돼 있는데 반드시 책을
둘러싼 사건이 일어나, 센이 탐정 역할을 맡고 노보루는 조수 역
할을 맡습니다. 에도 비블리오 포물첩과 같은 재미도 있습니다만
다양한 사건의 아이디어는 어떻게 떠올렸는지 묻는 질문에 작가
는 다음과 같이 대답한 바 있습니다.

"가족과의 대화라든지, 아르바이트를 하면서 겪은 경험이라든
지, 일상생활 속에서 이야기의 핵심을 떠올릴 때가 많다. 『센의
대여 서점』을 예로 들면, 3화 「유령 소동」은 딸과의 대화가 힌트
가 되었다. 딸이 세 명 있는데, 딸들이 스마트폰으로 사진을 서
로 찍고 앱으로 수정을 하더라. 그렇게 얼굴을 수정해도 괜찮아?
네 원래 얼굴은 어디 있어? 하고 딸들에게 물었더니 '예쁜 얼굴을
못 남기면 부끄럽다'는 대답이 돌아왔다. 원래 얼굴을 알 수 없을
정도로 사진을 수정하는 것은 지금 젊은 사람들의 상식이겠지만,
나는 약간 이해하기가 어려웠고, 이 느낌을 에도 시대로 가져 가
면 재미있지 않을까 생각했다."

네, 재미있었습니다. '너무나 아름다워서' 남편이 집 안에 숨겨
놓는 바람에 아무도 그 얼굴을 본 적이 없다는 안주인을 둘러싸
고 벌어지는 소동극은 이렇게 탄생했군요. 그렇다면 판매는 어땠
을까요. 발매 1달 만에 중쇄 결정. 다시 한 달 만에 3쇄. 신인상
으로 데뷔한 작가가 드라마나 영화화 같은 특별한 일이 없는데도

단지 입소문만으로 중쇄를 거듭하기는 힘들죠. 굉장한 성과입니다. 그럼에도 다카세 작가의 남편이나 딸들은 관심이 없어서 서운했다네요(웃음). 엄마(아내)가 소설을 써서 큰 상을 받고 뉴스에 등장했지만 집 안에서는 누구 하나 아는 척도 하지 않은 모양이에요. 한데 이후로 『눈물비なみだあめ』가 나왔을 때는 상황이 좀 달라졌답니다. 『눈물비』는 여러 작가들이 함께 집필한 앤솔러지인데 그들 중 한 명이 미야베 미유키 작가였거든요. "지금까지 내가 소설을 썼다고 해도 누구 하나 관심이 없었는데, 앤솔러지에 미야베 미유키 씨와 함께 실리자, '잠깐, 엄마, 미야베 미유키랑 같은 책에 이름이 실렸어? 대박!'이라며 놀라더라(웃음)."

이제 와서 말이지만, 저도 미야베 미유키 작가와 함께 앤솔러지에 이름을 올린 이들의 정보를 조사하다가 다카세 노이치 작가에 대해 알게 되었습니다(죄송). 그러나 센으로 하여금 책에 관한 수수께끼를 풀어내도록 하며 책에 대한 깊은 애정을 고백하는 이 작품, 『센의 대여 서점』을 검토하면서 단숨에 반하고 말았어요. 일본에서는 이미 속편인 『왕래회권 대본소 오센往来絵巻 貸本屋おせん』이 출간되어 좋은 반응을 얻고 있다더군요. 축하드립니다. 저도 『센의 대여 서점』을 열심히 팔아서 속편도 번역 출간할 수 있도록 애쓰겠습니다. 아울러 이 글을 마주하고 계실 형제자매님에게도 한 말씀. 센은 책에 관한한 집념이라고 해도 좋을 마음을 품고 있습니다. 거기에는 억울하게 돌아가신 아버지에 대한 복수심과

출판을 통제하는 나라님들에 대한 반감도 있지요. 부교소의 명령
한 마디로 책 하나가 쉽게 사라지는 세상에서, 책의 가능성을 믿
고 지키려는 센은 그걸 빼앗으려는 자들과의 싸움에 적극적으로
임합니다. 하지만 아직은 싸움에 서툴다고 할까. 여러분의 도움
이 필요하거든요. 사람들에게 지식과 오락을 전하기 위해 위험을
무릅쓰고라도 동분서주하는 센을 좀 지켜봐 주시길.

    삼송 김 사장 드림.

센의 대여 서점
초판 1쇄 발행 2026년 1월 16일

지은이   다카세 노이치
옮긴이   이규원

발행편집인   김홍민 · 최내현
책임편집   조미희
편집   김하나
마케터   마리
표지디자인   이혜경디자인
용지   한승
출력   블루엔
인쇄 · 제본   대원

펴낸곳   도서출판 북스피어
출판등록   2005년 6월 18일 제105-90-91700호
주소   (10595) 경기도 고양시 덕양구 동송로 23-28 305동 2201호
전화   02) 518-0427
팩스   02) 701-0428
홈페이지   https://blog.naver.com/hongminkkk
전자우편   editor@booksfear.com

ISBN 979-11-92313-83-2 (03830)